# मोदी
## और
# भारतीय मुसलमान

# मोदी और भारतीय मुसलमान

डॉ. कायनात काजी

*प्रकाशक*

**प्रभात प्रकाशन प्रा. लि.**

4/19 आसफ अली रोड, नई दिल्ली–110002

फोन : 011–23289777 • हेल्पलाइन नं. : 7827007777

इ–मेल : prabhatbooks@gmail.com ❖ वेब ठिकाना : www.prabhatbooks.com

*संस्करण*

2025



*पेपरबैक मूल्य*

तीन सौ रुपए

*मुद्रक*

आर–टेक ऑफसेट प्रिंटर्स, दिल्ली

———— ★ ————

**MODI AUR BHARATIYA MUSALMAN**

*by* Dr Kaynat Kazi

Published by **PRABHAT PRAKASHAN PVT. LTD.**

4/19 Asaf Ali Road, New Delhi-110002

ISBN 978-93-5521-984-8

₹ 300.00 (PB)

# भूमिका

मैं एक यायावर हूँ। अपना कैमरा कंधे पर उठा पिछले एक दशक से भी ज्यादा समय से देश भर में निरंतर यात्राएँ कर रही हूँ। शहर, कस्बा, गाँव-देहात कहाँ नहीं गई मैं।

मेरी इन यात्राओं के दौरान मुझे लद्दाख से लेकर कन्याकुमारी और गुजरात से लेकर नागालैंड तक की यात्राएँ करने का अवसर मिला और अपने देश को गहराई से समझने का मौका भी मिला।

इन यात्राओं के दौरान मैं अलग-अलग समुदायों से मिली। उनकी परंपराएँ, जीवनयापन, शैक्षिक और सामाजिक स्थिति को नजदीक से देखा।

मैं स्वयं एक मुसलिम परिवार से आती हूँ, इसलिए देश भर में अलग-अलग राज्यों में जब भी मुसलिम लोगों के बीच मेरा जाना हुआ तो एक चीज मैंने बहुत गहराई से महसूस की कि हमारे देश में मुसलमानों का एक बड़ा वर्ग पिछड़ा हुआ है। मुझे बहुत कम स्थान ऐसे मिले, जहाँ पर मुसलिम समाज बेहतर स्थिति में था।

इस समाज के बीच शिक्षा का अभाव नजर आया, लेकिन साथ ही हस्तकला से जुड़ा हुआ कौशल देखने को मिला। यह समाज मेहनती है, लेकिन शिक्षा के अभाव ने इसे बहुत पीछे धकेल दिया है। एक दौर था, जब मस्जिदों के बाहर का भरा-पूरा बाजार होता था, जिसे उर्दू बाजार कहा जाता था, क्योंकि वहाँ पर पुस्तकों की दुकानें होती थीं। आज एक दौर ऐसा है कि जहाँ मस्जिद के आसपास का जो बाजार है, वहाँ सिर्फ खाने-पीने की दुकानें होती हैं। बिरयानी की दुकानें होती हैं। यह समाज मेहनत-मजदूरी करके जो पैसे कमा रहा है, वह

खाने-पीने में उड़ाता रहा है। इसे देखकर दु:ख होता है और यह पारिस्थितिक कमोबेश सब जगह एक जैसा है।

ऐसी हालत क्यों है, इसके पीछे कारण क्या है ?

एक शोधार्थी होने के नाते मैंने उन कारणों का अध्ययन करने की कोशिश की। इसी क्रम में मैंने सच्चर समिति की रिपोर्ट का गंभीरतापूर्वक अध्ययन किया। समाज के लोगों से बातचीत की। मैंने पाया, इन लोगों के पास अलग-अलग माध्यमों से जो जानकारियाँ पहुँची हैं, उसने अविश्वास और भय का एक माहौल पैदा किया है। अशिक्षा के अंधकार ने इन्हें बहुत सारी चीजों से दूर रखा है। इस समाज को दिशा दिखानेवाला कोई नहीं है। इस समाज के पास नेतृत्व की कमी है।

हालाँकि यह देश मुसलमान का भी उतना ही है, जितना किसी और समाज का है। जितना मैंने अपने देश को जाना-समझा है, यह दुनिया का सबसे अनोखा देश है। इस देश का इतिहास मानव उत्पत्ति के साथ जुड़ा है। इस देश ने विश्व के तीन महान् धर्म बौद्ध, जैन और सनातन को जन्म दिया है। इस देश की जड़ें इतनी गहरी हैं कि कोई किसी भी जगह से आए, किसी भी परिवेश से आए, लेकिन यहाँ आकर वह भारतीय हो जाता है। भारत आनेवाले मुसलमान पहले नहीं हैं। इनसे पहले आए, पारसी, डच और पुर्तगाली आए, लेकिन यह इस देश की सीरत है कि कोई आए कहीं से भी जब यहाँ आता है तो यहीं का होकर रह जाता है। अंतत: वह भारतीय बन जाते हैं। फिर चाहे वह डच हो या पुर्तगाली। पांडिचेरी से लेकर गोवा तक इनकी बस्तियाँ आज भी नजर आती हैं। अरब देशों से केरल में व्यापार के रास्ते मुसलमान आए और यहीं के होकर रह गए। गुजरात, कर्नाटक और आंध्र प्रदेश में एक सिद्दी जनजातीय समाज देखने को मिलता है, जो कि मूलरूप से दक्षिण अफ्रीका से संबंधित है।

भारत में मुसलमान दो दिशाओं से आए। एक व्यापार के रास्ते से केरल में आए और दूसरा खैबर दर्रे को पार करके आए। कालांतर में वे यहीं के होकर रह गए। आज भारत देश मुसलमानों का उतना ही है जितना कि किसी और का है। लेकिन आज देश में मुसलमानों की स्थिति क्या है ? क्या आजादी के समय ऐसी ही थी ?

इतने वर्षों में जब से देश आजाद हुआ, यह लोग केवल एक वोट बैंक बनकर रह गए हैं। रोज की मजदूरी करनेवाले ये लोग मोहल्लों में रहते हैं, जहाँ पर गंदगी का साम्राज्य है। इन्हें मुख्यधारा में लाने के लिए बहुत कुछ करना होगा।

मुझे तो ऐसा लगता है कि इस समाज के आगे न बढ़ने देने के पीछे एक सोची-समझी साजिश रही है। ये लोग शिक्षा से दूर रहें और मोहल्ले में पैदा होकर वहीं अपनी जिंदगी पूरी कर दें। यह समाज सिर्फ वोट देने के काम आए। जब शिक्षा से दूर रहेंगे तो अच्छे-बुरे की समझ भी नहीं रहेगी और राजनीतिक पार्टियाँ अपने स्वार्थ के लिए इन्हें जैसे चाहेंगी, वैसे इस्तेमाल करेंगी।

मोदी सरकार जब सत्ता में आई तो उस पर अनेक आरोप लगे, इसमें से एक बड़ा आरोप यह था कि भारतीय जनता पार्टी मुसलमान विरोधी है। इस आरोप को मजबूत करने के लिए हमेशा बाबरी मस्जिद के विवादित ढाँचे को गिराने की बात मुसलमान से कही गई और उन्हें उस चीज के साथ भावनात्मक रूप से जोड़कर बरगलाया गया।

मैं सभी मुसलमानों से पूछती हूँ, अगर आप यह मानते हैं कि इस्लाम एक सच्चा मजहब है तो क्या आपको नहीं लगता कि किसी की इबादतगाह को तोड़कर उसके ऊपर अपनी इबादतगाह बनाना गलत था? किसी की इबादतगाह को तोड़कर उसके ऊपर अपनी इबादतगाह बनाना कहाँ का इनसाफ है और आज अगर सुप्रीम कोर्ट ने इसका फैसला हिंदुओं के पक्ष में किया है तो यह एक सही फैसला हुआ है।

मुसलिम समाज को अपने पिछड़ेपन के लिए सरकार को कोसने से ज्यादा जरूरी यह है कि वह आत्म-मंथन करे और उन कारणों पर विचार करे, जिससे वह लोग पिछड़ रहे हैं।

मुसलिम इलाकों में यात्राएँ करते हुए, लोगों से बात करते हुए मुझे एक चीज सुनने में बहुत बार आई है कि लोग कहते हैं कि अरे, हमें तो मौका ही नहीं मिलता नौकरियों में।

मैं उन सभी लोगों से एक सवाल पूछती हूँ। आपको लगता है कि आपके साथ पक्षपात होता है। आप जब परीक्षा देने जाते हैं तो आप अपनी कॉपी के ऊपर अपना नाम लिखते हैं या रोल नंबर लिखते हैं? कॉपी जाँचनेवाले को कैसे

पता चलेगा कि यह कॉपी हिंदू की है या मुसलमान की!

अपने आलस का ठीकरा दूसरों पर न फोड़ें। जब आप परीक्षा देने बैठेंगे ही नहीं तो पास कैसे होंगे? आपका उद्धार करने कोई आसमान से उतरकर नहीं आएगा। आपको ही करना होगा। सरकार बहुत सारा काम कर रही है, लेकिन आप लोगों को भी पहल करनी होगी।

अनावश्यक भड़कावों से दूर रहें। यह देश जितना किसी और का है, उतना ही आपका भी है। कोई आपको अपने देश से बाहर नहीं निकालेगा। बहुत सारी पॉलिटिकल पार्टियाँ आपको भ्रमित करेंगी। एन.आर.सी. का डर दिखाएँगी, लेकिन यह देश आपका है और हमेशा आपका रहेगा। इस देश को संगठित करने के लिए इस देश को आगे बढ़ाने के लिए मुसलमान ने हमेशा कुरबानियाँ दी हैं तो आज मुसलमान पीछे कैसे हैं? अपने आपको इस लायक बनाना होगा कि राष्ट्र-निर्माण में आप भी योगदान दे सकें।

अब केवल पंचर जोड़कर और फल बेचकर तो राष्ट्र-निर्माण नहीं किया जा सकता है, अपने बच्चों को पढ़ाना होगा। विद्यालय में उनकी शिक्षा मुफ्त है।

अगर आज यह उम्मीद करते हैं कि सरकारी अस्पताल में आपकी पत्नी, आपकी बहन की जाँच करने के लिए लेडी डॉक्टर होनी चाहिए तो अपने आपसे एक बार यह जरूर पूछिए, क्या आपने अपनी बच्चियों को लेडी डॉक्टर बनाने के लिए कोई मेहनत की है? क्या आपने अपने समाज से महिलाओं को बाहर निकाला है? अगर आपने अपनी बेटियों को पढ़ाया-लिखाया नहीं है, उनको प्रोफेशनल नहीं बनाया है तो आपको कोई अधिकार नहीं बनता कि आप अपनी पत्नी की जाँच करने के लिए लेडी डॉक्टर की माँग करें।

इस पुस्तक में मैंने सच्चर समिति की रिपोर्ट का सार डाला है, साथ ही मुसलमान की आजादी से लेकर वर्तमान समय तक की स्थिति पर चर्चा की है और वर्तमान में पिछले 10 वर्षों में मोदीजी द्वारा चलाई जा रही योजनाओं के बारे में विस्तारपूर्वक बात की है।

कहते हैं, यायावर जो देखते हैं, वह लिखते हैं। मैंने भी पूरे देश में भ्रमण करने के बाद अपने अनुभवों के आधार पर जो देखा है, जो समझा है, उसे पुस्तक में लिखा है।

बहुत सारा शोध करने के बाद उन सारी योजनाओं की जानकारियाँ भी साझा की हैं, जो मुसलिम समाज को ध्यान में रखकर चलाई जा रही हैं। मैं पिछले तीन वर्षों से भारतीय जनता पार्टी महिला मोरचा में राष्ट्रीय कार्यकारिणी की सदस्य हूँ और इसी क्रम में मैं देश भर में प्रवास कर रही हूँ। मैं जब भी प्रवास करती हूँ, तब मुसलिम समाज के बीच में जाकर कार्यक्रम जरूर करती हूँ और इस दूरी को पाटने का प्रयास करती हूँ। जब सरकार कहती है—*सबका साथ, सबका विकास और सबका विश्वास* तो यह केवल एक जुमला मात्र नहीं है। राशन की दुकान पर राशन सबको मिलता है। उज्ज्वला योजना में गैस का चूल्हा हिंदू या मुसलमान देखकर नहीं बाँटा जाता। वह गरीब इनसान को देखकर बाँटा जाता है। उस महिला को देखकर दिया जाता है, जो इसकी हकदार है, जिसको जरूरत है। पूरे भारत भर में मुझे ऐसी अनेक महिलाएँ मिलीं, जिनको प्रधानमंत्री आवास मिला है, जिनमें मुसलमान महिलाओं की भी बड़ी संख्या देखने को मिली है। यू.पी. इलेक्शन के समय में काशी प्रवास पर थी और उस समय विशेष रूप से काशी में बुनकर समाज के बीच में मैंने प्रवास किया। लोगों से बातचीत की, उनके काम को देखा, उनके लिए सरकार द्वारा जो योजनाएँ चलाई जा रही हैं, क्या वह वास्तव में उन तक पहुँच रही हैं? इस बात की पड़ताल की। मुझे कहीं पर भी कोई ऐसी बात सुनने को नहीं मिली, जहाँ पर किसी ने भी मुझे भेदभाव जैसी बात इंगित कराई हो। फिर चाहे वह बुनकरों की ट्रेनिंग प्रोग्राम की बात हो या फिर सिलाई मशीन दिए जाने की बात हो या बनारसी साड़ी प्रमोट करने की बात हो। आज बनारसी साड़ी वापस से फैशन में आ गई है। यह अपने आप नहीं हुआ है। इसके पीछे बहुत सारे उपाय किए गए हैं।

मुसलिम समाज के युवा विशेष रूप से हस्तशिल्प से जुड़े हुए हैं। उनके पास हुनर है, लेकिन तालीम नहीं है। उनकी इस योग्यता को आगे बढ़ाने के लिए कई योजनाएँ बनी हैं, जिसकी चर्चा मैंने पुस्तक में की है। आज हर रेलवे स्टेशन पर आपको उस शहर का हैंडीक्राफ्ट देखने को मिलता है। 'एक जिला, एक उत्पाद' योजना नाम से हर जिले के हस्तशिल्प को प्रमोट किया जा रहा है। सरस मेलों द्वारा देश के बड़े-बड़े शहरों में बड़े-बड़े क्राफ्ट मेलों का आयोजन किया जा रहा है, जिसमें क्राफ्ट हस्तशिल्प से जुड़े हुए सामान बेचने के लिए

हस्तशिल्पी को स्टॉल दिया जाता है, जिसके लिए उसे कुछ खर्च नहीं करना होता है। वह अपने गाँव देहात से अपना सामान लेकर आए और उस मेले में अपना सामान बेचे। उसके उत्पाद की कीमत सीधे उस तक पहुँचेगी। बीच में कोई बिचौलिया नहीं होगा, साथ ही उस हस्तशिल्पी को बड़े शहर में ठहराने की व्यवस्था और उसके खाने-पीने के लिए दैनिक आधार पर खर्चा भी दिया जाता है। 10 से 15 दिन लगने वाले सरस मेले में हर रोज अलग-अलग विषय के विशेषज्ञ लोग वर्कशॉप करने आते हैं, जो कि इन हस्तशिल्पियों को अपने प्रोडक्ट को मार्केट करने की शिक्षा देकर जाते हैं। यह सब सरकार द्वारा किया जा रहा है। यह तो केवल एक उदाहरण है। ऐसे अनेक कदम हैं, जो सरकार ने उठाए हैं; लेकिन यह प्रयास इकतरफा सफल नहीं होंगे, जब तक मुसलिम समाज स्वयं अपने भीतर अलख नहीं जगाएगा।

# अनुक्रम

# आजादी और भारतीय मुसलमान

सन् 1857 का गदर भले ही भारत को आजादी न दिला सका हो, लेकिन उस गदर में शामिल आजादी के मतवालों ने अंग्रेजों की नींव हिला दी थी। अंग्रेजों को यह बखूबी समझ आ गया था कि अब वो दिन दूर नहीं, जब भारत छोड़ना होगा। अपनी मातृभूमि को आजाद करवाने के लिए हिंदू और मुसलमान ने मिलकर अपने प्राणों की आहुति दी थी। इस महासंग्राम के नायक थे—झाँसी की रानी लक्ष्मीबाई, मंगल पांडे, कोटवाल धन सिंह गुर्जर, नाना साहब, जनरल बख्त खान, खान बहादुर, बेगम हजरत महल, कुँवर सिंह, मौलवी अहमदुल्ला और शाहमाल। अपनी मातृभूमि को आजाद करवाने के लिए देश का हर नागरिक जाग उठा था, फिर वो चाहे राजा हो, सिपाही हो, युवा हो या वृद्ध, स्त्री हो या पुरुष हो। सबका बस एक ही सपना था देश की आजादी। सबने बस देश को आजाद करवाने की ठान ही ली थी। राजाओं ने अपने खजाने खोल दिए थे तो आम लोगों ने अपनी जान जोखिम में डालकर स्वतंत्रता सैनानियों की मदद की थी।

उस संग्राम में भले ही हम विजयी न हो सके, लेकिन अंग्रेजों को यह समझ आ गया था कि भारतीयों से जीतना आसान नहीं है। इनके पास भले ही दुनिया की सबसे ताकतवर सेना न हो, लेकिन इन लोगों के पास एकता की ताकत थी। अनेक धर्मों और संप्रदायों से बना यह देश जितना भिन्नता लिये हुए है, उतना ही एक-दूसरे के साथ जुड़ा हुआ है, इसलिए इन्हें तोड़ना होगा। यहाँ से उदय हुआ दो शब्दों का सिद्धांत।

डिवाइड एंड रूल। फूट डालो और राजनीति करो। देश के मुसलमानों को

धर्म के आधार पर एक नए देश का दिवास्वप्न दिखाया गया। अंग्रेजों ने अपने इस उद्‌देश्य की प्राप्ति के लिए पढ़े-लिखे युवाओं का प्रयोग किया। पहली बार मुसलमानों के लिए अलग देश पाकिस्तान की माँग वर्ष 1930 में प्रसिद्ध कवि अल्लामा इकबाल ने की थी। यह वही शायर थे, जिन्होंने देशभक्तिपूर्ण तराना-ए-हिंद (सारे जहाँ से अच्छा हिंदोस्तान हमारा) लिखा था। चिनगारी को हवा दी सर सैय्यद अहमद खान और मुहम्मद अली जिन्ना ने। इन्होंने युवाओं को संगठित किया और उनके दिमाग में अलग देश का बीज बोया।

उत्तर भारत के चंद मुसलिम जमींदारों और शिक्षित मध्यम वर्ग द्वारा स्थापित पार्टी मुसलिम लीग ने दावा किया था कि केवल उसे ही मुसलमानों और उनके हितों का प्रतिनिधित्व करने का अधिकार है। इसी आधार पर पाकिस्तान बनाने की माँग रखी गई। आज भारत में मुसलमानों की स्थिति पाकिस्तान और बांग्लादेश में हिंदुओं और ईसाइयों से बेहतर है। यह मुसलमानों के लिए सांत्वना की बात है, जिनके पूर्वज मुसलिम लीग के डर और कल्पनाओं के आगे नहीं झुके थे, आज भारतीय मुसलमान मुख्यधारा में जुड़कर अपना रास्ता बनाते दिख रहे हैं।

'दो राष्ट्रों के सिद्धांत' के अनुसार, हिंदू और मुसलमान एक साथ नहीं रह सकते थे, अतः मुसलमानों के लिए अलग देश पाकिस्तान की माँग की गई। यह सांप्रदायिकता का चरम था, जिसकी परिणति भारत के विभाजन और सांप्रदायिक दंगे के रूप में हुई।

क्या माहौल था! सब ओर अराजकता और डर का माहौल था। देश के दो टुकड़े होंगे, लेकिन किस हिस्से के मालूम न था। विभाजन कैसे होगा? जिम्मेदारी लॉर्ड माउंटबेटन को दी गई।

3 जून, 1947 को माउंटबेटन द्वारा एक प्रेस कॉन्फ्रेंस में इसकी घोषणा की गई, उसी दौरान स्वतंत्रता की तिथि 15 अगस्त, 1947 की भी घोषणा की गई। देश का विभाजन होगा किस आधार पर, इस बारे में माउंटबेटन ने अपनी योजना बताई। इस योजना के तहत पंजाब, बंगाल की सभी विधानसभाओं में निवास करनेवाले हिंदू, मुसलमान और सिख लोग मतदान के आधार पर तय करेंगे कि वह भारत में रहना चाहते हैं या पाकिस्तान में।

इसी प्रकार सिंध और बलूचिस्तान के प्रांतों को यह तय करना था कि वह किस देश का हिस्सा बनना चाहते हैं। वहीं उत्तर-पश्चिमी सीमांत प्रांत और असम के सिलहट जिले का भविष्य एक जनमत संग्रह द्वारा तय किया जाना था।

2 जून को इस योजना को स्वीकार कर लिया गया। माउंटबेटन ने 3 जून को रियासतों को सलाह दी कि वे दोनों राष्ट्रों में से किसी एक में शामिल हो जाएँ। इसमें मुसलिम लीग की पृथक् राज्य की माँग को स्वीकार कर लिया गया था। पाकिस्तान के भूमि क्षेत्र को यथासंभव छोटा रखने की स्थिति पर भी विचार किया गया और इसे ध्यान में रखा गया था। भारतीय स्वतंत्रता अधिनियम, 1947 के पारित होने के साथ, क्रमशः 14 और 15 अगस्त को पाकिस्तान और भारत अलग राष्ट्र बन गए।

लेकिन देश के विभाजन की योजना जितनी सरल दिख रही थी, उतनी सरल थी नहीं। इस विभाजन में सिर्फ प्रांत ही नहीं बँटे थे, बल्कि लोग बँटे थे। पाकिस्तान मुसलिम युवाओं के सपनों का देश होगा, ऐसा प्रलोभन देश भर के युवाओं को अपनी ओर खींच रहा था।

मैं किसी और की क्या बात करूँ, मेरे अपने परिवार ने विभाजन की विभीषिका झेली। हमारा परिवार फिरोजाबाद के शहर काजी का परिवार था। यहाँ शहर के पुराने मुहल्लों में एक मोहल्ला था कोटला, जिसमें काजी चौक नाम का एक छोटा मोहल्ला हुआ करता था, जिसमें काजी खानदान के 10 घर हुआ करते थे। देश का विभाजन हुआ और पूरे कुल ने पाकिस्तान जाकर बसने का फैसला किया, जिसके पीछे परिवार के युवा थे। वह नए देश में अपनी किस्मत आजमाना चाहते थे। इन युवाओं का ब्रेन वॉश किया गया था। मेरे पिता दो भाई थे। मेरे पिता के छोटे भाई पाकिस्तान भाग गए। परिवार के सामने बड़ी मुश्किल आ गई। क्या करें? मेरे पिता अपना देश नहीं छोड़ना चाहते थे। मेरे दादा-दादी के लिए संकट की घड़ी थी। क्या करें? युवा लड़के को परदेस में अकेले कैसे छोड़ें? तब मेरे दादा-दादी ने एक मुश्किल फैसला किया। दादा ने अपने बड़े बेटे के पास भारत में रहना चुना और दादी अपने छोटे बेटे के संरक्षण के लिए पाकिस्तान चली गईं। एक परिवार दो देशों में बँट गया। शुरुआती वर्षों में दो-चार साल में परिवार से मिलने आ जाया करता था, लेकिन समय के साथ यह भी छूटता गया। दादा ने

अपनी अंतिम साँस भारत में ली और दादी ने पाकिस्तान में।

जो लोग बड़ी आस से पाकिस्तान गए थे, उन्हें भी वहाँ अपनाया नहीं गया। उन्हें मुहाजिर कहा गया। मुहाजिर एक अरबी भाषा का शब्द है, जो अपने देश को छोड़कर दूसरे देश में बसनेवाले के लिए प्रयोग में लाया जाता है। वह आज भी बाहरवाले हैं। पाकिस्तान के मूल निवासियों ने आज भी उनसे दूरी बनाई हुई है।

दूसरी ओर जो भारत में रह गए, उन्हें अपने जीवन में कभी-न-कभी पाकिस्तान चले जाने का ताना जरूर सुनने को मिला होगा, लेकिन एक फर्क है। यह ताना मैंने भी सुना था कभी, लेकिन मुझे इसका विरोध दर्ज करने की आजादी थी। यह देश मेरा है। इसका प्रमाण मुझे देने की जरूरत नहीं। यहाँ की मिट्टी में मेरे पुरखों की हड्डियाँ दफन हैं।

खैर, आजादी के पहले देश में मुसलमानों की स्थिति मजबूत थी। वह शिक्षित थे और ऊँचे पदों पर आसीन थे। दुःखद यह रहा कि जब देश आजाद हुआ, तब देश में रह रहे उच्च वर्ग के मुसलमान ने पाकिस्तान का रुख किया। देश से शिक्षित और धनाढ्य मुसलिम पाकिस्तान चला गया और देश में रह गया मुसलिम समाज का पिछड़ा वर्ग, जो मजदूरी करता था।

लोगों के भारत से पाकिस्तान जाने और पाकिस्तान से भारत आने की यह करुण कथा 1947 से शुरू होकर 1965 तक चलती रही। ऐसे में कितने ही परिवार छूटे, टूटे और बिखरे। यह दुनिया का सबसे बड़ा विभाजन था। रक्तपात, हिंसा और नरसंहार से लिया यह अध्याय कभी न भूलनेवाली गलतियों में गिना जाएगा।

ऑक्सफोर्ड विश्वविद्यालय में इतिहास के व्याख्याता, इतिहासकार प्रतिनव अनिल अपनी पुस्तक 'ऐनदर इंडिया' में व्याख्या करते हुए कहते हैं—1951 में, भारत की 361 मिलियन की आबादी में मुसलमान 9.8 प्रतिशत थे। दूसरे शब्दों में कहें तो पाकिस्तान के विचार को खारिज करने के बाद लगभग 3.5 करोड़ मुसलमान यहीं रह गए, लेकिन क्या गैर-ईश्वरीय भारत में उनका विश्वास राजनीतिक या आर्थिक रूप से निरर्थक था? नहीं, उन्हें अपने देश पर भरोसा था। खास करके कांग्रेस पर, लेकिन कांग्रेस ने उनके विश्वास का

सिर्फ इस्तेमाल किया। कांग्रेस ने संविधान सभा में अपने प्रभुत्व का इस्तेमाल करते हुए अलग-अलग निर्वाचन क्षेत्रों सहित सभी राजनीतिक सुरक्षा उपायों को संविधान से बाहर कर दिया, जो मुसलमानों ने 1909, 1919 और 1935 के हस्तांतरण अधिनियमों के साथ सुरक्षित किए थे और यह कांग्रेस की निगरानी में ही था कि 8,00,000 मुसलमानों को 1964 में 'उत्तर-औपनिवेशिक भारत के सबसे हिंसक हिंदू-मुसलिम टकराव' के बाद पूर्वी पाकिस्तान में जाने के लिए मजबूर किया गया था।

आजादी के बाद से अगले 65 वर्षों में मुसलमान की स्थिति बद से बदतर होती चली गई। देश में मुसलमानों ने संख्या में वृद्धि तो की, लेकिन विकास नहीं किया। इसका ब्योरा सच्चर समिति ने अध्ययन करके प्रस्तुत किया। 2005 में तत्कालीन प्रधानमंत्री मनमोहन सिंह द्वारा देश में मुसलमानों की सामाजिक-आर्थिक और शैक्षणिक स्थिति को समझने के लिए जस्टिस राजिंदर सच्चर की अध्यक्षता में एक समिति का गठन किया गया था।

## एक सवाल

देश आजाद होने के बाद वर्ष 1947 से 2004 के बीच सबसे अधिक वर्षों तक देश पर किस पार्टी ने शासन किया?

देश आजाद होने के बाद वर्ष 1947 से 2004 के बीच सत्तावन वर्षों में से चौवालीस वर्षों तक देश पर कांग्रेस पार्टी ने शासन किया।

तो मुसलमानों के इस पिछड़ेपन के लिए जिम्मेदार कौन?

□

# सच्चर समिति की रिपोर्ट एक परिचय

प्रधानमंत्री डॉ. मनमोहन सिंह ने 09 मार्च, 2005 को देश में भारत के मुसलिम समुदाय की सामाजिक, आर्थिक और शैक्षिक स्थिति पर रिपोर्ट तैयार करने के लिए सात सदस्यीय उच्चस्तरीय समिति का गठन किया। इस समिति की अध्यक्षता दिल्ली उच्च न्यायालय के पूर्व मुख्य न्यायाधीश राजिंदर सच्चर ने की थी। समिति के अन्य सदस्य सैयद हामिद, एम.ए. बसिथ, अख्तर मजीद, अबू सालेह शरीफ, टी.के. ओमन और राकेश बसंत थे। इस समिति का गठन भारत में मुसलमानों की सामाजिक, आर्थिक और शैक्षिक स्थिति का अध्ययन करने के लिए किया गया था।

समिति ने 2006 में अपनी रिपोर्ट प्रस्तुत की थी। यह रिपोर्ट 12 अध्यायों में बँटी हुई है। जनसंख्या, शिक्षा, स्वास्थ्य, रोजगार, कर्ज, संरचना और जन कार्यक्रमों जैसे मुद्‍दों का विश्लेषण करती है। इस रिपोर्ट में भारत में मुसलमानों के समावेशी विकास के लिए सुझाव और समाधान थे।

समिति ने मुसलमानों की व्यापक आबादीवाले तेरह जिलों का दौरा किया और राज्यों के विभिन्न समुदायों, व्यक्तियों, गैर-सरकारी संगठनों, युवाओं, बुद्धिजीवियों, महिलाओं, मुख्य सचिवों, प्रधान सचिवों, पुलिस महानिदेशकों और अन्य वरिष्ठ अधिकारियों से बातचीत की। प्रत्येक राज्य के दौरे में मुख्यमंत्री और उनके सहयोगियों से भी मुलाकात की गई।

इस रिपोर्ट से समिति ने मुसलिम समुदाय से जुड़े मुद्‍दों और भारतीय सार्वजनिक जीवन में उनके प्रतिनिधित्व पर प्रकाश डाला।

सच्चर समिति ने भारतीय मुसलमानों को भारतीय जीवन की आर्थिक,

राजनीतिक और सामाजिक मुख्यधारा में पूरी तरह से भाग लेने से रोकनेवाली बाधाओं को दूर करने के तरीके पर प्रकाश डाला और अपने सुझाव प्रस्तुत किए।

यह रिपोर्ट देश के मुसलमानों के 'पिछड़ेपन' को प्रकट करनेवाली अपनी तरह की पहली रिपोर्ट थी, जिसने कई चौंकानेवाले तथ्यों को उजागर किया, जैसे कि जहाँ मुसलमान भारतीय आबादी का 14% हिस्सा हैं, वहीं भारतीय नौकरशाही में उनका केवल 2.5% हिस्सा है। साथ ही यह निष्कर्ष भी निकाला कि भारतीय मुसलमानों की स्थिति अनुसूचित जातियों और अनुसूचित जनजातियों से नीचे थी।

रिपोर्ट ने हिंदुओं की तुलना में मुसलिम समुदाय में उच्च जन्म दर पर टिप्पणी की। समिति ने अनुमान लगाया कि मुसलिम अनुपात 2030 तक भारतीय आबादी के 17% और 21% के बीच स्थिर हो जाएगा।

सच्चर समिति के सदस्यों ने अध्ययन के दौरान जो कुछ महसूस किया, उसे रिपोर्ट में कुछ इस प्रकार से अलग से हाई लाइट किया गया था। आँकड़ों से इतर यह बातें बहुत कुछ कहती हैं—

- किसी भी देश में देश की प्रणाली में अल्पसंख्यकों का यह विश्वास और श्रद्धा होना कि उनके साथ कोई भेदभाव नहीं किया जाता, उस देश के न्यायप्रिय कहलाने की असली परीक्षा है।
- जहाँ मुसलिमों में वंचित रह जाने की धारणा आम है, आजादी के बाद से देश में धार्मिक अल्पसंख्यकों की स्थिति का विश्लेषण करने के लिए कोई व्यवस्थित प्रयास नहीं किए गए हैं।
- यह पृथकता की भावना सिर्फ नजरिए की बात हो सकती है या इस वजह से हो सकती है कि अल्पसंख्यकों को 'पहचान' के अंतर की वजह से भेदभाव का शिकार होना पड़ता है।
- जातीय, धार्मिक और प्रांतीय/भाषायी समीकरणों का भारत के आर्थिक, सामाजिक व राजनीतिक हलकों में एक ऐतिहासिक आधार है और वो वर्तमान आर्थिक-सामाजिक संबंधों से गहन रूप से प्रभावित है।

- यह रिपोर्ट विभिन्न सामजिक-धार्मिक श्रेणियों में विकास में कमी जैसे मुद्दों का विश्लेषण करती है। इसके लिए जनगणना, राष्ट्रीय नमूना सर्वेक्षण संस्थान, बैंक और सरकारी आँकड़ों को उपयोग में लाया गया।
- विश्लेषण के लिए, अनुसूचित जाति/जनजाति के मुसलिमों को दूसरों से अलग करना उपयोगी हो सकता है, मगर जब हम 'अनुसूचित जाति/ जनजाति' के मुसलिमों को देखते हैं तो संबंधित संख्याएँ काफी कम लगती हैं।
- समिति समझती है कि यह सभी धारणाएँ सही नहीं हैं, पर ये शून्य से नहीं बनी हैं।
- पहले भी कई समितियों और परिषदों की अनुशंसाओं के गैर-क्रियान्वयन से मुसलिम समुदाय किसी भी नए कदम की तरफ से उदासीन था। ज्ञापन देते-देते थक चुके, बहुत से लोग परिणाम चाहते थे।
- जहाँ अभी सबने उम्मीद का दामन नहीं छोड़ा है, बहुतों को लगता है सरकार के रुख में किसी भी बदलाव के लिए मानसिकता में बदलाव और समर्पण की जरूरत है।
- मुसलिम 'देशद्रोही' समझे जाने तथा साथ ही 'मनाए' जाने के दोगुने बोझ से लदे हैं।
- मुसलिम पहचान के संकेतक—बुरका, परदा, दाढ़ी और टोपी—जहाँ भारतीय मुसलमानों की विशिष्टता बढ़ाते हैं, वहीं सार्वजनिक क्षेत्रों में उनके लिए चिंता का भी कारण हैं।
- जहाँ शिक्षण संस्थान स्थापित करना संविधान के अनुच्छेद-30 के तहत अल्पसंख्यकों का अधिकार है, इसका मतलब यह नहीं था कि वे एकमात्र विकल्प बनकर रह जाएँ।
- यह कहा गया है कि आज भारत में अधिकतर मुसलिम महिलाओं के लिए शारीरिक व पहचान की सुरक्षा के मामले में घर व समुदाय की सीमा बेहतर हैं।

- मुसलिमों के साथ जाँच-पड़ताल में पुलिस के कड़े रवैए पर भी चिंता जाहिर की गई। जब भी कोई घटना होती है, पुलिस मुसलिम युवाओं को पकड़ ले जाती है।
- मुसलमानों में यह हीनभावना घर कर गई है कि हर दाढ़ीवाला व्यक्ति आई.एस.आई. का एजेंट समझा जाता है।
- देश के कुछ हिस्सों में बरसों से रह रहे मुसलिम सामाजिक अपेक्षा के कारण पलायन को मजबूर हुए।
- मुसलिमों के बड़े हिस्से में भेदभाव बरते जाने की धारणा घर कर गई है तथा इसका परिणाम है सामूहिक पृथकीकरण।
- मुसलिमों में निम्न शैक्षणिक उपलब्धि का समुदाय-विशेष कारण यह भी है कि उन्हें यह भरोसा नहीं कि शिक्षा पद्धति निश्चित रूप से विधिवत् रोजगार पाने में मदद करेगी।
- मुसलिम इलाकों में प्रारंभिक स्तर के आगे के स्कूल बहुत ही कम हैं।
- कुछ राज्यों में स्कूल की पाठ्यपुस्तकों में सांप्रदायिक विषयवस्तु और विद्यालयों का माहौल भी मुसलमानों के बीच चिंता का मुख्य विषय है।
- कई बार मुसलिम बच्चों के लिए मदरसे शिक्षा का एकमात्र विकल्प बचते हैं। खासतौर से गरीबों के बच्चों के लिए।
- सरकार द्वारा मदरसों का आधुनिकीकरण एक बहुत ही अहम मसला है, जिस पर समुदाय में कई नजरिए हैं।
- उर्दू का मुसलिमों की भाषा के रूप में पहचान और उसके राजनीतीकरण से उर्दू के विकास को बहुत धक्का लगा।
- उर्दू माध्यम के स्कूलों में पढ़नेवाले बच्चों को बिना कोई पूर्व शिक्षा अनुभव के नियमित स्कूलों में पढ़ाई के लिए जाना पड़ता है, क्योंकि उर्दू भाषा का प्रयोग करनेवाले आँगनवाड़ियों की संख्या का अभाव है।

- कई राज्यों में अल्पसंख्यक शैक्षणिक संस्थाओं को सरकार द्वारा मान्यता देने में प्रतिरोध गंभीर चिंतन का विषय है।
- जहाँ यह लगता है कि वर्तमान शिक्षा पद्धति मुसलिम महिलाओं के लिए बाधक है, लड़कियाँ खुद पढ़ना चाहती हैं।
- बढ़ते सांप्रदायिक झगड़ों की वजह से असुरक्षा की भावना के शिकार मुसलिम माता-पिता स्कूल में लड़कियों को भेजने में हिचकते हैं।
- चुनाव समितियों में अल्पसंख्यक समुदाय की प्रतिनिधित्व की बाध्यता वाले पंद्रह सूत्री कार्यक्रम का भी अनुपालन नहीं किया जाता।
- जरूरत इस बात की है कि इस क्षेत्र में नियुक्ति प्रक्रिया में मुसलिम भागीदारी को संवेदनशील बनाया जाए।
- देश में आर्थिक तेजी के बाबजूद मुसलिमों को आर्थिक उदारीकरण की 'प्रतियोगी' शक्तियों का सर्वाधिक नुकसान उठाना पड़ता है।
- पारंपरिक रोजगार से विस्थापित हुए मुसलिमों का जीवनयापन का साधन छिना है।
- कर्ज और उचित मार्केटिंग सहायता आवश्यक जरूरतें हैं।
- मुसलिम महिलाएँ बेहतर काम की परिस्थितियों के लिए मोल-भाव नहीं कर पातीं, क्योंकि ज्यादातर ठेकेदारों के लिए काम करती हैं।
- कई बैंक मुसलिम सघन आबादीवाले इलाके को नकारात्मक क्षेत्र बताकर कर्ज नहीं देते।
- सघन मुसलिम आबादी में और संरचनात्मक सुविधाओं की कमी।
- मुसलमानों का स्वास्थ्य, खासकर महिलाओं का, सीधे तौर से गरीबी और जन सुविधाओं की कमी, जैसे—पीने के साफ पानी की अनुपलब्धता और सफाई न रखने से जुड़ा है।
- बहुत लोग सोचते हैं कि मुसलिम महिलाओं के बीच जनसंख्या नियंत्रण कार्यक्रम और परिवार नियोजन के तरीकों का इस्तेमाल प्रभावी तरीके से नहीं पहुँचा है।

- कई राज्यों में मुसलिमों के नाम मतदाता सूची में शामिल न होना आम है।
- कई मुसलिम बहुल चुनाव क्षेत्रों को 'आरक्षित' घोषित किया गया।
- सकारात्मक कदम, विशेष तौर पर, आरक्षण दिए जाने की माँग सर्वव्यापी थी।
- मुसलिमों को अनुसूचित जाति से कोटा न मिलने पर आवाज उठाई गई, जबकि मजहबी सिख और धर्मांतरण कर बौद्ध बननेवालों के लिए यह सुविधा उपलब्ध है।
- लगभग सभी मुसलिमों के पिछड़ेपन से जुड़े मुद्दे आँकड़े उपलब्ध कराने और उनका आकलन किए जाने की जरूरत है।
- वर्ष 2001 की जनगणना के अनुसार मुसलिमों की आबादी 13 करोड़ 80 लाख और वर्ष 2006 तक 15 करोड़ से ऊपर होने का अनुमान है।
- भारतीय जनसंख्या नीति इस पर ध्यान नहीं देती कि परिवार के आकार पर फैसला लेते समय किन आर्थिक-सामाजिक पहलुओं का ध्यान रखा जाए।
- समय के साथ सभी मुख्य धर्मों में तेजी से जनसंख्या वृद्धि हुई है तथा मुसलिम आबादी 4 करोड़ 70 लाख से बढ़कर काफी तेजी से 13 करोड़ 80 लाख हो गई है।
- मुसलिमों का हिस्सा चार दशक से ज्यादा समय में तीन प्रतिशत से भी कम बढ़ा है, यानी हर माह दशक में एक अंक से भी कम।
- 1991-2001 में अधिकतर राज्यों में मुसलिम वृद्धि दर में कमी आई है।
- भारत के 593 में से 9 जिले में मुसलिम आबादी 75 फीसदी से ज्यादा है।
- राष्ट्रीय परिवार स्वास्थ्य सर्वेक्षण के आँकड़े दरशाते हैं कि मुसलमानों में देश के किसी भी सामाजिक समूह से अधिक शिशु लिंगानुपात है।

- मुसलिम आबादी भी मुख्य रूप से ग्रामीण ही है, परंतु कुल आबादी की तुलना में उसका शहरीकरण का स्तर अधिक रहा है।
- सभी सामाजिक-धार्मिक श्रेणियों में मुसलमानों में नवजात शिशु और पाँच वर्ष से कम उम्र के बच्चों की मृत्यु दर न्यूनतम है।
- महिला शिक्षा और आर्थिक स्थिति खराब होने के बाबजूद जीवनशक्ति किस प्रकार बेहतर हो सकती है, इस प्रश्न का और अध्ययन किए जाने की जरूरत है।
- राष्ट्रीय परिवार स्वास्थ्य सर्वेक्षण 1 और 2 के इकट्ठे आँकड़ों से प्राप्त नतीजे दिखाते हैं कि मुसलमानों की अनुमानित आयु औसत से तकरीबन एक वर्ष ज्यादा है।
- मुसलमानों में प्रजनन क्षमता उसके सामाजिक-आर्थिक कारकों, व्यक्तिगत स्तर और भारत में क्षेत्रीय भिन्नता के हिसाब से बदलती रहती हैं।
- मुसलमान सहित सभी समुदायों में प्रजनन में बदलाव की प्रक्रिया में विकास हो रहा है और औसत प्रजनन में कमी आई है।
- भारत में मुसलमानों की वृद्धि में अंतर में पलायन का योगदान काफी कम है।
- आमतौर पर मुसलिम प्रजनन कुछ राज्यों में आम प्रजनन से थोड़ा अधिक है तो कुछ अन्य राज्यों में समान श्रेणी में है।
- भारत में सभी सामाजिक-धार्मिक श्रेणियों में बच्चों में पोषण की कमी है और जन्म के समय औसतन बच्चों का वजन कम रहता है।
- अन्य सामाजिक-धार्मिक श्रेणियों के बच्चे की तुलना में एक मुसलमान बच्चे के कम वजन या कम लंबाई होने का अधिक खतरा होता है।
- मुसलमान बच्चों में अन्य हिंदू बच्चों की अपेक्षा कुपोषण का कुछ ज्यादा खतरा है।
- अकसर यह पूछा जाता है कि क्या और कब मुसलमान वर्ग सबसे बड़ा वर्ग हो जाएगा।

- भारत में मुसलिम आबादी का हिस्सा कुछ समय बाद बढ़कर 19 प्रतिशत से जरा नीचे पर स्थित हो जाएगा।
- जोड़े प्रजनन के बारे में निर्णय अपने हितों को ध्यान में रखकर करते हैं, न कि समुदाय की आबादी में भागीदारी बढ़ाने के लिए या समुदाय के लिए राजनीतिक शक्ति पाने के लिए।
- मुसलमानों में प्रजनन दर कम हुई और जनसंख्या वृद्धि दर कम हुई, लोग परिवार नियंत्रण को आमतौर पर स्वीकार करते हैं। भारत में गर्भनिरोधक तरीके आम हो गए हैं।
- सरकार छह से चौदह वर्ष की उम्र के सभी बच्चों के लिए मुफ्त और जरूरी शिक्षा आवश्यक रूप से उपलब्ध कराएगी।
- आजादी के बाद पहली बार धर्म के हिसाब से शैक्षणिक उपलब्धि पर जनगणना के आँकड़ों की उपलब्धता से संबंधित शैक्षणिक उपलब्धियों के सामयिक चलन की जाँच हो पाई।
- बहुत से साक्षर कहे जानेवाले लोगों में असली जिंदगी की परिस्थितियों में अपनी पढ़ाई-लिखाई के कौशल का इस्तेमाल करने की क्षमता नहीं होती और कई बार उनमें से एक बड़ा हिस्सा स्कूल छोड़ने के 4-5 वर्ष बाद फिर से निरक्षरता की जद में आ जाता है।
- राज्य स्तर के आकलन दिखाते हैं कि शहरी इलाकों में और महिलाओं में सामान्य औसत और मुसलमानों में साक्षरता का अंतर अधिक है।
- **मुसलमान अपनी शैक्षणिक हालत को सुधारने की बाधा पर प्रतिक्रिया देने में असफल रहे हैं।**
- सामाजिक-धार्मिक श्रेणियों में तुलना दरशाती है कि मुसलिम समुदाय में शिक्षा के औसत वर्ष का स्तर लगातार गिरता जा रहा है।
- 6 से 14 वर्ष के आयु वर्ग के मुसलिम बच्चों में से 25 फीसदी या तो कभी स्कूल नहीं गए या उन्होंने पढ़ाई बीच में ही छोड़ दी।
- मुसलमानों में उपलब्धि का स्तर या तो दलितों के आस-पास या

उससे थोड़ा ही ऊपर है, पर बाकी सामाजिक-धार्मिक श्रेणियों से काफी कम है।

- आजादी के बाद से ही शिक्षा के अवसर बढ़ने से मुसलमानों और अन्य सभी की उपलब्धि स्तर में समानता नहीं आ पाई है।
- ग्रामीण इलाके में जवाहर नवोदय विद्यालयों की स्थापना से यह आशा की गई थी कि उच्च गुणवत्तावाली शिक्षा उपलब्ध कराने से अतिरिक्त बाधाएँ कम होंगी, पर इन स्कूलों में मुसलिम भागीदारी संतोषजनक नहीं थी।
- स्कूली शिक्षा में प्राथमिक शिक्षा ही सबसे बड़ी बाधा लगती है।
- **प्राथमिक, मध्य एवं उच्च माध्यमिक स्तर पर मुसलमानों में अन्य सामाजिक-धार्मिक श्रेणियों की तुलना में पढ़ाई छोड़ने की दर सबसे अधिक है।**
- चूँकि कारीगरी मुसलिमों की एक अहम गतिविधि है, इन्हें इसका प्रशिक्षण दिया जाना चाहिए। खासकर उन्हें जिन्होंने स्कूली शिक्षा पूरी न की हो।
- सत्तर के दशक से शहरी और ग्रामीण दोनों ही इलाकों में मुसलमानों और अन्य श्रेणियों में स्नातक उपलब्धि दर में अंतर बढ़ता ही जा रहा है।
- श्रेष्ठतम कॉलेजों में पूर्व स्नातक छात्रों में से हर 25 में सिर्फ एक और परास्नातक छात्रों में से 50 में सिर्फ एक मुसलमान है।
- जहाँ समय के साथ उन्नति हुई है, वहीं अंतर अभी भी बना हुआ है। नतीजतन मुसलमानों की वर्तमान पीढ़ी पिछड़ रही है।
- जैसे-जैसे शिक्षा का स्तर बढ़ता है, मुसलिमों और अन्य सामाजिक-धार्मिक श्रेणियों में अंतर भी बढ़ता जाता है।
- गरीब और जो गरीब नहीं है, दोनों ही वर्ग में मुसलमान स्नातकों में बेरोजगारी की दर सामाजिक-धार्मिक श्रेणियों में सबसे अधिक है।
- मुसलमानों और दलितों में स्नातक की शिक्षा पूरी करने की संभावना

सभी अन्य धार्मिक-सामाजिक श्रेणियों से कम थी, खासतौर से शहरी इलाके और पुरुषों में।

- उच्च माध्यमिक स्तर पर मुसलमान कहीं अधिक हानि की स्थिति में हैं।
- स्कूल जाने योग्य उम्र के मात्र 3 फीसदी मुसलमान बच्चे ही मदरसों में पढ़ते हैं।
- अधिकाधिक शैक्षणिक व्यवस्था के द्वारा सरकार को उचित कीमत पर उच्च गुणवत्तावाली शिक्षा उपलब्ध कराने की अपनी जिम्मेदारी को पूरा करना चाहिए।
- विभिन्न समितियों की अनुशंसाओं के बावजूद उर्दू पढ़ाने की सुविधाओं का गंभीर अभाव है।
- उर्दू माध्यम के स्कूलों में दाखिले के निम्न स्तर का कारण है शुरुआती स्तर पर ही स्कूलों की गैर-उपलब्धता।
- उत्तर प्रदेश, झारखंड, आंध्र प्रदेश और बिहार में उर्दू माध्यम से शिक्षा के प्रावधान की स्थिति बहुत ही खराब है।
- कर्नाटक और महाराष्ट्र शुरुआती स्तर पर उर्दू माध्यम के स्कूलों के प्रावधान का बेहतर उदाहरण हैं। वे इसके साथ ही अंग्रेजी माध्यम से पढ़ने का अवसर भी प्रदान करते हैं।
- उर्दू को अपनी मातृभाषा माननेवाले बच्चों की बड़ी संख्या को देखते हुए, उर्दू को स्नातक स्तर तक वैकल्पिक विषय के रूप में पढ़ाया जाना चाहिए।
- शहरी इलाके में हर स्तर की शिक्षा में मुसलमानों और अन्य सामाजिक धार्मिक श्रेणियों में अंतर अधिक है।
- मुसलिम अभिभावक अपने बच्चों को उचित कीमतवाले सरकारी स्कूलों में भेजने का मुख्यधारा की शिक्षा ग्रहण कराने के खिलाफ नहीं हैं।
- सामाजिक-धार्मिक श्रेणियों में शिक्षा की हालत में बदलाव दरशाते हैं कि अनुसूचित जाति एवं जनजाति के लोगों ने उन्हें ध्यान में

रखकर किए गए सरकारी व निजी प्रयासों का लाभ उठाया है। इससे सकारात्मक कार्यों का महत्त्व प्रतिबिंबित होता है।

- रोजगार की उपलब्धता व्यक्ति और उसके परिवार को क्रय शक्ति प्रदान करने के साथ-साथ जीवकोपार्जन हासिल करने में सक्षम बनाती है। यह मौलिक जरूरतों की पूर्ति, आराम और मनोरंजन के साधन उपलब्ध कराता है।
- मुसलिमों के लिए कार्य सहभागिता का निम्न अनुपात निश्चित तौर पर मुसलिम समुदाय में महिलाओं की आर्थिक गतिविधि में निम्न भागीदारी के कारण ही है।
- मुसलिम महिलाओं में काम और आबादी का अनुपात सभी सामाजिक-धार्मिक श्रेणियों के अनुपात से कम है, शहरी क्षेत्रों में यह और अधिक है।
- सर्वाधिक महत्त्वपूर्ण बात है कि मुसलमान श्रमिकों का सर्वाधिक हिस्सा स्वरोजगार में जुटा है। यह खासकर शहरी क्षेत्रों और महिला श्रमिकों के लिए सत्य है।
- सार्वजनिक और निजी क्षेत्रों की वेतनवाली नौकरियों में मुसलिम श्रमिकों की हिस्सेदारी बहुत ही कम है, ऐसी ही स्थिति अनुसूचित जाति और अनुसूचित जनजाति के श्रमिकों के मामले में भी है।
- पारंपरिक रूप से वंचित एस.सी. और एस.टी. की तुलना में शहरी क्षेत्रों में नियमित नौकरियों में मुसलिम महिलाओं की भागीदारी बहुत सीमित है।
- अनौपचारिक क्षेत्र के उपक्रमों में मुसलिम श्रमिकों की हिस्सेदारी अपेक्षाकृत अधिक है।
- अपने ही घरों में काम करने की मुसलिम महिला कामगारों की प्रतिशतता सभी श्रमिकों की तुलना में बहुत अधिक हैं। मुसलमानों में यह 70 प्रतिशत है तो सभी श्रमिकों में 51 प्रतिशत है।
- हालाँकि कृषि क्षेत्र में जुटे मुसलिम श्रमिकों की संख्या अन्य समूहों की तुलना में बहुत कम है, लेकिन पारंपरिक विनिर्माण और व्यापार

क्षेत्र में पुरुषों की हिस्सेदारी अन्य समुदायों की तुलना में अधिक है।

- गैर-विनिर्माण के खुदरा एवं थोक व्यापार में मुसलमान कामगारों की एक बड़ी आबादी संलग्न है।
- मुसलमानों के लिए महत्त्वपूर्ण विनिर्माण क्षेत्र में वृहत् स्तर पर कपड़े, ऑटो रिपेयर और इलेक्ट्रिकल मशीनरी ऐसे क्षेत्र हैं, जिन पर यदि ध्यान दिया जाए तो मुसलिम कामगारों के लिए इससे रोजगार की वृहत् संभावना बढ़ेगी।
- सुरक्षा संबंधी कार्यों (जैसे-पुलिस) में मुसलमानों की भागीदारी आबादी में उनकी हिस्सेदारी की तुलना में बहुत ही कम है।
- बीड़ी मजदूरों, टेलरों और मेकैनिकों को सामाजिक संरक्षा एवं सुरक्षा के दायरे में लाए जाने की आवश्यकता है।
- प्रोफेशनल और प्रबंधकीय कार्यों में मुसलमानों की भागीदारी बहुत कम है।
- उपलब्ध आँकड़े यह दरशाते हैं कि औसतन नियमित मुसलिम कर्मचारी उन श्रमिकों की तुलना में अधिक व वनरेबल होते हैं, जिनके काम का न तो कोई लिखित ब्योरा होता है और न ही किसी तरह की सामाजिक सुरक्षा एवं लाभ ही मिलता है।
- सार्वजनिक एवं निजी क्षेत्र की नौकरियों में अन्य एस.आर.सी. की तुलना में नियमित मुसलिम श्रमिकों की दैनिक आय कम होती है।
- कार्य की स्थिति के मामले में मुसलमानों की स्थिति दयनीय है, क्योंकि उनका अनौपचारिक क्षेत्र में ध्यान अधिक होता है और उनकी नौकरी की स्थितियाँ यथा—कॉन्ट्रेक्ट की अवधि, सामाजिक सुरक्षा आदि (यहाँ तक कि नियमित कामगारों में भी) अन्य समुदायों की तुलना में निम्नतर होती है।
- शहरों के पुरुष श्रमिकों के बीच मुसलमान श्रमिकों की नियमित कार्यों में सहभागिता सबसे कम है, जबकि एस.सी.-एस.टी. श्रमिकों की अंशभागिता सर्वाधिक है।
- मुसलमानों के रोजगार की स्थिति में सुधार तभी संभव है, जब उनके

कौशल के विकास पर ध्यान केंद्रित करने के साथ-साथ उन क्षेत्रों में ऋण प्रवाह किए जाएँ, जिनमें मुसलिम कामगार ज्यादा जुड़े हैं और जो हाल के वर्षों में ज्यादा विकासोन्मुखी रहा है।

- चूँकि मुसलमान श्रमिकों का बड़ा हिस्सा स्वरोजगार से जुड़ा है और ऐसे समूहों के बेहतर भविष्य-निर्माण के लिए कौशल विकास और ऋण संबंधी पहल करने की आवश्यकता है।
- सभी सामाजिक-धार्मिक समुदायों के लोगों की सार्वजनिक और निजी क्षेत्र में बैंकों तक अन्यायसंगत पहुँच से असमानता बरकरार रहेगी।
- 27 सार्वजनिक बैंकों और 29 निजी बैंकों से प्राप्त आँकड़ों की इस अध्याय में व्याख्या की गई है।
- 15-सूत्री कार्यक्रम के तहत विशेष ध्यान दिए जा रहे 44 अल्पसंख्यक बहुल जिलों से प्राप्त डाटा की भी व्याख्या की गई है।
- बकाया राशि में मुसलिमों की हिस्सेदारी महज 4.7 प्रतिशत है, जबकि अन्य अल्पसंख्यकों में यह आँकड़ा 6.5 प्रतिशत है। यह आँकड़ा उनकी आबादी में हिस्सेदारी के मामले में बहुत कम है।
- औसतन मुसलिमों की प्रति खाता बकाया राशि अन्य अल्पसंख्यकों की तुलना में करीब आधी है।
- प्रधानमंत्री के 15-सूत्री कार्यक्रम के तहत बैंकिंग और ऋण सुविधा मुहैया कराने के भारतीय रिजर्व बैंक के प्रयास से मुख्यतया अन्य अल्पसंख्यकों को लाभ हुआ है, लेकिन मुसलिम हाशिए पर पहुँच गए हैं।
- जब आबादी में मुसलिमों की हिस्सेदारी बढ़ती है, अधिशेष राशि की हिस्सेदारी घटती जाती है।
- मुसलिम समुदाय बैंकिंग के विरुद्ध नहीं है और विशेष पहल के जरिए और अधिक सुधार किया जा सकता है।
- नाबार्ड के क्षमता निर्माण और सहायता कार्यक्रम में मुसलमानों की स्थिति में लाभ पहुँचाने और उनकी सामाजिक-आर्थिक स्थिति सुधारने की क्षमता है।

- अप्रयास लक्ष्य एवं भौगोलिक योजनाओं का परिणाम ग्रामीण इलाकों में मुसलमानों की आर्थिक समस्याओं के समाधान में असफलता के रूप में सामने आया है।
- कुछ बैंकों ने मुसलिमों की तमाम समस्याओं को निगेटिव ज्योग्रैफिकल एरिया में रखा है, जहाँ बैंक ऋण और अन्य सुविधाएँ आसानी से उपलब्ध नहीं हो पाती हैं।
- मुसलमानों को सीधे ऋण उपलब्ध कराने, विभिन्न ऋण योजनाओं के बारे में जागरूकता पैदा करने और सूचनाओं के आदान-प्रदान करने में पारदर्शिता संबंधी कदम उठाए जाने चाहिए।
- सभी सामाजिक-धार्मिक समुदायों के बीच सामाजिक और भौतिक सुविधाओं की उपलब्धता, पहुँच और उसके इस्तेमाल के बीच विचारणीय अंतर है।
- सामाजिक और भौतिक बुनियादी संरचना तक पहुँच के आकलन में 2001 की जनगणना और एन.एस.एस.ओ. के 61वें राउंड के सर्वेक्षण का इस्तेमाल किया गया है।
- भारतीय जनगणना विभाग ने मुसलिमों की आबादी की हिस्सेदारी कुल ग्रामीण आबादी की प्रतिशतता के अनुकूल मुसलमानों की आबादी और विशेष जन सुविधाओं की मौजूदगी का विशेष आकलन किया।
- छोटे गाँवों में शैक्षणिक बुनियादी संरचनाओं की उपलब्धता और मुसलिम आबादी के बीच स्पष्टतया विपरीत संबंध है।
- मुसलिम बहुल गाँवों में पक्की सड़कें और स्थानीय बस-स्टॉप बेहतर स्थिति में उपलब्ध नहीं हैं।
- बुनियादी सुविधाओं के अभाववाले राज्यों में मुसलिमों का ध्यान केंद्रित करना यह दरशाता है कि इस समुदाय का बड़ा हिस्सा मूलभूत सेवाओं की पहुँच से बाहर है।
- शहरी और ग्रामीण इलाकों में पक्के मकानों में रहनेवाले मुसलिम परिवार का अनुपात कुल आबादी की तुलना में कम है।

- कुल मिलाकर, मुसलमानों को शौचालय की सुविधाएँ निम्न तो हैं, लेकिन एस.सी./एस.टी. और अन्य पिछड़ा वर्ग की तुलना में बेहतर है।
- मुसलिम बहुलता वाले क्षेत्रों की तुलना में कम मुसलिम आबादी वाले क्षेत्रों में बेहतर सड़कें, नाले और पेयजल सुविधाएँ हैं।
- जब तक आठ प्रतिशत के हालिया सकल घरेलू उत्पाद (जी. डी.पी.) में निरंतरता नहीं आएगी और मुद्रास्फीति की दर 3 प्रतिशत पर टिकी नहीं रहेगी, तब तक सहस्राब्दी विकास लक्ष्य-2015 के तहत गरीबी उन्मूलन का लक्ष्य पाना कठिन नजर आता है।
- शहरी क्षेत्रों में मुसलिम परिवार का व्यापक अनुपात 5000 रुपए से कम व्ययवाले दायरे में है।
- ज्यादातर राज्यों में ग्रामीण इलाकों की तुलना में शहरी क्षेत्रों में असमानता अधिक है।
- 38.4 प्रतिशत हैड काउंट अनुपात के साथ शहरी क्षेत्रों के मुसलमानों में गरीबी अधिक है।
- गरीब मुसलमान भाई औसतन गरीबी रेखा से संबंधित व्यय का केवल 75 प्रतिशत उपभोग कर पाते हैं, जो अन्य सामाजिक-धार्मिक समुदायों के लिहाज से बहुत कम है।
- शहरी क्षेत्रों में 1993-94 से 2004-05 के एक दशक के दौरान मुसलिमों की गरीबी में कमी बहुत सामान्य रूप से आई, जबकि ग्रामीण क्षेत्रों में यह कमी व्यापक थी।
- शहरी क्षेत्रों में मुसलमानों की आर्थिक स्थितियों में अन्य सामाजिक-धार्मिक समुदायों की तरह सुधार नहीं हुआ।
- बहुलवादी समाज में सहभागिता गवर्नेंस को बढ़ावा देने के लिए सरकारी क्षेत्र में नौकरियों में विभिन्न समुदायों की उचित भागीदारी आवश्यक है।
- भारतीय प्रशासनिक सेवा (आई.ए.एस.) में मुसलमानों की भागीदारी महज तीन प्रतिशत है, जबकि आई.एफ.एस. और आई.पी.एस. में

यह क्रमशः 1.8 और 4 प्रतिशत है।

- कुल मिलाकर वर्ष 2003 और 2004 में सिविल सेवाओं की लिखित परीक्षा में मुसलिम उम्मीदवारों की संख्या महज 4.9 प्रतिशत ही रही।
- विभिन्न विभागों के रोजगारों में मुसलिमों की हिस्सेदारी सभी स्तरों पर सबसे कम है।
- भारतीय रेलवे में मुसलमानों की भागीदारी महज 4.5 प्रतिशत है। लगभग सभी (98.7 प्रतिशत) निचले स्तर पर तैनात हैं।
- समूह-ए की 11 प्रतिशत नौकरियों में वैसे अल्पसंख्यकों का बोलबाला है, जो मुसलिम नहीं हैं।
- सुरक्षा एजेंसियों में मुसलमानों की हिस्सेदारी 4 प्रतिशत है।
- विश्वविद्यालयों और बैंकों में मुसलमानों का प्रतिनिधित्व बहुत कम है।
- सरकारी विभागों में मुसलमानों का प्रतिनिधित्व उसकी आबादी की हिस्सेदारी की तुलना में समान नहीं है।
- शिक्षा विभाग में मुसलमानों का प्रतिनिधित्व केवल 6.5 प्रतिशत और गृह विभाग में महज 7.3 प्रतिशत है। पुलिस कॉन्स्टेबल में मुसलमानों का प्रतिनिधित्व केवल छह प्रतिशत है।
- स्वास्थ्य विभाग में मुसलमानों का प्रतिनिधित्व केवल 4.4 प्रतिशत है।
- परिवहन विभाग में मुसलमानों का प्रतिनिधित्व 6.5 प्रतिशत है।
- न्यायपालिका में मुसलमानों का प्रतिनिधित्व, उसकी मौजूदगी बहुत ही चिंता का विषय है।
- मुसलमानों का प्रतिनिधित्व बढ़ाया जाना आवश्यक है, खासकर उन क्षेत्रों में जहाँ रोज-ब-रोज संपर्क अधिक हो या संवेदनशील कार्य अधिक हों।
- राज्य लोक सेवा आयोगों की ओर से हाल में हुई भरतियों में मुसलमानों की हिस्सेदारी 2.1 प्रतिशत के करीब है।

- मुसलमानों/अल्पसंख्यकों की आर्थिक स्थिति और अनोखी सामाजिक-सांस्कृतिक आवश्यकताओं को ध्यान में रखकर भी कार्यक्रम बनाए गए हैं।
- उत्तर प्रदेश के सरकारी कार्यक्रमों में लाभान्वित मुसलमानों की हिस्सेदारी 3 से 14 प्रतिशत के बीच है, जो उनकी आबादी के हिस्से 24 प्रतिशत की तुलना में बहुत कम है।
- जिन राज्यों ने समिति को आँकड़े उपलब्ध कराए, वहाँ भी कुल मिलाकर मुसलमानों की स्थिति असंतोषजनक है।
- शहरी क्षेत्रों में करीब 60 प्रतिशत मुसलिम महिलाओं का प्रसव आमतौर पर निजी रूप से संचालित हो रहे अस्पतालों में होता है, जो अन्य सभी एस.आर.सी. (केवल एस.सी.-एस.टी. को छोड़कर) की तुलना में कम है।
- आई.सी.डी.एस. कार्यक्रम भी असफल हो चुका है, क्योंकि इसकी पहुँच एक भी एस.आर.सी. तक नहीं है। ज्यादातर राज्यों में मुसलिमों से संबंधित कवरेज भी बहुत घटिया स्तर का रहा है।
- मौलाना आजाद फाउंडेशन को प्रभावकारी बनाने के लिए कॉपर्स फंड को 1000 करोड़ रुपए तक बढ़ाए जाने की आवश्यकता है।
- अप्रैल 2002 से मार्च 2006 तक चार वर्षों में मदरसों के आधुनिकीकरण और बुनियादी संरचना के विकास के लिए कुल आवंटन 106 करोड़ रुपए का रहा है।
- एन.एम.डी.एफ.सी. से ऋण लेने में सबसे बड़ी बाधा राज्य सरकार की ओर से गारंटी नहीं मिलने के कारण होती है।
- एन.बी.सी.एफ.डी.सी. की ओर से आवंटित कुल राशि में मुसलिमों की हिस्सेदारी बहुत ही कम है। 247 करोड़ रुपए में से महज 23 करोड़ रुपए ही मुसलिम ओ.बी.सी. को आवंटित किए गए हैं।
- हालाँकि सभी कारणों की पहचान करना तो कठिन है, लेकिन इन कार्यक्रमों के निम्न परिणाम का एक प्रमुख कारण है—राजनीतिक प्रक्रिया और गवर्नेंस में मुसलमानों की भागीदारी में कमी।

- यहाँ तक कि यदि निर्वाचित निकायों में मुसलमानों की हिस्सेदारी निम्न है, उन्हें और निम्न प्रतिनिधित्ववाले समुदायों की अन्वेषणकारी प्रणालियों के जरिए निर्णय लेनेवाली इकाई में शामिल किया जा सकता है।
- मौजूदा प्रयास ओ.बी.सी. में गैर-सूचीबद्ध मुसलिमों और ओ.बी. सी. सूची में शामिल होते हुए भी आरक्षण की सुविधाओं का लाभ नहीं उठानेवाले मुसलमानों की तुलना करना है।
- एस.आर.सी. की स्थिति से संबंधित एन.एस.एस.ओ. का डाटा स्व-रिपोर्टिंग पर आधारित है, इसलिए खासकर ओ.बी.सी. के मामले में रिस्पांडेंट की सामाजिक अवस्था के प्रति जागरूकता संदिग्ध दिखती है।
- 'पिछड़ा वर्ग' का संवैधानिक उल्लेख अनुच्छेद 15 (4) और 16 (4) में किया गया है, जिसमें केंद्र/राज्य अथवा शासकीय निकायों (स्टेट) को विशेष प्रावधान बनाने के अधिकार प्राप्त है।
- ओ.बी.सी. की संवैधानिक व्याख्या के दौरान 'जाति' के स्थान पर 'श्रेणियों' के इस्तेमाल ने काफी कानूनी विवादों और बहस को जन्म दिया। हालाँकि, अदालतों ने दोनों पिछड़ा वर्ग आयोगों की तरह ही जाति को वर्गीकरण का आधार माना।
- गैर-हिंदुओं में पिछड़ा वर्ग के सवाल पर न्यायालय ने व्यवस्था दी कि पारंपरिक व्यवसायों के आधार पर इसकी पहचान की जानी चाहिए।
- मुसलिम समूह जो वर्तमान में 'ओ.बी.सी.' श्रेणी में सम्मिलित हैं, आवश्यक रूप से मुसलिम आबादी के वे समूह हैं, जो गैर-अशरफ हैं।
- चूँकि राष्ट्रपति का 1950 का आदेश एस.सी. का दर्जा केवल उन हिंदू समूहों तक सीमित रखता है, जो मलिन व्यवसायों में लगे हैं, इसलिए उनके गैर-हिंदू समतुल्यों को मध्यम-स्तरीय जातियों के धर्म-परिवर्तन करनेवालों के साथ 'ओ.बी.सी.' घोषित किया गया।
- मुसलिम ओ.बी.सी. से संबंधित सम्मेलन में सभी प्रतिभागियों में

आम सहमति बनी कि मुसलिम एक भिन्न समुदाय है और इसका सरकार के सभी नीतिगत पहलों में ध्यान रखा जाना चाहिए।

- मंडल आयोग ने मुसलमानों के कम-से-कम 82 विभिन्न सामाजिक समूहों को ओ.बी.सी. श्रेणी में घोषित किया।
- केरल और कर्नाटक ने आरक्षण के लाभ को पूरे मुसलिम समुदाय तक पहुँचाने की पहल की।
- हवानुर आयोग, 1972 ने अल्पसंख्यक समूह की एक अलग श्रेणी बनाने और उन्हें छह प्रतिशत से अधिक आरक्षण नहीं देने की सिफारिश की।
- केरल में मुसलमानों का अलग से 10 प्रतिशत शेयर निर्धारित किया गया, जो बाद में 12 प्रतिशत तक पहुँचा।
- धर्म से अलग अनेक ओ.बी.सी. समूह हैं, जो राज्य सरकारों की सूची में तो शामिल हैं, लेकिन केंद्र की सूची में नहीं हैं।
- मुसलमानों में कुछ ऐसे समूह है, जिन्हें केंद्र की सूची में तो शामिल किया गया है, लेकिन राज्यों की सूची में शामिल नहीं किया गया है।
- गुजरात में परियोजना के तहत 85 ऐसे मुसलिम समुदायों का पता चला, जिनमें से कम-से-कम 76 गैर-अशरफ है। हालाँकि केंद्रीय सूची में केवल 22 ऐसे समुदाय मिले, जिन्हें केंद्रीय सूची में शामिल किया गया, जबकि राज्य सूची में 27 मुसलिम समुदाय शामिल हैं।
- इन परिवर्तनों में से ज्यादातर इस बात के संकेत हैं कि हिंदू ओ.बी.सी. की तुलना में मुसलिम ओ.बी.सी. के लोग ज्यादा वंचित हैं।
- सर्वेक्षण से प्राप्त ओ.बी.सी. के आँकड़े मंडल आयोग के आकलन से कम थे, इसी प्रकार 55वें और 61वें राउंड के सर्वेक्षणों से प्राप्त आँकड़ों में भी पर्याप्त अंतर था।
- जिन 20 राज्यों के आँकड़े प्रस्तुत हैं, उनमें से 14 में मुसलिम ओ.बी.सी. का हिस्सा 61वें राउंड के सर्वेक्षणों की तुलना में बढ़ गया है।
- एस.टी. घोषित किए गए मुसलमानों की आबादी की प्रतिशतता

लक्षद्वीप में सर्वाधिक पाई गई, जहाँ मुसलमानों की आबादी में संपूर्ण रूप से एस.टी. है।

- छह से 12 वर्ष आयु वर्ग के बच्चों में से करीब आधे फिलहाल स्कूल नहीं जाते हैं।
- कार्य सहभागिता दर (डब्ल्यू.पी.आर.) दरशाती है कि हिंदू ओ.बी.सी. (67 प्रतिशत) और दोनों मुसलिम समुदायों (55 प्रतिशत) के बीच बहुत अंतर है।
- विचाराधीन अन्य दो समुदायों की तुलना में मुसलिम ओ.बी.सी. में बेरोजगारी की दर सर्वाधिक है।
- सरकारी अथवा सार्वजनिक क्षेत्र के अंडरटेकिंग संस्थानों की नौकरियों में मुसलिम ओ.बी.सी. की हिस्सेदारी हिंदू ओ.बी.सी. और मुसलिम जनरल की अपेक्षा बहुत ही कम है।
- सभी एस.आर.सी. में महिलाओं की ज्यादातर आबादी अपने घरों में कार्य करती है। हालाँकि मुसलिमों, खासकर मुसलिम ओ.बी.सी., में ऐसे कामगारों का अनुपात अधिक है।
- ग्रुप-ए स्तर पर मुसलिम ओ.बी.सी. की हिस्सेदारी अच्छी है, लेकिन उनकी उपस्थिति अन्य सभी स्तर पर महत्त्वपूर्ण है।
- मुसलिम जनरल की स्थिति हिंदू ओ.बी.सी. की तुलना में कमतर है, जिन्हें आरक्षण का लाभ मिला है।
- दोनों मुसलिम समुदायों में प्रति व्यक्ति मासिक व्यय राष्ट्रीय औसत से बहुत कम है।
- कुल मिलाकर अन्य एस.आर.सी. की तुलना में मुसलिम ओ.बी.सी. के बीच असमानता काफी अधिक है।
- मुसलिम ओ.बी.सी. का अत्यंत कम प्रतिनिधित्व यह दरशाता है कि पिछड़ा वर्गों के लिए उपलब्ध लाभों का अभी उन तक पहुँचना बाकी है।
- वक्फ संपत्ति से जो भी फायदा होता है, उससे विशेष रूप से गरीबों की जरूरतों को पूरा किया जाता है और जो संपत्ति दान की गई है,

उसका रख-रखाव किया जाता है।

- मुसलिमों द्वारा संपत्ति दान किए जाने को 'वक्फ' कहते हैं। वक्फ का उद्देश्य इस्लाम में धार्मिक, पवित्र और कल्याणकारी माना गया है।
- भारत में विभिन्न प्रदेशों और संघीय राज्यों में 4.9 लाख से ज्यादा पंजीकृत वक्फ संपत्ति है, परंतु इन संपत्तियों से वर्तमान में मात्र 143 करोड़ रुपए की सालाना आय होती है, जिससे 2.7 प्रतिशत रकम ही वापस मिल पाती है।
- वक्फ बोर्ड और संपत्तियों का संचालन इसलिए असंतोषप्रद है, क्योंकि प्रादेशिक वक्फ बोर्डों और केंद्रीय वक्फ परिषद् के पास पर्याप्त अधिकार नहीं हैं।
- वक्फ संपत्तियों की रक्षा का दायित्व ओढ़नेवाली सरकारों द्वारा ही उन पर अवैध कब्जा आम है।
- राज्य सरकार और उसके विभागों के रवैए की वजह से बड़ी संख्या में वक्फ के कल्याणकारी उद्देश्य का बड़े स्तर पर शोषण हो रहा है।
- वक्फ संपत्तियों से पूरा लाभ उठाने के लिए नए सिरे से संस्थागत सहायता जरूरी है।
- वक्फ प्रबंधन के लिए और कड़ा रवैया अपनाने की और अतिक्रमण की गई संपत्तियों को खाली कराना आवश्यक है।
- हस्तांतरण में देरी होने से या इसके न होने से और प्रशासनिक अधिकार क्षेत्र में संशय होने से वक्फ संपत्ति अकसर दुर्व्यवस्था का शिकार हो जाती है।
- कई राज्यों में कई कारणों से वक्फ बोर्डों को बकाया राशि नहीं दी गई।
- संयुक्त संसदीय समिति द्वारा दी गई संस्तुतियाँ भी कई मामले में लागू नहीं की गईं।
- कई वक्फ संपत्तियाँ कब्जा ली गईं, परंतु या तो उनका मुआवजा

नहीं मिला या कई मामले में मुआवजे का दावा स्वीकार नहीं किया गया।

- दिल्ली वक्फ बोर्ड को प्रभावशाली रूप से अपनी कीमती संपत्तियों के इस्तेमाल से वंचित किया गया है।
- भारत में पाँच लाख से अधिक वक्फ संपत्तियों की हालत में सुधार के लिए उच्च स्तरीय वैधानिक, प्रशासनिक और न्यायिक प्राथमिकता की जरूरत है।
- यह बहुत जरूरी है कि केंद्रीय वक्फ परिषद् और प्रत्येक प्रादेशिक वक्फ बोर्ड में कम-से-कम दो महिलाएँ हों, इससे न सिर्फ लैंगिक समानता बढ़ेगी, बल्कि महिलाओं और बच्चों के लिए कल्याणकारी कदमों तक सीधी पहुँच भी बढ़ेगी।
- प्रादेशिक वक्फ बोर्ड के अध्यक्ष और सदस्यों को उस राज्य के महत्त्वपूर्ण व्यक्तियों की सूची में से चुना जा सकता है।
- सरकार को संघ लोक सेवा आयोग के द्वारा अधिकारियों की एक नई श्रेणी को नियुक्त करना चाहिए, जिससे कि वे वक्फ के कामकाज को दक्षता से चला सकें, पर ऐसे अधिकारियों को इस्लामी कानूनी और उर्दू का ज्ञान होना चाहिए।
- केंद्र सरकार के अंतर्गत एक राष्ट्रीय वक्फ विकास निगम बनाया जा सकता है, जिसको पाँच सौ करोड़ रुपए की राशि हर साल दी जाए।
- जहाँ कहीं वक्फ की संपत्ति पंजीकृत कल्याणकारी संस्थाओं या दूसरों द्वारा शैक्षणिक या स्वास्थ्य सेवा संस्थानों को स्थापित करने के लिए या चलाने के लिए या वक्फ में उल्लिखित अन्य सामाजिक और आर्थिक विकास के उद्देश्यों के लिए इस्तेमाल की जा रही है और इस्लामी कानून के तहत उसे ऐसा करने की अनुमति हो, वहाँ पर वक्फ संपत्तियों की लीज की अधिकतम अवधि को 3 साल से बढ़ाकर 30 साल कर देना चाहिए।
- वक्फ संपत्तियों को किराया नियंत्रण कानून से छुटकारा दिलाने के लिए कानून में संशोधन करने की सख्त जरूरत है।

- समिति का यह विचार है कि इस कानून को वक्फ संपत्तियों पर कब्जा करने के लिए इस्तेमाल नहीं किया जाना चाहिए और अनुशंसा करती है कि हमेशा के लिए सरकार को कोई उचित कदम उठाने चाहिए।
- सरकार और संबंधित निकाय वक्फ के हितों की रक्षा में विफल रहे हैं, जिससे मुसलिम समुदाय में असंतोष है।
- वक्फ ट्रिब्यूनल में पूर्णकालिक अधिकारी नियुक्त किए जाने चाहिए, जो सिर्फ वक्फ के उद्देश्यों पर ध्यान दे सकें।
- सार्वजनिक परिसर कानून को लागू कर वक्फ संपत्तियों का अतिक्रमण हटाया जाना चाहिए और बाजार दर से किराए की बकाया राशि को बकाया भूमि कर की तरह वसूला जाना चाहिए।
- वक्फ संपत्तियों को कुछ कानूनों से छूट दी जानी चाहिए, क्योंकि इससे काफी मानवतावादी मकसद पूरे हो सकेंगे।
- जहाँ अलग-अलग प्रदेशों में मुसलिमों की स्थितियों में काफी अंतर है, यह समाज विकास के लगभग सभी आयामों में कमी और वंचित रह जाना दरशाता है।
- अवसरों की समता और समानता को सुनिश्चित करने के लिए इस्तेमाल किए गए तरीके, जो समावेश करने की कोशिश करते हैं, ऐसे होने चाहिए कि विभिन्नता भी बनी रह सके और साथ-ही-साथ भेदभाव की धारणा भी खत्म हो जाए।
- हम राष्ट्रीय आँकड़ा बैंक बनाने की संस्तुति करते हैं, जहाँ विभिन्न सामाजिक-धार्मिक श्रेणियों से संबंधित सभी आँकड़ों को उपलब्ध कराया जाए।
- कमेटी एक स्वतंत्र निर्धारिण और निर्देशन प्राधिकरण को निर्मित करने की संस्तुति करती है, जो विभिन्न कार्यक्रमों के विकास के लाभ किस हद तक विभिन्न सामाजिक-धार्मिक श्रेणियों तक पहुँच सके हैं, उसकी समीक्षा कर सकें।
- जहाँ विकास की प्रक्रिया में समाज की बेहतर भागीदारी और

कार्यक्रमों के क्रियान्वयन में समानता धीरे-धीरे भेदभाव की इस धारणा को खत्म कर देगी, वहीं कानूनी विधानों को भी मजबूत बनाने की जरूरत है, जिससे कि ऐसे मामलों को होने से रोका जा सके।

- यह बहुत आवश्यक है कि अगर अल्पसंख्यकों में उन्हें दुःखित करने की कुछ धारणाएँ हैं तो राज्य को हर संभव प्रयास करना चाहिए कि ऐसा यंत्र ढूँढ़ा जा सके, जो उनकी शिकायतों पर शीघ्रता से कार्य कर सके।
- समिति यह संस्तुति करती है कि सरकार को एक समान अवसर आयोग निर्मित करना चाहिए, जो वंचित समूहों की शिकायतों पर गौर करे।
- एक ध्यानपूर्वक विचारी गई 'नामांकन' प्रक्रिया पर काम किया जा सकता है, जो अल्पसंख्यकों की भागीदारी को बढ़ा सके।
- समिति दूसरे अध्याय में वर्णित सीमा स्थिरीकरण योजनाओं के अंतर्गत आरक्षित निर्वाचन क्षेत्रों के संबंध में अव्यवस्था को खत्म करने की संस्तुति करती है।
- विभिन्नता सूची-पत्र से कुछ लाभों को जोड़ने के विचार को भी परखना चाहिए। इस सूची-पत्र से कई तरह के फायदों को जोड़ा जा सकता है कि जिससे सभी सामाजिक-धार्मिक श्रेणियों को शिक्षा, सरकार और निजी रोजगार व गृह निर्माण का समान अवसर मिलने को सुनिश्चित किया जा सके।
- संबंधित अधिकारियों को विविधता की जरूरत और सामाजिक पृथकीकरण से संबंधित समस्याओं के प्रति संवेदनशील होना पड़ेगा।
- समिति अनुशंसा करती है कि विद्यालय की पाठ्यपुस्तकों की विषयवस्तु की समीक्षा करने की प्रक्रिया को शुरू किया जाए और संस्थागत किया जाए।
- विश्वविद्यालय अनुदान आयोग को ऐसी व्यवस्था को विकसित करने

के लिए प्रोत्सहित करना होगा, जहाँ कॉलेजों और विश्वविद्यालयों को दिए जानेवाले आवंटन का हिस्सा विद्यार्थी की जनसंख्या से विविधता से जुड़ा हो।

- सभी सामाजिक-धार्मिक श्रेणियों में सबसे पिछड़े वर्ग का नियमित विश्वविद्यालयों और स्वायत्त कॉलेजों में दाखिले को बढ़ावा देने के लिए वैकल्पिक प्रवेश प्रक्रिया को विकसित करने की जरूरत है।
- अल्पसंख्यकों में से विद्यार्थियों को छात्रावास की सुविधाएँ यथोचित कीमत पर प्राथमिकता के आधार पर दी जानी चाहिए।
- पाठ्यक्रम के विषयों में शिक्षक के लिए प्रशिक्षण को बाध्यकारी रूप से शामिल करना चाहिए, जो देश में विविधता/बहुआयामिता की आवश्यकता का प्रचार कर सके और मुसलिमों तथा अन्य दरकिनार किए गए वर्गों की जरूरतों और इच्छाओं के प्रति शिक्षकों को संवेदनशील बना सके।
- इस जिम्मेदारी का ध्यान रखते हुए कि बच्चे की प्रारंभिक शिक्षा उसकी मातृभाषा में ही मिलेगी, सरकार को उर्दू माध्यम से विद्यालय चलाने की जरूरत है।
- ऐसे उपाय खोजने की कोशिश करनी चाहिए, जिससे कि मदरसों को उच्च स्तर के शैक्षणिक बोर्ड से जोड़ा जा सके, जिससे मदरसे से पढ़े छात्र चाहें तो वहाँ से निकलकर नियमित मुख्यधारा की शिक्षा में आ सकें।
- मदरसों की डिग्रियों को प्रतियोगी परीक्षाओं में योग्यता के रूप में मान्यता दिए जाने की जरूरत है।
- समिति प्राथमिकता के तौर पर मुसलिमों को अग्रिम कर्ज देने और इस चलन को बढ़ाने की अनुशंसा करती है।
- वास्तव में जरूरत उन नीतिगत कदमों की है, जो अल्पसंख्यकों, विशेष तौर पर मुसलिमों के नियमित वाणिज्यिक बैंकों के व्यापार में हिस्से और भागीदारी को बढ़ाए।
- इस बात की आवश्यकता है कि बोर्ड या पैनल के साक्षात्कार

कार्यक्रम में समुदाय से जुड़े विशेषज्ञों की सहभागिता हो।

- आजकल देश तेजी से विकास कर रहा है। यह समय है अल्पविकसित लोगों को नए अवसरों को उपयोग करने में कुशलता के विकास और शिक्षा के माध्यम से मदद की जाए।
- जिन रोजगारों से मुसलिम अधिक जुड़े हैं और विकास की क्षमता है, उनमें जुड़े वित्तीय एवं सहायक कदम उठाए जाने चाहिए।
- समुदाय द्वारा चलाए जानेवाले प्रयास/ट्रस्ट जैसे कि वक्फ संस्थान और मस्जिद समितियों को भी दर्ज कराने में सहायता की जानी चाहिए।
- आवश्यक संरचनात्मक सुविधाओं तक पहुँच में कमी मुसलिमों के लिए सोच का अलग विषय है।
- आज देश में सामाजिक-धार्मिक समुदायों में अलगाव से जुड़े मुद्दे बहुत अहम हैं। अगर यह रिपोर्ट इन मुद्दों को सुलझाने में किसी भी तरह की सकारात्मक मदद कर पाए और उन पर अधिक जानकारी के साथ विचार किए जाने में सहयोग कर सकें तो समिति के प्रयास सार्थक हो जाएँगे।

□

# सच्चर समिति की सिफारिशें

न्यायमूर्ति राजेंद्र सच्चर (सेवानिवृत्त) की अध्यक्षता में भारत में मुसलिम समुदाय की सामाजिक, आर्थिक और शैक्षणिक स्थिति पर उच्च-स्तरीय समिति रिपोर्ट में निहित अनुशंसाएँ—

| अनुशंसा सं. | अध्याय, पैरा तथा रिपोर्ट का पृष्ठ | अनुशंसा का सार |
|---|---|---|
| 1. | अध्याय-12<br>पैरा-1.3<br>पृष्ठ-221 | समिति पुरजोर सुझाव देती है कि देश के मुसलिमों में तुलनात्मक रूप से वंचित रह जाने को सुलझाने के लिए जो नीतियाँ अपनाई जाएँ, वो उनके संयुक्त विकास और उनकी विशिष्ट पहचान का सम्मान करते हुए समाज की मुख्यधारा से जोड़ने पर पूर्ण रूप से केंद्रित हों। रहन-सहन, काम और शैक्षणिक हलकों की विविधताओं को समझने की अत्यधिक आवश्यकता है, साथ ही उन कार्यक्रम और सहयोगात्मक नीतियों के द्वारा बनाई गई जगहों में वाकई पिछड़ी सामाजिक-धार्मिक श्रेणियों का अधिक-से-अधिक समावेश सुनिश्चित करने की जरूरत है। एक बहुआयामी समाज में समावेश और समानता को सुनिश्चित करने के लिए इस्तेमाल किए गए तरीके, जो समावेश करने की कोशिश करते हैं, ऐसे होने चाहिए कि विविधता भी बनी रह सके और साथ-ही-साथ भेदभाव की धारणा भी खत्म हो जाए। यह तभी संभव है, जब विविधताओं से भरे भारतीय सामाजिक परिदृश्य में मुसलिमों की आवश्यकता और अभिन्न हिस्सेदारी को पूरी पहचान मिले। |

| | | |
|---|---|---|
| 2. | अध्याय-12<br>पैरा-2.1<br>पृष्ठ-222 | **पारदर्शिता, मॉनीटरन और आँकड़ों की उपलब्धता की जरूरत**<br>हम राष्ट्रीय आँकड़ा बैंक बनाने की सिफारिश करते हैं, जहाँ विभिन्न सामाजिक-धार्मिक श्रेणियों से संबंधित सभी आँकड़ों का रख-रखाव किया जा सके। राष्ट्रीय आँकड़ा बैंक में राष्ट्रीय और प्रादेशिक स्तर पर चलाए जानेवाले विभिन्न लाभकारी कार्यक्रमों का भी भंडार हो और साथ ही इस बात का भी विवरण रखे कि अलग-अलग सामाजिक-धार्मिक श्रेणियाँ कितनी लाभान्वित हुईं। रोजगार, कर्ज की गतिशीलता, कार्यक्रम में भागीदारी आदि का विवरण भी विभिन्न राष्ट्रीय और राज्य एजेंसियों तथा उपक्रमों को राष्ट्रीय आँकड़ा बैंक के साथ बाँटना चाहिए। इस उद्देश्य के लिए, राष्ट्रीय आँकड़ा बैंक के पास इतने साधन और अधिकार होने चाहिए कि वो अन्य उपर्युक्त संस्थाओं से आँकड़ों का निर्धारण कर सके और साथ ही केंद्र और राज्य स्तर पर दोनों प्रकार के सरकारी विभागों से जरूरी जानकारी प्राप्त कर सके। |
| 3. | अध्याय-12<br>पैरा-2.1<br>पृष्ठ-222, 224 | एक बार यह आँकड़े उपलब्ध हो जाएँ (एन.डी.बी. से) तो उनके निर्धारण और मॉनीटरन की कार्यविधि को संस्थागत करने की जरूरत है जिससे समयानुकूल नीति के विकल्पों के बारे में सुझाव दिए जा सकें। समिति एक स्वायत्त निर्धारण और मॉनीटरन प्राधिकरण बनाने की संस्तुति करती है, जो विभिन्न कार्यक्रमों के विकास के लाभ किस हद तक विभिन्न सामाजिक-धार्मिक श्रेणियों तक पहुँच सके हैं, उसकी समीक्षा कर सके। |
| 4. | | समान अवसर उपलब्ध कराने के कानूनी आधार को बढ़ावा देना कानून में एक बहुत मशहूर कहावत है कि सिर्फ न्याय का होना ही जरूरी नहीं है, ऐसा लगना भी चाहिए कि न्याय हुआ है। इसी संदर्भ में समिति यह संस्तुति करती है कि सरकार को समान अवसर आयोग गठित करना चाहिए, जो वंचित समूहों की शिकायतों पर गौर करे। |

| | | |
|---|---|---|
| 5. | अध्याय–12<br>पैरा–2.3<br>पृष्ठ–224, 225 | **सरकार में भागीदारी को बढ़ावा**<br>समिति सिफारिश करती है आंध्र प्रदेश सरकार द्वारा उठाए गए कदमों की तर्ज पर राज्य स्तर के उपयुक्त कानून बनाए जा सकते हैं, जो स्थानीय निकायों में अल्पसंख्यकों के प्रतिनिधित्व को सुनिश्चित कर सकें (सच्चर समिति रिपोर्ट नवें अध्याय के बॉक्स 9.2 को देखें)। हर प्रदेश को इस विधान के क्रियान्वयन के समय भाषायी और धार्मिक, दोनों तरह के अल्पसंख्यकों की पहचान करने की जरूरत पड़ सकती है। सरकार की तरफ से स्थानीय ढाँचों में विभिन्नता को बढ़ाने का यह प्रयास जिससे दृष्टिगत रूप से अल्पसंख्यक समाजों की भागीदारी बढ़ेगी, विश्वास और भरोसे का माहौल बनाने में काफी सहायक होगा और विलक्षण परिणाम देगा, जिससे भारत को एक प्रबल प्रजातंत्र बनने में मदद मिलेगी। |
| 6. | अध्याय–12<br>पैरा–2.3<br>पृष्ठ–225 | समिति दूसरे अध्याय में वर्णित सीमांकन स्कीमों के अंतर्गत आरक्षित निर्वाचन क्षेत्रों के संबंध में विषमता को खत्म करने की संस्तुति करती है। एक अधिक विवेकशील सीमांकन प्रक्रिया अधिक अल्पसंख्यक आबादीवाले निर्वाचन क्षेत्रों को अनुसूचित जातियों के लिए आरक्षित न कर, अल्पसंख्यकों, विशेषकर मुसलिमों के लिए, भारतीय संसद् और विधानसभाओं के लिए चुनाव लड़ने और चुने जाने के अवसर को बढ़ा देगी। |
| 7. | अध्याय–12<br>पैरा–2.3<br>पृष्ठ–225 | **विविधता को प्रोत्साहन देना**<br>विविधता सूचक को कतिपय प्रोत्साहन देने को भी परखना चाहिए। हम मानते हैं कि यह एक जटिल समस्या है, पर अगर विविधता को मापने के लिए एक पारदर्शक और सर्वमान्य तरीका विकसित हो पाए, तो इस इंडेक्स से कई तरह के फायदों को जोड़ा जा सकता है कि जिससे सभी सामाजिक–धार्मिक श्रेणियों को शिक्षा, सरकारी और निजी रोजगार व गृह निर्माण का समान अवसर मिलने को सुनिश्चित किया जा सके। विविधता का नियम, जो समानता को साथ लेकर चलता है, उसे न सिर्फ बहुसंख्यक और अल्पसंख्यकों के बीच लागू करना है, वरन् अल्पसंख्यकों में |

| | | |
|---|---|---|
| | | आपस में भी लागू करना है, जिससे कि वाकई लाभ से वंचित लोगों को फायदा पहुँच सके और पहुँचना चाहिए। एक सर्वमान्य विविधता इंडेक्स होने से नीतियाँ निम्नलिखित दे सकती हैं—<br>● अधिक अनुदान के रूप में उन शैक्षणिक संस्थाओं को लाभ, जिनमें अधिक विविधता है और जो उसे कायम रख पाता है। यह लाभ दोनों कॉलेज और यूनिवर्सिटीज पर लागू हो सकते हैं, चाहे वो सरकारी हों या निजी क्षेत्र की हों।<br>● निजी क्षेत्र को कार्यशक्ति में विविधता को बढ़ावा देने के लिए लाभ, जहाँ ऐसे कदम कॉरपोरेट सामाजिक जिम्मेदारी का हिस्सा होना चाहिए, कुछ सकारात्मक कार्य इस प्रक्रिया को चालू करने में मददगार हो सकते हैं।<br>● भवन निर्माताओं को ऐसे हाउसिंग कॉम्प्लेक्स बनाने के लिए जहाँ निवासी जनता में अधिक विविधता हो, जिससे कि सामाजिक-धार्मिक श्रेणियों के संयुक्त निवास स्थान को बढ़ावा मिल सके। |
| 8. | अध्याय-12<br>पैरा-2.3<br>पृष्ठ-225, 226 | ज्यादातर गरीब बच्चों को पार्क, पुस्तकालय और यहाँ तक कि अपने ही घर में पढ़ने के लिए जगह नहीं मिल पाती। ऐसी जगहें सामाजिक-धार्मिक श्रेणियों में मेल-जोल को बढ़ावा दे सकती हैं और शैक्षणिक प्रयासों को प्रोत्साहित भी कर सकती हैं, जिसकी काफी जरूरत है। ऐसे क्षेत्रों का प्रयोग समाज या जनसभा द्वारा सुधार कक्षाएँ, पढ़ने के कमरों और अन्य रचनात्मक कार्यों के लिए किया जा सकता है। सरकार को मिली-जुली आबादीवाले स्थानीय इलाकों और आस-पास के इलाकों में ऐसे प्रयासों को बढ़ावा देना चाहिए, जिससे कि विभिन्न सामाजिक-आर्थिक श्रेणियों के बच्चे आपस में मिल-जुल सकें और साथ-ही-साथ पढ़ाई भी जारी रख सकें। जवाहरलाल नेहरू राष्ट्रीय शहरी नवीनीकरण मिशन (जे.एन.एन.यू.आर.एम.) के लिए अलग से रखे गए वित्त के कुछ हिस्से का इस्तेमाल इस उद्देश्य के लिए किया जा सकता है। |
| 9. | अध्याय-12<br>पैरा-2.3<br>पृष्ठ-226 | नवीन कार्यक्रमों के विकास और क्रियान्वयन में और सेवाएँ उपलब्ध कराने में विविधता का आदर करने और इसे बनाए रखने के लिए संबंधित अधिकारियों को विविधता की जरूरत और सामाजिक पृथकीकरण से संबंधित समस्याओं के प्रति संवेदनशील होना पड़ेगा। इन मुद्दों पर सरकार और अन्य अधिकारियों में संवेदना जगाना |

| | | |
|---|---|---|
| | | आवश्यक है। विभिन्न विभागीय सदस्यों, विशेष तौर से वो जो नियमित रूप से जनता के संपर्क में आते हैं, में संवेदना जगाने के लिए बड़े पैमाने पर कार्यक्रम चलाना वांछित है, जिनमें स्वास्थ्यकर्मी, शिक्षक, पुलिस और अन्य सुरक्षाकर्मियों पर अधिक ध्यान दिया जाना चाहिए। |
| 10. | अध्याय–12<br>पैरा–3.1<br>पृष्ठ–226, 227 | **शिक्षा की जरूरत**<br>एक बार विद्यालय की शिक्षा की बाधा पार हो जाए तो स्नातक स्तर की पढ़ाई में अधिकतर सामाजिक–धार्मिक श्रेणियों का उसे पूरा करने की संभावना में अंतर कम हो जाता है और कई बार तो अधिक उल्लेखनीय भी नहीं रह जाता, इसलिए विद्यालय की शिक्षा पर अधिक ध्यान देना वांछित है।<br>14 वर्ष की आयु तक मुफ्त और अनिवार्य शिक्षा देना देश की जिम्मेदारी है और इस जिम्मेदारी को पूरा करना मुसलिमों की शैक्षणिक स्थितियों को सुधारने के लिए जरूरी है, बल्कि सभी सामाजिक–आर्थिक रूप से वंचित बच्चों के लिए फायदेमंद है। इसके अलावा, नीचे सूचीबद्ध किए गए कुछ क्षेत्रों पर अधिक ध्यान दिया जाना वांछित है। |
| 11. | अध्याय–12<br>पैरा–3.1<br>पृष्ठ–227 | समिति अनुशंसा करती है कि विद्यालय की पाठ्यपुस्तकों की विषयवस्तु की समीक्षा करने की प्रक्रिया को शुरू किया जाए, जिससे कि उनमें से ऐसी विषयावली को हमेशा के लिए समाप्त किया जा सके, जो स्पष्ट और निश्चित तौर पर अनुचित सामाजिक आदर्श, खासकर धार्मिक असहिष्णुता को बढ़ावा दे सकती है। |
| 12. | अध्याय–12<br>पैरा–3.1<br>पृष्ठ–227 | दस साल से छोटे बच्चों के समूह में मुसलिम बच्चों का सबसे अधिक प्रतिशत हिस्सा है, जिसमें से 27 प्रतिशत इस वर्ग में आते हैं, जबकि पूरे देश में 23 प्रतिशत बच्चे ही इस वर्ग में आते हैं, पर शुरुआती स्तर पर वर्तमान भरती और जारी रखने की दर (हालाँकि हाल के वर्षों में बढ़ रही है) मुसलिमों के लिए सबसे कम है। यह तथ्य इस वर्ग के लिए प्रारंभिक शिक्षा को विशेष तौर से जरूरी बनाता है और यह सुनिश्चित करने की जरूरत पर और भी अधिक बल देता है कि 0–14 उम्र वर्ग के सभी बच्चों को मुफ्त और उच्च गुणवत्तावाली शिक्षा मिल सके। |

| | | |
|---|---|---|
| 13. | अध्याय–12<br>पैरा–3.1<br>पृष्ठ–227 | इसके साथ ही निम्नलिखित कदम भी वांछित हैं—<br>• इस तथ्य को ध्यान में रखते हुए कि शहरी आबादी में परिवारों का बड़ा हिस्सा एक कमरे के निवास स्थान में रहता है, यह बहुत आवश्यक है कि स्थानीय पढ़ाई केंद्र बनाए जाएँ, जहाँ विद्यार्थी कुछ घंटे अपनी पढ़ाई पर ध्यान लगा सकें। यह एक क्षेत्र है, जहाँ सरकार, गैर–सरकारी संस्थाएँ और कॉरपोरेट सेक्टर मदद कर सकते हैं।<br>• सघन मुसलिम आबादीवाले सभी इलाकों में ऊँची गुणवत्तावाले सरकारी स्कूल खोले जाएँ।<br>• लड़कियों के अलग विद्यालय खोले जाएँ, खासतौर से 9–12 कक्षाओं के लिए, इससे स्कूली शिक्षा में मुसलिम लड़कियों की भागीदारी को बढ़ावा मिलेगा। सह–शिक्षा विद्यालयों में अधिक महिला शिक्षकों की नियुक्ति की जरूरत है।<br>संवैधानिक रूप से अपनी मातृभाषा में प्रारंभिक शिक्षा की उपलब्धता का विधान है। इस बात की फौरन जरूरत है कि उर्दू भाषा बोलनेवाली जनता का उचित नक्शा बनाया जाए और जिन इलाकों में उर्दू बोलनेवाली आबादी की सघनता है, वहाँ प्रारंभिक शिक्षा उर्दू में दी जाए। एक बार फिर जवाहरलाल नेहरू राष्ट्रीय शहरी नवीनीकरण मिशन के वित्तों का उपयोग इन उद्देश्यों के लिए करने के बारे में सोचा जा सकता है। |
| 14. | अध्याय–12<br>पैरा–3.1<br>पृष्ठ–228 | समिति अनुशंसा करती है कि—<br>• भारतीय प्रौद्योगिकी संस्थानों में प्रवेश के लिए दाखिले से पहले की योग्यता 8वीं कक्षा तक घटा देनी चाहिए। भारतीय प्रौद्योगिकी संस्थान के पाठ्यक्रमों के कार्यक्षेत्र को बाजार की उभरती जरूरतों, जिनमें खुदरा क्षेत्र भी शामिल है, के हिसाब से बढ़ाया जाना चाहिए।<br>• भारतीय प्रौद्योगिकी संस्थानों और पॉलीटेक्निक द्वारा उठाए गए विशिष्ट कौशल के विकास के कदमों को उन क्षेत्रों पर ध्यान केंद्रित करना चाहिए, जहाँ उन्नति की संभावना ज्यादा है और उनमें मुसलिम आबादी की सघनता है। इन प्रशिक्षण के प्रयास को उन इलाकों पर भी ध्यान केंद्रित करना चाहिए, जहाँ अल्पसंख्यक समाज की सघनता है। |

| | | |
|---|---|---|
| | | • ऐसे कार्यक्रमों के लिए योग्यता को मदरसे में पढ़े बच्चों को भी शामिल करने के लिए विस्तृत कर देना चाहिए, क्योंकि इन बच्चों में काफी सारे वर्तमान औपचारिक तकनीकी शिक्षा की शाखाओं के अंतर्गत प्रशिक्षण प्राप्त करने के लिए अपात्र होते हैं। |
| 15. | अध्याय–12<br>पैरा–3.1<br>पृष्ठ–228 | विश्वविद्यालय अनुदान आयोग को ऐसी व्यवस्था को विकसित करने के लिए प्रोत्साहित करना होगा, जहाँ कॉलेजों और विश्वविद्यालयों को दिए जाने वाले आवंटन का हिस्सा विद्यार्थी की जनसंख्या में विविधता से जुड़ा हो। यहाँ तक कि निजी कॉलेजों, जिनमें वो संस्थान भी शामिल हैं, जो अल्पसंख्यकों द्वारा चलाए जाते हैं और जो विश्वविद्यालयों से संबद्ध हैं या प्रादेशिक निकायों द्वारा मान्यताप्राप्त हैं, को भी अतिरिक्त राशि दी जा सकती है, अगर उनमें विविध विद्यार्थी जनसंख्या है और वो यथोचित शुल्क लेते हैं। |
| 16. | अध्याय–12<br>पैरा–3.1<br>पृष्ठ–229 | सभी सामाजिक–धार्मिक श्रेणियों में सबसे पिछड़े वर्ग का नियमित विश्वविद्यालयों और स्वायत्त कॉलेजों में दाखिले को बढ़ावा देने के लिए वैकल्पिक प्रवेश प्रक्रिया को विकसित करने की जरूरत है। |
| 17. | अध्याय–12<br>पैरा–3.1<br>पृष्ठ–229,<br>230 | अल्पसंख्यकों में से विद्यार्थियों को छात्रावास की सुविधाएँ यथोचित कीमत पर प्राथमिकता के आधार पर दी जानी चाहिए। यहाँ सभी अल्पसंख्यक विद्यार्थियों को यह सुविधा दी जानी चाहिए तथा छोटे–बड़े सभी शहरों में लड़कियों को ऐसी सुविधाएँ विशेष तौर पर वांछित हैं।<br>दूसरी संभावना यह भी हो सकती है कि पिछड़ी सामाजिक–धार्मिक श्रेणियों के लिए तालुका मुख्यालयों में छात्रावास बनाएँ, जहाँ गरीब अल्पसंख्यक और अन्य बच्चे रह सकें और स्थानीय विद्यालयों में पढ़ सकें। इन दोनों ही कदमों के लिए केंद्र के द्वारा शैक्षणिक रूप से पिछड़े समूहों के शैक्षणिक स्तर को सुधारने के लिए अलग रखी गई विशेष राशि में से आवंटन किए जा सकते हैं। एक बार फिर से समूह–विशेष की भागीदारी को प्रोत्साहित करना चाहिए। |

| | | |
|---|---|---|
| | | मुसलिम वक्फों को प्रोत्साहित करना चाहिए कि अपनी संपत्ति को वो इस प्रयास के लिए इस्तेमाल करें। साथ ही, गैर-सरकारी संस्थानों और बहुद्देशीय संस्थाओं द्वारा दिए गए दान का भी इस्तेमाल किया जा सकता है। |
| 18. | अध्याय-12<br>पैरा-3.1<br>पृष्ठ-230 | पाठ्यक्रम के विषयों में शिक्षक के लिए प्रशिक्षण को बाध्यकारी रूप से शामिल करना चाहिए, जो देश में विविधता/बहुआयामी आवश्यकता का प्रचार कर सके और मुसलिमों तथा अन्य दरकिनार किए गए वर्गों की जरूरतों और इच्छाओं के प्रति शिक्षकों को संवेदनशील बना सके। इसके क्रियान्वयन का मॉनीटर राष्ट्रीय शिक्षक शिक्षा परिषद् (एन.सी.टी.ई.) द्वारा किया जाना चाहिए। |
| 19. | अध्याय-12<br>पैरा-3.1<br>पृष्ठ-230 | दूसरा मुद्दा है विद्यालयों में मुसलिम अध्यापकों की कमी, खासतौर से महिलाओं की। वर्तमान शिक्षा के स्तर को देखते हुए, अधिक मुसलिमों में बी.एड. के पाठ्यक्रम में प्रवेश लेने के आसार सीमित हैं। मगर सहायक शिक्षकों के रूप में अधिक मुसलिम भागीदारी कर सकते हैं। मध्यवर्ती कदम के रूप में इस व्यवस्था में मुसलिमों की भागीदारी बढ़ाने का प्रयास करना चाहिए। |
| 20. | अध्याय-12<br>पैरा-3.1<br>पृष्ठ-230 | बहुत कम ही शिक्षक हैं, जो उर्दू माध्यम से पढ़ा सकते हैं। इस जिम्मेदारी का ध्यान रखते हुए कि बच्चे की प्रारंभिक शिक्षा उसकी मातृभाषा में ही मिले, सरकार को उर्दू माध्यम से विद्यालय चलाने की जरूरत है। इससे उन शिक्षकों की जरूरत पड़ेगी, जो उर्दू माध्यम से पढ़ा सकें। इसलिए उन राज्यों में जहाँ उर्दू भाषा बोलने वाली काफी आबादी है, सभी शिक्षक प्रशिक्षण संस्थानों में उन शिक्षकों को वरीयता मिलना वांछित है, जो उर्दू माध्यम से पढ़ा सकें। |
| 21. | अध्याय-12<br>पैरा-3.1<br>पृष्ठ-230 | इसके साथ, तीन और उपाय भी वांछित हैं—<br>• प्राय: उर्दू विद्यालय में ऐसे शिक्षक होते हैं, जिन्हें उर्दू के बारे में कोई जानकारी नहीं होती, यह समस्या आंशिक रूप से इस तथ्य से भी बढ़ जाती है कि उर्दू अध्यापकों के पदों को अनुसूचित जाति/जनजाति के लिए आरक्षित कर |

| | | |
|---|---|---|
| | | दिया जाता है और ऐसे उम्मीदवार उपलब्ध नहीं होते। इस अनियमितता को तुरंत सुधारने की जरूरत है।<br>● देश के उन हिस्सों में उच्च गुणवत्तावाले उर्दू माध्यम के विद्यालय खोले जा सकते हैं, जहाँ उनकी माँग है, परंतु इस बात को भी सुनिश्चित करने की जरूरत है कि उर्दू माध्यम की उच्च गुणवत्तावाली पाठ्यपुस्तकें उपलब्ध हों और ऐसे विद्यालयों से निकले छात्र रोजगार करने लायक हों।<br>● उन प्रदेशों में जहाँ उर्दू-भाषी आबादी ज्यादा है, सभी सरकारी और सरकारी सहायता प्राप्त विद्यालयों में उर्दू को एक वैकल्पिक विषय का दर्जा दिया जाना चाहिए। |
| 22. | अध्याय–12<br>पैरा–3.1<br>पृष्ठ–230, 231 | मदरसों को नियमित विद्यालय के विकल्प के रूप में नहीं, बल्कि सहायक के रूप में देखना चाहिए। निम्नलिखित उपाय वांछित हैं—<br>● ऐसे उपाय खोजने की कोशिश करनी चाहिए, जिससे कि मदरसों को उच्च स्तर के शैक्षणिक बोर्ड से जोड़ा जा सके, ताकि मदरसे में पढ़े छात्र चाहें तो वहाँ से निकलकर नियमित मुख्य धारा की शिक्षा में आ सकें।<br>● मदरसे के सर्टीफिकेट। डिग्रियों को 'बराबरी' का दर्जा देने की व्यवस्था की जाए, जिससे उच्चतर शैक्षणिक संस्थानों में दाखिला मिल सके। इतना लचीलापन होना चाहिए कि मदरसे के स्नातक, अगर चाहें तो इन संस्थाओं से पढ़ने के बाद नियमित मुख्यधारा की शिक्षा से जुड़ सकें। दूसरे शब्दों में, उन्हें अवसर उपलब्ध कराने चाहिए, खासतौर से उन पाठ्यक्रमों में जहाँ दाखिले के लिए प्रवेश परीक्षा/प्रतियोगी परीक्षाएँ आयोजित की जाती हैं।<br>● मदरसों की डिग्रियों प्रतियोगी परीक्षाओं, जैसेकि सिविल सेनाओं, बैंकों, सुरक्षा सेवाओं और ऐसी ही अन्य परीक्षाओं के लिए योग्यता के रूप में मान्यता देना। विचार यह है कि एक ऐसी प्रक्रिया को बढ़ावा मिले, जहाँ मदरसे के स्नातकों के पास भी विकल्प हों और रोजगार की धाराओं में भागीदारी करने का लाभ हो, पर यह सब इन प्रतियोगी परीक्षाओं के वर्तमान स्वरूप के अंदर ही रहना चाहिए। |

| | | |
|---|---|---|
| | | • नब्बे के दशक में सरकार ने मदरसों के नवीनीकरण के लिए एक योजना बनाई थी। यह सही दिशा में एक कदम था, पर इसकी उपयोगिता आंशिक रूप से इसलिए खत्म हो गई कि इसमें कुछ कमियाँ थीं, जैसे कि विषयों का चयन, अध्यापकों की गुणवत्ता, नवीन विषयों को एक ऐसी समय सारणी में जगह देना, जिनमें पारंपरिक विषयों की भरमार थी। सरकार को यह नेक सलाह दी जाती है कि इस योजना की समीक्षा की जाए और उसे बेहतर बनाया जाए तो उसके बाद ही उसके विस्तार के बारे में सोचा जाए। |
| 23. | अध्याय–12<br>पैरा–3.2<br>पृष्ठ–231 | **कर्ज और सरकारी कार्यक्रमों तक पहुँच बढ़ाना**<br>निम्नलिखित अनुशंसा की जा सकती है समिति को कई ऐसी शिकायतें मिलीं, जिनमें बैंकों के कामकाज में सघन मुसलिम आबादीवाले क्षेत्रों को उपेक्षित किया जाता है। इस धारणा को कम-से-कम आंशिक रूप से दूर करने के लिए अमरीकी सरकार द्वारा अपनाई गई नीति पर एक सरल विनियमन वांछित है। सारे बैंकों को किसी को भी यह जानकारी देना जरूरी कर दिया जाए, जो जानना चाहता हो कि किन इलाकों में कर्ज बाँटा गया। अगर व्यक्तिगत रूप से यह जानकारी बाँटने में खर्चे कुछ ज्यादा ही बढ़ जाते हैं तो यह जानकारी भारतीय रिजर्व बैंक को दी जा सकती है, जो सूचना के अधिकार कानून के तहत यह जानकारी किसी को दे सकते हैं। ग्राहकों की सामाजिक-धार्मिक श्रेणी और पृष्ठभूमि के बारे में भी बैंकों को जानकारी रखनी चाहिए और भारतीय रिजर्व बैंक को उपलब्ध करानी चाहिए। व्यक्तिगत लेखा-जोखा के बारे में जानकारी देना जरूरी नहीं है, पर विभिन्न सामाजिक-धार्मिक श्रेणियों के हिसाब से मोटे तौर पर जानकारी उपलब्ध कराना काफी है। |
| 24. | अध्याय–12<br>पैरा–3.2<br>पृष्ठ–231 | समिति प्राथमिकता के तौर पर मुसलिमों को अग्रिम कर्ज देने और इस चलन को बढ़ाने की अनुशंसा करती है। अल्पसंख्यक आधारित कार्यक्रमों में लक्षित राशि तक पहुँचने में जो कमियाँ रह जाएँ, उस राशि को राष्ट्रीय अल्पसंख्यक विकास एवं वित्त निगम, राष्ट्रीय कृषि व ग्रामीण विकास बैंक और भारतीय लघु उद्योग विकास बैंक और अन्य विशेष कार्यक्रमों के द्वारा उपयोग में लाया जाए। |

| | | |
|---|---|---|
| 25. | अध्याय–12<br>पैरा–3.2<br>पृष्ठ–232 | भारतीय जनगणना 2001 के परिणामों का विश्लेषण यह संकेत देता है कि एक गाँव/इलाके में मुसलिम आबादी से बैंकिंग सुविधाएँ विलोमानुपात में हैं। इस मुद्दे पर प्राथमिकता के तौर पर ध्यान देना चाहिए और बैंकों को सघन मुसलिम आबादीवाले क्षेत्रों में अधिक शाखाएँ खोलने के लिए विशेष लाभ दिए जाने चाहिए। |
| 26. | अध्याय–12<br>पैरा–3.2<br>पृष्ठ–232 | समिति यह भी अनुशंसा करती है कि सार्वजनिक कार्यक्रमों को और विस्तृत बनाया जाए, जिसमें अधिक योजनाएँ हों तथा राष्ट्रीय कृषि और ग्रामीण विकास बैंक एवं भारतीय लघु उद्योग विकास बैंक आदि द्वारा भी कर्ज दिया जाना शामिल हो। भारतीय लघु उद्योग विकास बैंक को उद्यमिता विकास कार्यक्रम के अधीन अल्पसंख्यकों के प्रशिक्षण के लिए धनराशि अलग से देनी चाहिए। ऐसे कार्यक्रमों से न सिर्फ पारंपरिक रोजगारों से संबंधित कारीगारों के कौशल को प्रोत्साहित करने की कोशिश करनी चाहिए, अपितु वैश्वीकरण के इस दौर में मुकाबले के लिए उन्हें आधुनिक कौशल से लैस भी किया जाना चाहिए। इन रोजगार समूहों में मुसलिमों की बड़ी संख्या की मौजूदगी के कारण उन पर विशेष ध्यान दिए जाने की जरूरत है। |
| 27. | अध्याय–12<br>पैरा–3.2<br>पृष्ठ–232 | राष्ट्रीय कृषि और ग्रामीण विकास बैंक की अल्प कर्ज में अल्पसंख्यकों की भागीदारी को बढ़ावा देने के लिए एक नीति बनाई जानी चाहिए। इस नीति के तहत यह बताया जाना चाहिए राष्ट्रीय कृषि ग्रामीण विकास बैंक द्वारा किस प्रकार के सहायता कार्यक्रम चलाए जाएँ और गाँवों में मुसलिम आबादी की हिस्सेदारी के हिसाब से किस प्रकार की लाभ योजना और लक्ष्य रखे जाएँ कि अल्प कर्ज में मुसलिमों की भागीदारी को बढ़ावा मिल सके। किसी भी हालत में ऐसी योजनाओं में विभिन्न सामाजिक-धार्मिक श्रेणियों की भागीदारी के आँकड़े एकत्र किए जाने चाहिए और भारतीय रिजर्व बैंक या राष्ट्रीय आँकड़ा बैंक को सौंपे जाने चाहिए। ऐसी योजनाओं का क्रियान्वयन विशेष परिस्थितियों के हिसाब से करने की जरूरत है। |

| 28. | अध्याय–12 पैरा–3.2 पृष्ठ–232 | सरकारी नौकरियों और अन्य कार्यक्रमों के विस्तृत विशलेषण में मुसलिम भागीदारी बहुत कम पाई गई है। यहाँ भेदभाव के आरोप-प्रत्यारोप की बात नहीं, पर इस बात की आवश्यकता है कि बोर्ड या पैनल के साक्षात्कर कार्यक्रम में समुदाय से जुड़े विशेषज्ञों की सहभागिता हो। अनुसूचित जाति, जनजाति के मामले में यह व्यवस्था पहले से प्रचलन में है। |
|---|---|---|
| | अध्याय–12 पैरा–3.3 पृष्ठ–234 | एक अधिक पारदर्शी भरती पद्धति कार्यप्रणाली में जनता का भरोसा बढ़ाने में मदद करेगी। यहाँ यह सुझाव नहीं दिया जा रहा है कि चुनाव-समितियों में अल्पसंख्यकों को शामिल किए जाने से मुसलिमों को चुने जाने के अवसर बढ़ेंगे, पर इससे मुसलिम आवेदकों का प्रक्रिया में भरोसा बढ़ेगा। |
| 29. | अध्याय–12 पैरा–3.2 पृष्ठ–233 | वर्ष 2001 की जनगणना के आँकड़ों के हिसाब से प्रधानमंत्री के 15–सूत्री कार्यक्रम के अंतर्गत जो जिले आते हैं, उनकी समीक्षा करने की जरूरत है। समिति यह अनुशंसा करती है कि जिन 58 जिलों में मुसलिम आबादी 25 फीसदी से ज्यादा है, उन्हें 15–सूत्री कार्यक्रम में शामिल किया जाए। इन जिलों के विकास के लिए एक विशेष सहायता पैकेज की घोषणा की जाए। यही सिद्धांत सघन मुसलिम आबादीवाले तालुका/ब्लॉक स्तर पर भी लागू किया जा सकता है। |
| 30. | अध्याय–12 पैरा–3.2 पृष्ठ–233 | सभी क्रियाकलापों में अल्पसंख्यकों से जुड़ी जानकारी की सूचना देने में पारदर्शिता बरती जाए। हर तीन महीने में एक निश्चित प्रारूप में जानकारी प्रकाशित/उपलब्ध कराना आवश्यक होना चाहिए तथा इसे राज्य सरकार और विभागों की वेबसाइट पर भी उपलब्ध करना चाहिए। राज्य, जिला, ब्लॉक स्तर पर आवेदन के क्रियान्वयन या खारिज होने में लगनेवाली देरी/कमी के बारे में सूचना देने का प्रावधान भी होना चाहिए। आवेदक के अपने आवेदन पत्र की सूचना की जानकारी का पूरा अधिकार होना चाहिए, ताकि अत्यधिक पारदर्शिता बनी रही। |

| 31. | अध्याय–12<br>पैरा–3.2<br>पृष्ठ–233 | सरकारी कार्यक्रमों की समीक्षा यह संकेत देती है कि मुसलमानों को उनसे अधिक लाभ नहीं हुआ है। कहीं–कहीं तो मुसलिमों की लाभान्वितों के रूप में पर्याप्त भागीदारी ही नहीं है और जहाँ भागीदारी पर्याप्त है, वहाँ कार्यक्रम की आवंटित राशि इतनी कम है कि उसका सार्थक असर ही नहीं हुआ है। आँकड़ों के मौजूदा प्रारूप में विभिन्न सामाजिक–धार्मिक श्रेणियों की भागीदारी के बारे में राज्य और केंद्रीय स्तर पर नियमित रूप से विस्तृत आँकड़े एकत्र किए जाने चाहिए। जैसा कि पहले भी सुझाव दिया गया है इन आँकड़ों को राष्ट्रीय आँकड़ा बैंक को उपलब्ध कराया जाना चाहिए, जो उन्हें सँभालकर रखेगा और जिन्हें जरूरत है, उपलब्ध करा सकेगा। |
|---|---|---|
| 32. | अध्याय–12<br>पैरा–3.2<br>पृष्ठ–233 | अंत में जहाँ अनुसूचित जाति, जनजाति और अन्य पिछड़े वर्गों की भलाई के लिए बहुत सारी केंद्र द्वारा प्रायोजित योजनाएँ एवं केंद्रीय योजना कार्यक्रम बनाए गए हैं, अल्पसंख्यकों के कल्याण के लिए ऐसी योजनाएँ बहुत कम हैं। जो योजनाएँ हैं, उनमें भी पर्याप्त राशि का अभाव है। वस्तुत: उन पिछड़े जिला समूहों को लक्ष्य बनाना, जहाँ विशेष कारीगरों के समूह हैं, पहुँच और लाभ में अंतर को काफी कम करेगा। केंद्र सरकार को अल्पसंख्यकों की भलाई के लिए बड़े पैमाने पर कुछ योजनाएँ शुरू करनी चाहिए, जिनमें मुसलिमों के लिए समानांतर प्रावधान हों। |
| 33. | अध्याय–12<br>पैरा–3.3<br>पृष्ठ–234 | **रोजगार के अवसर और स्थितियों को सुधारना**<br>जिन रोजगारों से मुसलिम अधिक जुड़े हैं और विकास की क्षमता है, उन्हें वित्तीय एवं अन्य सहायता दी जानी चाहिए। ये कदम ऐसी सहायक योजनाओं के रूप में हो सकते हैं, जहाँ कामगारों को उनके मौजूदा कौशल की आधुनिक प्रबंधन प्रक्रियाओं, नवीन तकनीक और बाजार की उभरती जरूरतों के साथ संबद्ध किया जाए। |
| 34. | अध्याय–12<br>पैरा–3.3<br>पृष्ठ–234 | यद्यपि उपरोक्त कदम उन क्षेत्रों/समूहों में भी उठाए जा सकते हैं, जहाँ मुसलिम आबादी की सघनता हो, तथापि कुछ और समूह/इलाके के लिए विशेष कदम भी वांछित हैं। चूँकि ऐसे समूहों में कुशलता नवीनीकरण की जरूरतें बहुत अधिक हो सकती हैं, अत: औद्योगिक प्रशिक्षण संस्थान, पॉलिटेक्निक और दूसरी संस्थाएँ, जो गैर–दसवीं पास लोगों |

| | | |
|---|---|---|
| | | को कुशलता का प्रशिक्षण दे सकें, उनकी स्थापना की भी जरूरत है। पास में ही ऐसे संस्थानों की उपलब्धता सिर्फ उन कामगारों के लिए ही सहायक नहीं होगी, जो विकासोन्मुख उद्योगों से जुड़े हैं, वरन् उनकी भी मदद करेगी, जो नए कौशल सीखकर आधुनिक क्षेत्रों से जुड़ना चाहते हैं। |
| 35. | अध्याय–12<br>पैरा–3.3<br>पृष्ठ–234 | अनौपचारिक क्षेत्र के स्वरोजगार से जुड़े व्यक्तियों, खासकर घरेलू उद्योग के कामगारों की बुरी स्थितियों को देखते हुए ऐसे लोगों के लिए जरूरी सामाजिक सुरक्षा की व्यवस्था की जरूरत है। अनौपचारिक क्षेत्र में नैमित्तिक कामगारों को भी ऐसी योजनाओं में शामिल करना चाहिए। चूँकि सरकार पहले से ही ऐसी योजनाओं के बारे में सोच रही है, इसका जल्दी क्रियान्वयन मुसलिम आबादी के एक बड़े हिस्से को लाभ पहुँचाएगा और साथ ही इस क्षेत्र की कार्यशक्ति के और भी बड़े हिस्से की मदद करेगा। |
| 36. | अध्याय–12<br>पैरा–3.3<br>पृष्ठ–234 | यह बहुत जरूरी है कि मुसलिमों के रोजगार के हिस्से को बढ़ाया जाए, खासकर उन संदर्भों में जहाँ जनता से अधिक संपर्क होता हो। उनकी सार्वजनिक उपस्थिति मुसलिम समुदाय के बड़े हिस्से में विश्वास और खुद को शामिल समझने का अहसास बढ़ाएगी। इससे उन्हें इन सुविधाओं को ज्यादा संख्या और बड़े भाग से उपयोग करने में मदद मिलेगी। इसके लिए शिक्षकों, स्वास्थ्यकर्मी, पुलिस, बैंक कर्मचारी और अन्य के रूप में मुसलिमों के रोजगार की भागीदारी को बढ़ाने के प्रयास किए जाने चाहिए। नियोक्ताओं को प्रोत्साहन देना चाहिए कि वे अपने संस्थान को समान अवसर के संस्थान के रूप में परिभाषित करें, ताकि सभी धर्म और समुदाय के आवेदक वहाँ नियुक्ति के लिए आवेदन करें। इस दिशा में समयबद्ध प्रयास वांछित हैं। |
| 37. | अध्याय–12<br>पैरा–3.3<br>पृष्ठ–234 | जैसा हमारे आँकड़े बताते हैं, जब मुसलिम निर्धारित परीक्षाओं व साक्षात्कार में शामिल होते हैं, उनकी सफलता की दर उल्लेखनीय है। ये दोनों सार्वजनिक एवं निजी क्षेत्र की नौकरियों पर लागू होते हैं। कुछ सामान्य कदम जैसे कि उन इलाकों/जिलों में जहाँ मुसलिमों की आबादी का अनुपात अधिक है, वहाँ दृष्टिगत भरती पद्धति अपनाए। |

| | | |
|---|---|---|
| | | उर्दू और स्थानीय समाचार-पत्रों व अन्य मीडिया में नौकरियों के विज्ञापन या सामान्य संदेश जैसे कि महिलाएँ, अल्पसंख्यक और पिछड़े वर्ग के उम्मीदवारों को आवेदन के लिए प्रोत्साहित किए जाने से विश्वास और उम्मीद का माहौल बनेगा। इसी प्रकार केवल भेदभाव की भावना मिटाने, बल्कि विश्वास को जगाने के लिए भी मुसलिम की सघन आबादीवाले थाना क्षेत्रों में कम-से-कम मुसलमान अधिकारी, ऐसे क्षेत्रों में मुसलिम स्वास्थ्यकर्मी, विद्यालयों में कुछ मुसलमान शिक्षक आदि का होना महत्त्वपूर्ण कदम हो सकता है। 34 अवसंरचना प्रावधान की निपुणता को बढ़ाना। |
| 38. | अध्याय-12<br>पैरा-3.4<br>पृष्ठ-234, 235 | संरचना की अपर्याप्त उपलब्धता एक ऐसी समस्याओं में से है, जो मुसलिम देश के सभी गरीब, विशेष तौर से वंचित सामाजिक-धार्मिक श्रेणियों के साथ झेलते हैं। सेवा-दाताओं को मुसलिम समुदाय तक पहुँचने में कई कारणों से काफी परेशानियों का सामना करना पड़ता है, जो समुदाय से जुड़े मुद्दों को न समझ पाने से लेकर संस्था में मुसलिमों की उपस्थिति का न होना और समुदाय में उनके प्रति अविश्वास की धारणा होना, हो सकता है। यह भी आरोप लगाया जाता है कि बहुत सी परिस्थितियों में सेवादाताओं में आनुवंशिक भेदभाव की भावना होती है और उसे सुधारने के लिए, निम्नलिखित उपायों का सुझाव दिया जा रहा है—<br>• सेवा से संबंधित विभागीय सदस्यों को सामाजिक पृथकीकरण के मुद्दों पर संवेदनशील बनाने की बात हम पहले भी कर चुके हैं और इन समस्याओं को कम करने में काफी सहायक हो सकते हैं।<br>• विश्वसनीय गैर-सरकारी संस्थाओं, जिनके पास जरूरी दक्षता है, मुसलिम समुदाय में काफी कम और दूरी पर हैं। पर बहुतों को अपनी संस्थाएँ दर्ज कराने में दिक्कतों का सामना करना पड़ता है। समुदाय द्वारा चलाए जानेवाले प्रयास/ट्रस्ट जैसे कि वक्फ संस्थान और मस्जिद समितियों को भी रजिस्टर्ड कराने में सहायकता की जानी चाहिए। यह संस्थान समुदाय के करीब होने से सरकार द्वारा घोषित नीतिगत कार्यक्रमों और मुसलिम समुदाय में उससे लाभान्वित सदस्यों के बीच मध्यस्थ के रूप में अहम भूमिका अदा कर सकते हैं। साथ ही, मुसलिम समुदाय के |

| | | |
|---|---|---|
| | | मध्य भी जनकल्याण सभाओं को शुरू किए जाने को प्रोत्साहन देने की जरूरत है। पर एक बार फिर इन संस्थाओं की पहुँच बहुत ही सीमित होगी और आवश्यक स्वास्थ्य और दूसरी संरचनात्मक सुविधाएँ मुहैया कराने की सरकार की जिम्मेदारी सभी गरीब लोगों, जिनमें मुसलिम भी शामिल हैं, की मुख्य उम्मीद है। |
| 39. | अध्याय-12<br>पैरा-3.4<br>पृष्ठ-235 | इसलिए सरकार को यह नेक सलाह दी जाती है कि वह सभी गाँवों/कस्बों/रहने की जगहों में मूलभूत सुविधाओं, अच्छी गुणवत्तावाले सरकारी विद्यालय और स्वास्थ्य सुविधाओं, आने-जाने के लिए पक्की सड़कें और जीवन स्तर में सामान्य सुधार, साफ पीने का पानी और सफाई की व्यवस्था कराए। यह पूरे भारत के लिए अच्छा होगा, न कि सिर्फ मुसलिमों के लिए। |
| 40. | अध्याय-12<br>पैरा-3.5<br>पृष्ठ-235 | **समुदाय के प्रयासों को प्रोत्साहन देना**<br>ऊपर बताए गए बहुत से सुझाव ज्यादा कारगर साबित होंगे अगर उनमें समुदाय भागीदारी करें। सच तो यह है कि सरकार समुदाय और निजी क्षेत्र की साझेदारी, मुसलिमों द्वारा झेली जा रही पेरशानियों को दूर करने के लिए महत्त्वपूर्ण साबित हो सकती है। इस संदर्भ में, वक्फ की संपत्ति का बेहतर इस्तेमाल साझेदारी का अवसर दे सकता है। |
| 41. | अध्याय-2<br>पैरा-4.1<br>पृष्ठ-18 | कई राज्यों में अल्पसंख्यक शैक्षणिक संस्थाओं को मान्यता देने में विरोध करना गंभीर चिंतन का विषय है, क्योंकि वे अल्पसंख्यक शैक्षिक संस्थान स्थापित करने में गंभीर कठिनाई का सामना करते हैं। यह भारतीय संविधान के अनुच्छेद 30 का स्पष्ट उल्लंघन भी है। कई लोगों का आरोप था कि अल्पसंख्यक शैक्षणिक संस्थानों को शुरू करने में काफी मुश्किलें आती हैं। |

| | | |
|---|---|---|
| 42. | अध्याय-2 पैरा-4.2 पृष्ठ-20 | सरकारी अल्प वित्तीय कार्यक्रम, जैसे—स्वयं सहायता समूह (एच.एच.जी.), जल विभाग के कार्यक्रम और पंचायती राज में मुसलिम महिलाओं की भागीदारी बहुत कम है। इसमें उनकी भागीदारी बढ़ाने के प्रयास करने जरूरी हैं। |
| 43. | अध्याय-2 पैरा-5 पृष्ठ-24 | यह प्रयास किया जाना चाहिए कि मुसलिमों द्वारा समझी जानेवाली भाषा अर्थात् उर्दू भाषा में मीडिया के माध्यम से तथा परामर्शन केंद्रों के माध्यम से यह सुनिश्चित करने के लिए सूचना उपलब्ध कराई जाए कि योजनाएँ उनके लिए हैं और वे योजनाओं का लाभ उठा सकें। |
| 44. | अध्याय-3 पैरा-8 पृष्ठ-43 | आम धारणा के मुसलिमों में प्रजनन विनियमन तथा आधुनिक गर्भनिरोध की पर्याप्त माँग है। इसलिए दंपतियों को बेहतर विकल्प उपलब्ध कराने के लिए कार्यक्रम की जरूरत है। |
| 45. | अध्याय-4 पैरा-1 पृष्ठ-45-46 | मुसलमानों को दुगुनी हानि उठानी पड़ती है, क्योंकि उनमें शिक्षा का स्तर और गुणवत्ता दोनों ही निम्न हैं, बल्कि, जैसे-जैसे शिक्षा का स्तर बढ़ता जाता है, उनकी कमी कई गुना गढ़ जाती है। कुछ उदाहरणों में तो मुसलमानों का तुलनात्मक हिस्सा अनुसूचित जाति से भी कम है, जो कि वर्षों पुरानी जातीय प्रथा का शिकार हैं। इस तुलनात्मक कमी की समस्या को सुलझाने के लिए, उसके सुधार के लिए तरीके सोचने में और संसाधनों के आवंटन के लिए नीति में काफी बदलाव किए जाने की जरूरत है। |
| 46. | अध्याय-4 पैरा-7 पृष्ठ-69 | समय के साथ-साथ होते विश्लेषण से यह सुझाव प्राप्त होता है कि जहाँ मुसलिम और अनुसूचित जाति/अनुसूचित जनजाति दोनों ही गैर-लाभान्वित रहे हैं, वहीं उच्चतर शिक्षा के लिए पात्र आबादी की संख्या मुसलमानों की अपेक्षा अनुसूचित जाति/अनुसूचित जनजाति में अधिक तेजी से बढ़ रही है। इस प्रवृत्ति की तह तक जाने की जरूरत है। |

| | | |
|---|---|---|
| 47. | अध्याय–4<br>पैरा–8<br>पृष्ठ–72 | मदरसों के आधुनिकीकरण की योजना का नए सिरे से मूल्यांकन अपेक्षित है, जिसके फलस्वरूप इस योजना के स्वरूप में बदलाव आएगा। |
| 48. | अध्याय–4<br>पैरा–10<br>पृष्ठ–77 | अन्य सामाजिक–धार्मिक श्रेणियों की तुलना में मुसलिमों में शिक्षा की तुलनात्मक रूप से कमी को खत्म करने के लिए सरकार को अपनी नीति में काफी बदलाव करने पड़ेंगे तथा निजी और स्वैच्छिक क्षेत्रों में प्रभावी भागीदारी को बढ़ावा देने की जरूरत है। |
| 49. | अध्याय–5<br>पैरा–6.1<br>पृष्ठ–92 | अत: समग्र रूप से निर्माण क्षेत्रों, जैसे—कपड़ा उद्योग, वाहन मरम्मत और विद्युत मशीनरी के निर्माण से संबंधित क्षेत्र, जो मुसलिमों के लिए काफी महत्त्वपूर्ण हैं, में मुसलिम कामगारों के हितों से संबंधित व्यापक स्तर पर रोजगार संबंधी नियमों पर ध्यान केंद्रित किया जा सकता है। |
| 50. | अध्याय–5<br>पैरा–6.1<br>पृष्ठ–93 | मुसलिम कामगारों की संख्या जहाँ अधिक है, उन क्षेत्रों के गहन अध्ययन वांछनीय हैं। उन क्षेत्रों से संबंधित नीतियों पर ध्यान देने की आवश्यकता है, जहाँ मुसलिम कामगार हैं। साथ ही ऐसी नीतियों पर ध्यान देना भी आवश्यक है, जिनसे इन्हें निम्न विकासवाले क्षेत्रों से विकासवाले क्षेत्रों में लाया जा सके। |
| 51. | अध्याय–6<br>पैरा–5<br>पृष्ठ–125 | मुसलमानों को सीधे तौर पर ऋण उपलब्ध कराने के लिए आवश्यक कदम उठाए जाने चाहिए। प्रचार एवं उद्यमिता विकास कार्यक्रमों के माध्यम से और बैंकिंग सेवाओं के संदर्भ में उपलब्ध जानकारियों को उजागर करने में पारदर्शिता से विभिन्न ऋण योजनाओं के प्रति जागरूकता पैदा करनी चाहिए। ग्रामीण और शहरी क्षेत्रों के गरीबी वाले इलाकों में रहनेवाले समुदायों को मदद करने का एक महत्त्वपूर्ण तरीका है—माइक्रो क्रेडिट प्रदान करना, खासकर महिलाओं को। |

| | | |
|---|---|---|
| 52. | अध्याय-8<br>पैरा-3.4<br>पृष्ठ-149 | इस प्रकार गरीबी की कमी से शहरों और ग्रामीण इलाकों में रहनेवाले मुसलमानों की स्थिति का रुझान भी अनोखा है। गरीबी के स्तर में मामूली गिरावट के साथ ही शहरों में निवास करनेवाले मुसलमानों की स्थिति खतरनाक है, जबकि ग्रामीण इलाकों के मुसलिमों के लिए असाधारण आर्थिक अवसर उत्पन्न हो रहे हैं और गरीबी में सर्वाधिक गिरावट दर्ज की जा रही है। इस तरह के रुझान का सही तरह से विश्लेषण किए जाने की जरूरत है। |
| 53. | अध्याय-9<br>पैरा-3.2<br>पृष्ठ-170, 171 | **मौलाना आजाद शिक्षा प्रतिष्ठान**<br>मौलाना आजाद शिक्षा प्रतिष्ठान इन योजनाओं के लिए एकत्र राशि का ब्याज इतना कम है कि शैक्षणिक स्तर पर उनका महत्त्वपूर्ण प्रभाव नहीं होता है। ब्याज में कमी ने भी फाउंडेशन की वित्तीय क्षमता को कम किया है। वर्ष 2002-03 से 2005-06 तक फाउंडेशन ने सिर्फ 27 करोड़ रुपए का अनुदान स्वीकृत किया। प्रभावकारी क्षमता के लिए इस राशि को 1000 करोड़ रुपए तक बढ़ाने की जरूरत है। |
| 54. | अध्याय-9<br>पैरा-3.2<br>पृष्ठ-171 | मानव संसाधन विकास मंत्रालय के अल्पसंख्यक प्रकोष्ठ की तरफ से समिति को दिए गए आँकड़े बताते हैं कि इस योजना के तहत 4694 मदरसों को सहायता दी गई है। अप्रैल 2002 से मार्च 2006 के बीच पिछले चार साल के दौरान कुल 106 करोड़ रुपए दिए गए हैं, जिसमें से 79 करोड़ रुपए ढाँचागत विकास के लिए और 27 करोड़ रुपए मदरसों के आधुनिकीकरण के लिए मुहैया कराए गए हैं, लेकिन इस राशि को और बढ़ाए जाने की जरूरत है। |
| 55. | अध्याय-9<br>पैरा-3.2<br>पृष्ठ-173 | राष्ट्रीय अल्पसंख्यक विकास एवं वित्त निगम से ऋण लेने के रास्ते में राज्य सरकार बड़ी बाधा है। अपनी तंग आर्थिक स्थिति की वजह से राज्य सरकारों की गारंटी ऋण की तरफ अनिच्छा बढ़ती जा रही है। इसके अलावा सिफारिशों के आधार पर लाभान्वितों का निर्धारण होने से ऋण का वितरण ऐसे परिवारों को किया जाता है, जो डी.बी.एल. परिवार नहीं हैं। ऋण देने में लिया गया समय भी मानक समय से ज्यादा है। कई मामलों में तो ये बेहद धीमी प्रक्रिया में और राष्ट्रीय अल्पसंख्यक विकास एवं वित्त निगम के पास धन की उपलब्धता पर आधारित होता |

| | | |
|---|---|---|
| | | है। सूक्ष्म वित्त व्यवस्था के अंतर्गत गैर-सरकारी संगठनों से ऋण की माँग काफी अधिक है। राष्ट्रीय अल्पसंख्यक विकास एवं वित्त निगम में राशि की उपलब्धता बढ़ाने के साथ-साथ इन लक्षित आवश्यकताओं को पूरा करने के लिए ज्यादा नियमित करने की भी जरूरत है। |
| 56. | अध्याय-10<br>पैरा-4<br>पृष्ठ-183 | समाजिक सोपान के सबसे निचले स्तर पर मौजूद होने से अरजल सबसे बुरी हालत में थे और उन्हें अलग से देखने का जरूरत थी। यह ज्यादा उचित होता कि उन्हें अनुसूचित जाति की सूची में सम्मिलित कर लिया जाता या कम-से-कम अत्यंत पिछड़ा वर्ग (एम.बी.सी.) की अलग श्रेणी के रूप में ओ.बी.सी. से अलग किया जाता। |
| 57. | अध्याय-10<br>पैरा-7<br>पृष्ठ-199 | इसलिए समिति का विचार है कि दशकीय जनगणना प्रक्रिया के हिस्से के रूप में जातियों/समुदायों की गणना, ओ.बी.सी. श्रेणी में सम्मिलित समूहों में लाभ के समान वितरण को आँकने में महत्त्वपूर्ण होगी। |
| 58. | अध्याय-10<br>पैरा-7<br>पृष्ठ-200 | तीनों समूहों (अशरफ, अजलाफ व अरजल) के लिए विभिन्न प्रकार की सकारात्मक कारवाई अपेक्षित है। द्वितीय समूह अजलाफ/ओ.बी.सी., जो हिंदू ओ.बी.सी. के समान हैं, पर विशेष ध्यान देने की आवश्यकता है। तीसरे समूह जिनका पारंपरिक व्यवसाय, एस.सी. के सामन है, को अत्यधिक पिछड़ा वर्ग (एम.बी.सी.) के रूप में संबोधित किया जा सकता है, क्योंकि इन्हें आरक्षण देने सहित कई प्रकार के सुधारों की आवश्यकता है, क्योंकि ये 'अत्यधिक पीड़ित हैं।' |
| 59. | अध्याय-11<br>पैरा-3.2<br>पृष्ठ-211 | उत्तर प्रदेश सरकार के अल्पसंख्यक विभाग द्वारा अनधिकृत रूप से आदेश जारी किए गए, जो कि वक्फ बोर्ड से संबंधित न्यायिक आदेशों की अवहेलना करते हैं। यह समुदाय के पास यू.पी. सरकार द्वारा वक्फ बोर्ड के आदेशों की अवहेलना करने का सबसे ताजा उदाहरण है। ऐसी कारवाई वक्फ अधिनियम के अधिकार से परे है। वक्फ अधिनियम, 1995 में ऐसे संशोधन भी किए जा सकते हैं, जिससे इस तरह के व्यवधान को रोका जा सके। |

| | | |
|---|---|---|
| 60. | अध्याय-11<br>पैरा-4.1<br>पृष्ठ-214 | यह जरूरी लगता है कि राज्य और राष्ट्रीय स्तर दोनों पर ही वक्फ संपत्तियों के विकास के लिए एक तकनीकी परामर्शी निकाय उपलब्ध कराया जाए। इस निकाय में राज्य वक्फ बोर्ड, स्कूल ऑफ प्लानिंग एंड आर्किटेक्चर, राष्ट्रीय डिजाइन संस्थान तथा भारतीय प्रौद्योगिकी संस्थान आदि से अपने-अपने क्षेत्र में दक्ष लोगों और अन्य विभागों जैसे कि समाजशास्त्री, अर्थशास्त्री, वित्तीय और कानूनी दक्षता प्राप्त प्रतिनिधियों को भी शामिल किया जाए। संबंधित सरकारी विभाग के एक प्रतिनिधि को भी इस निकाय का हिस्सा होना चाहिए। |
| 61. | अध्याय-11<br>पैरा-4.1<br>पृष्ठ-214 | महिला प्रतिनिधित्व : यह बहुत जरूरी है कि केंद्रीय वक्फ परिषद् और प्रत्येक राज्य वक्फ बोर्ड में कम-से-कम दो महिलाएँ हों। इससे न सिर्फ लैंगिक समानता बढ़ेगी, बल्कि महिलाओं और बच्चों के लिए कल्याणकारी कदमों तक सीधी पहुँच भी बढ़ेगी। |
| 62. | अध्याय-11<br>पैरा-4.1<br>पृष्ठ-214,<br>215 | केंद्रीय वक्फ परिषद् (सी.डब्ल्यू.सी.) की बनावट : यह प्रस्ताव है कि महत्त्वपूर्ण व्यक्तियों जैसे कि रिटायर्ड उच्च न्यायालय के जजों, केंद्रीय विश्वविद्यालय के कुलपतियों और पृष्ठ-214, 215 उपकुलपतियों और प्रादेशिक वक्फ बोर्डों के पूर्व मुखियाओं में से एक पूर्णकालिक अध्यक्ष नियुक्त किया जाए। अध्यक्ष 3 साल की अवधि तक पद पर बना रह सकता है। केंद्रीय वक्फ परिषद् के दूसरे सदस्यों को विभिन्न कार्यक्षेत्रों के महत्त्वपूर्ण पदों पर विराजमान मुसलिमों की सूची से नामांकित किया जा सकता है, जैसे कि वास्तुविद् चिकित्सक, वकील, चार्टर्ड अकाउंटेंट अकादमीशियन में से नामांकित किया जा सकता है। वर्तमान में संसदीय और विधानसभा के सदस्यों के प्रतिनिधित्व को जोड़कर देखा जा सकता है और हर राज्य वक्फ बोर्ड में उनकी कुल संख्या 4 से घटाकर 2 की जा सकती हैं। केंद्रीय वक्फ परिषद् का सचिव एक ऐसा उच्चपदीय अधिकारी होना चाहिए, जो भारत सरकार में कम-से-कम संयुक्त सचिव स्तर के पद पर काम कर चुका हो, जिससे कि सरकारी विभागों के साथ प्रभावी और सार्थक बातचीत हो सके। इसके प्रभावी रूप से कार्यान्वयन के लिए इस अधिकारी को वक्फ के मामलात की और मुसलिम धार्मिक पुस्तकों की अच्छी जानकारी होनी चाहिए और उर्दू में भी महारत हासिल होनी चाहिए। |

| | | |
|---|---|---|
| 63. | अध्याय–11<br>पैरा–4.1<br>पृष्ठ–215 | राज्य वक्फ बोर्ड : राज्य वक्फ बोर्ड के अध्यक्ष और सदस्यों को उस राज्य के महत्त्वपूर्ण व्यक्तियों की सूची में से चुना जा सकता है। उदाहरण के लिए रिटायर्ड उच्च न्यायालय के जज, पूर्व उपकुलपति और जिन्होंने नामी मुसलिम शैक्षणिक संस्थाएँ स्थापित की हैं, उन्हें वक्फ बोर्ड में नियुक्त किया जाना चाहिए। वक्फ बोर्ड के दूसरे सदस्यों के साथ अलग–अलग व्यवसायों से जुड़े मुसलिम लोगों वास्तुविद्, चिकित्सक, वकील, चार्टर्ड अकाउंटेंट और विद्वानों आदि की सूची से नामांकित किया जाना चाहिए। संसदीय और विधानसभा सदस्यों के प्रतिनिधित्व को फिलहाल जोड़कर रखा जा सकता है और हर वक्फ बोर्ड में उनकी कुल संख्या चार से घटाकर दो की जा सकती है। अधिनियम, राज्य सरकार द्वारा किसी व्यक्ति को बोर्ड का मुख्य कार्यकारी अधिकारी नियुक्त किए जाने के लिए किसी योग्यता का उल्लेख नहीं करता। ऐसा पाया गया है कि मुख्य कार्यकारी अधिकारी राज्य सरकार के उच्च पद पर आसीन नहीं होते या वक्फ के हितों का ध्यान नहीं रखते, जिसमें वक्फ बोर्ड का कामकाज प्रभावित होता है। इसलिए जरूरी है कि मुख्य कार्यकारी अधिकारी पूर्णकालिक हो और राज्य सरकार के वरिष्ठ अधिकारियों की रैंक का हो। आदर्श रूप से संपूर्ण भारत या केंद्रीय सेवाओं से संबंधित प्रथम श्रेणी के अधिकारी को ही, जिसे संघ लोक सेवा आयोग के द्वारा नियुक्त किया गया हो, मुख्य कार्यकारी अधिकारी बनाया जाना चाहिए। |
| 64. | अध्याय–11<br>पैरा–4.1<br>पृष्ठ–215 | वक्फ के लिए समूह–क अधिकारी को इस बात का जोरदार सुझाव दिया जाता है कि राज्य वक्फ बोर्डों और केंद्रीय वक्फ परिषद् के कामकाज को चलाने के लिए अधिकारियों के संवर्ग की जरूरत है, इसके लिए 200 समूह–क के अधिकारियों की आवश्यकता का अनुमान है, जिससे संपूर्ण भारत में वक्फ के काम–काज ठीक से किए जा सकें। इसके लिए सरकार को संघ लोक सेवा आयोग के द्वारा अधिकारियों की एक नई श्रेणी को नियुक्त करना चाहिए, जिससे कि वे वक्फ के कामकाज को दक्षता से चला सकें। पर ऐसे अधिकारियों को इस्लामी कानून और उर्दू का ज्ञान होना चाहिए, क्योंकि वक्फ से संबंधित अधिकतर कागजात इसी भाषा में होते हैं। इस श्रेणी के कुछ अधिकारियों को केंद्रीय वक्फ समिति की सहमति से केंद्रीय और राज्य हज समितियों को प्रशासनिक सहायता देने के लिए कहा जा सकता है। |

| | | |
|---|---|---|
| 65. | अध्याय–11<br>पैरा–4.1<br>पृष्ठ–215 | **लेखों का रख-रखाव :** यह अनुशंसा की जाती है कि सभी वक्फों को 'वित्तीय लेखापरीक्षा' की योजना के अंतर्गत लाना जरूरी होना चाहिए। |
| 66. | अध्याय–11<br>पैरा–4.1<br>पृष्ठ–215 | **राष्ट्रीय एवं राज्य वक्फ विकास निगम :** केंद्र सरकार के अंतर्गत एक राष्ट्रीय वक्फ विकास निगम बनाया जा सकता है, जिसको पाँच सौ करोड़ रुपए की राशि हर साल दी जाए। समुदाय और गैर-सरकारी संगठनों से भी इतनी ही राशि पाने की कोशिश की जानी चाहिए। इस निगम का मुख्य महाप्रबंधक मुसलिम धार्मिक क्रियाओं का अच्छा जानकार होना चाहिए और उर्दू में दक्ष होना चाहिए। निगम वक्फ के संसाधनों को बढ़ाने के लिए और वक्फ की संपत्ति के विकास के लिए वित्तीय व तकनीकी सहायता देना जारी रख सकता है। सभी राज्यों में ऐसे निगम स्थापित किए जाने चाहिए। |
| 67– | अध्याय–11<br>पैरा–4.2<br>पृष्ठ–216 | **अजमेर दरगाह अधिनियम को संशोधित करने की जरूरत :** वक्फ अधिनियम, 1954 को 1995 में संशोधित किया गया था। इस रिपोर्ट में कुछ और संशोधन के सुझाव दिए गए हैं, परंतु दरगाह ख्वाजा साहेब अजमेर अधिनियम, 1955 को कभी संशोधित नहीं किया गया, जबकि शेष भारत में और वक्फों की तरह वहाँ भी वैसी ही समस्याएँ हैं, इसलिए दरगाह ख्वाजा साहेब अजमेर अधिनियम को भी विस्तृत रूप से बदला जाना चाहिए। |
| 68. | अध्याय–11<br>पैरा–4.2<br>पृष्ठ–216 | **कानूनी और प्रशासनिक सुधार परिहार्य न्यायिक कमजोरियों को दूर करना :** वक्फ अधिनियम की धारा (6) उपधारा (1) का संशोधन : उच्चतम न्यायालय ने मुसलिम वक्फ बोर्ड, राजस्थान और राधाकृष्णन एवं अन्य के मामले में कहा था कि जहाँ कोई भी गैर–मुसलिम ऐसी संपत्ति का मालिक हो, जिसे वक्फ की सूची में शामिल कर लिया गया है तो सिर्फ इस कारण उसका अधिकार मालिकाना हक और उससे लाभान्वित होने का अधिकार खत्म नहीं हो जाता। ऐसे किसी व्यक्ति को वक्फ अधिनियम के मुताबिक अपने मालिकाना हक को घोषित करने |

| | | |
|---|---|---|
| | | के लिए (एक साल के भीतर) वाद करने की जरूरत नहीं है। इसका मतलब यह हुआ कि धारा (6) की उपधारा (1) में जो विशेष सीमा का नियम बनाया गया है, वो गैर-मुसलिमों पर लागू नहीं होता। ऐसी व्याख्या किया जाना वक्फ के हितों के लिए हानिकर हो सकता है और अवैध अधिक्रमण को बढ़ावा दे सकता है। इसलिए धारा 6 को संशोधित किए जाने की जरूरत है, जिससे कि कोई भी संशय बाकी न रहे। इस संशोधन को उस तारीख से लागू करना पड़ेगा, जब से संपत्ति को वक्फ मान लिया गया। वक्फ अधिनियम, 1995 की धारा 6 (1) में इस वाक्य के बाद कि 'या कोई भी व्यक्ति जिसका हित इससे जुड़ा हो' के बाद निम्नलिखित शब्द भी जोड़े जाने चाहिए—चाहे उसका धर्म कोई भी हो। |
| 69. | अध्याय-11<br>पैरा-4.2<br>पृष्ठ-216 | **लीज की अवधि को बढ़ाना** : जहाँ कहीं वक्फ की संपत्ति पंजीकृत कल्याणकारी सोसाइटियों या दूसरों द्वारा शैक्षणिक या स्वास्थ्य सेवा संस्थाओं को स्थापित करने के लिए या चलाने के लिए वक्फ में उल्लिखित अन्य सामाजिक और आर्थिक विकास के उद्देश्यों के लिए इस्तेमाल की जा रही है और इस्लामी कानून के तहत उसे ऐसा करने की अनुमति हो, वहाँ पर वक्फ संपत्तियों को लीज की अधिकतम अवधि को 3 साल से बढ़ाकर 30 साल कर देना चाहिए। |
| 70. | अध्याय-11<br>पैरा-4.2<br>पृष्ठ-216 | **कब्जा करनेवाला की परिभाषा** : धारा 3 में कब्जा करनेवाले की परिभाषा शामिल किए जाने की जरूरत है। कब्जा करनेवाले की परिभाषा यह होनी चाहिए कि "कोई भी व्यक्ति जो बिना कानूनी अधिकार के अवधि और लाइसेंस की अवधि पूरी होने के बाद भी वहाँ पर रह रहा है या फिर बोर्ड द्वारा उनको खत्म किए जाने के बाद भी वहाँ रह रहा है या वक्फ बोर्ड की पहले से ली गई लिखित अनुमति के बिना उससे किराए पर दी गई या कब्जा की गई संपत्ति में बदलाव करता है। 'इस परिभाषा के शामिल होने से वक्फ बोर्डों पर से अतिक्रमण हटाने में मदद मिलेगी। दूसरे, वक्फ परिसर में काबिज व्यक्ति को 'इच्छुक व्यक्ति' की परिभाषा में शामिल किया जाना चाहिए। तीसरे 'वक्फ परिसर', की परिभाषा का मतलब है कि "कोई भी मस्जिद, कब्रगाह, मजार, ताजिया, ईदगाह, |

| | | |
|---|---|---|
| | | इमामबाड़ा, दरगाह, खानकाह, मकबरा, अंजुमन और उनसे जुड़ी या उनके अंतर्गत आनेवाली जमीन, उनकी देखभाल करने के लिए समर्पित की गई संपत्ति, उनकी आय से खरीदी गई संपत्ति, जमीन, बगीचा, कुआँ, बावड़ी, स्कूल, अस्पताल और वक्फ परिसर में जाने के लिए इस्तेमाल किए जानेवाले रास्ते।" इस परिभाषा से धारा 54 के अंतर्गत वक्फ संपत्ति पर अनधिकृत रूप से कब्जा जमाए लोगों को हटाने में मदद मिलेगी। |
| 71. | अध्याय-11<br>पैरा-4.2<br>पृष्ठ-217 | **किराया नियंत्रण अधिनियम :** कई बार किराया नियंत्रण अधिनियम किराएदारों को इस तरह से सुरक्षा प्रदान करता है कि मालिक को संपत्तियों को विकसित करने और उनकी देखभाल करने के लिए कोई लाभ नहीं मिल पाता। अधिकतर राज्यों में वक्फ संपत्ति किराया नियंत्रण अधिनियम के अंतर्गत आती है, इसलिए वक्फ पर इस अधिनियम को लागू करना उसके कल्याणकारी उद्देश्यों को हानि पहुँचाना है और उसके लाभान्वितों से उनके हक को छीनना है। इसलिए वक्फ अधिनियम के तहत वक्फ संपत्तियों को किराया नियंत्रण कानून से छूट दिलाने के लिए संशोधन की सख्त जरूरत है। इसके लिए वक्फ अधिनियम में एक नया प्रावधान जोड़ा जा सकता है। |
| 72. | अध्याय-11<br>पैरा-4.2<br>पृष्ठ-217 | **गलत तरह से कब्जा की गई संपत्ति ( विस्तार ) की वापसी की समय सीमा बढ़ाना :** सार्वजनिक वक्फ (परिसीमा विस्तारण) अधिनियम, 1959 सार्वजनिक वक्फ की संपत्ति को वापस हासिल करने के लिए मामला दायर करके पाने का रास्ता खोल देता है। इस अधिनियम के तहत, अवैध कब्जे की वक्फ संपत्ति को वापस हासिल करने के लिए मामला दर्ज कराने की अवधि 31 दिसंबर, 1970 तक बढ़ा दी गई थी। विभिन्न राज्यों में यह समय कुछ और बढ़ाया जा सकता है, ये निम्नानुसार हैं—<br>"'परंतु, 1947 से अधिकतर राज्य वक्फ बोर्ड ठीक तरह से गठित नहीं हुए थे या उनके पास इतने साधन नहीं थे कि सीमा की अवधि को बढ़ाने का लाभ उठा पाएँ या इसका उपयोग कर पाएँ। सार्वजनिक कार्यों के प्रशासन और निर्देशन की जिम्मेदारी सरकार की हो। कई बार काफी लंबी अवधि के लिए वक्फ प्रशासन का अस्तित्व ही नहीं रहा। नतीजतन बड़ी संख्या में वक्फ संपत्तियों पर गैर-कानूनी रूप से कब्जा किया गया है और उन्हें वापस पाने के |

| | | |
|---|---|---|
| | | लिए दर्ज किए गए मामले समय की सीमा में कैद होकर रह गए हैं, इसलिए सीमा की अवधि भूतलक्षी प्रभाव से 2035 बढ़ा देनी चाहिए। |
| 73. | अध्याय–11<br>पैरा–4.2<br>पृष्ठ–218 | **प्राचीन स्मारकों तथा पुरातत्त्वीय स्थलों और अवशेष अधिनियम, 1958 :** भारतीय पुरातत्त्व सर्वेक्षण के अंतर्गत आनेवाली बड़ी संख्या में वक्फ संपत्ति की वर्तमान स्थिति को देखते हुए यह उचित होगा कि उनकी सूचियों की सालाना रूप से समीक्षा की जाए और भारतीय पुरातत्त्व विभाग के वरिष्ठ अधिकारियों और केंद्रीय वक्फ परिषद् के प्रतिनिधियों की संयुक्त बैठक में उनकी परिस्थितियों का आकलन किया जाए। उसमें जो कुछ भी तय किया जाए, उस पर दोनों ही पक्ष हस्ताक्षर करें और दोनों ही कार्यवृत्त की प्रतिलिपि को सँभालकर रखें और साथ ही संबंधित मंत्रालयों में भी उनकी प्रतिलिपि रखी जाए। |
| 74. | अध्याय–11<br>पैरा–4.2<br>पृष्ठ–218 | **ठीका अधिनियम :** समिति का यह निश्चित विचार है कि अधिनियम का इस्तेमाल वक्फ संपत्तियों पर कब्जा करने के लिए नहीं किया जाना चाहिए और यह सिफारिश करती है कि सरकार को स्थायी आधार पर उचित काररवाई करनी चाहिए। |
| 75. | अध्याय–11<br>पैरा–4.2<br>पृष्ठ–218 | **वक्फ नियम :** वक्फ अधिनियम, 1995 लागू होने के 11 साल बीत जाने पर भी बड़ी संख्या में राज्यों ने वक्फ नियम नहीं बनाए। यह एक मुख्य कारण है कि वक्फ अधिनियम के प्रावधानों को लागू नहीं किया गया है। भ्रष्टाचार चल रहा है और कोई भी इसकी जिम्मेदारी लेने को तैयार नहीं है। राज्य वक्फ बोर्डों के विभागीय सदस्यों के लिए नियमित रूप से प्रशिक्षण पाठ्यक्रम चलाए जाने चाहिए, जिससे कि वे पर्याप्त रूप से प्रशिक्षित रहें। यह काम केंद्रीय वक्फ परिषद् के निर्देशन में होना चाहिए। |

| | | |
|---|---|---|
| 76. | अध्याय–11<br>पैरा–4.3<br>पृष्ठ–218, 219, 220 | **कानूनी प्रावधानों को लागू करना**<br>**वक्फ अधिनियम, 1995 में किए गए संशोधन**<br>समिति सुझाव देती है कि निम्नलिखित मुद्दों को वक्फ अधिनियम, 1995 के तहत इस तरह से निपटाया जाना चाहिए कि राज्य वक्फ बोर्ड प्रभावी बन सकें और वक्फ संपत्तियों पर अधिक्रमण को हटाने के लिए पर्याप्त रूप से सशक्त बन सकें, इसलिए वक्फ अधिनियम की धारा 83 (4) को संशोधित करके यह लिख दिया जाना चाहिए कि वक्फ अधिकरण में पूर्णकालिक पीठासीन अधिकारी नियुक्त किए जाएँ जो सिर्फ वक्फ के मसलों को ही हल करें। वक्फ अधिकरण को यह भी अधिकार होगा कि वो मामले के आधार पर अंतरिम सहायता दे सकें और हानि आदि की भरपाई कर सकें। वक्फ को दो तरह से लाभ मिलने चाहिए, पहले तो वक्फ के कार्यकलापों को आसान बनाने के लिए जो विभिन्न कानून बनाए गए हैं, उनमें से कुछ चीजों को संशोधित करने की जरूरत है और दूसरे वक्फ बोर्डों के सशक्तीकरण के लिए कुछ अन्य ऐसे अधिनियम बनाए जाएँ, जो उनकी कानूनी रूप से सहायता कर सकें। ऊपर बताए गए दोनों प्रकारों के लिए राज्य स्तर के उदाहरण नीचे दिए जा रहे हैं— |
| | | **सरकारी परिसर ( अप्राधिकृत अधिभोगियों की बेदखली ) अधिनियम**<br>राजपत्र में सूचीबद्ध सभी वक्फों को सरकारी परिसर समझा जाना चाहिए। वक्फ जनता के बड़े हिस्से के लिए बनाए जाते हैं। वक्फ की कुछ गतिविधियाँ, जैसे—स्कूल और अनाथाश्रम चलाना, जरूरतमंदों को मासिक वित्तीय सहायता देना आदि, सिर्फ मानवतावादी और धर्मनिरपेक्षता के रूप में होता है। ऐसी संपत्तियों पर किसी भी अतिक्रमण को सरकारी जमीन पर अतिक्रमण की तरह समझा जाना चाहिए। सरकारी स्थान (अप्राधिकृत अधिभोगियों की बेदखली) अधिनियम, 1971 को वक्फ संपत्तियों से अतिक्रमण हटाने के लिए लागू करना चाहिए और बाजार की कीमत पर किराया लागू करना चाहिए और किराए को उसी तरह वसूला जाना चाहिए, जैसे भूमिकर वसूला जाता है। |

<table>
<tr><td></td><td></td><td>वक्फ को सशक्त बनानेवाली अन्य कानूनी संरचनाएँ<br>जैसा कि इस अध्याय की शुरुआत में बताया गया है वक्फ संपत्तियाँ निजी संपत्तियों से काफी अलग हैं। वक्फ संपत्तियों का मालिकाना हक अल्लाह के साथ में है, जिसे एक कृत्रिम उच्चपदीय व्यक्ति के रूप में समझा जा सकता है। इनका इस्तेमाल सिर्फ गरीब, जरूरतमंद और बेसहारा लोगों के लिए ही किया जा सकता है। फिर भी राज्य और केंद्रीय प्रशासन आमतौर पर इस अंतर पर कोई ध्यान नहीं देता। जहाँ वक्फ संपत्तियों को कुछ कानूनों से छूट देकर उनके मानववादी उद्देश्यों को पूरा करने में उनकी मदद करेगी। निम्नलिखित अधिनियमों में छोटे-मोटे संशोधन करने से उन्हें इस तरह से सशक्त बना दिया जाए कि उनके आम सार्वजनिक उद्देश्य को हानि पहुँचाए बिना वक्फ के क्रियाकलापों में उनकी मदद की जा सके। सरकार वक्फ बोर्डों से सलाह लेकर और सार्वजनिक मंतव्यों को जानने के बाद जरूरी काररवाई कर सकती है।</td></tr>
<tr><td></td><td></td><td>ऐसे कुछ अधिनियम हैं—<br>• किराया नियंत्रण अधिनियम, भूमि सुधार अधिनियम<br>• कृषि भूमि अधिकतम सीमा अधिनियम<br>• नगर भूमि अधिकतम सीमा अधिनियम<br>• संपत्तियों का रजिस्ट्रीकरण अधिनियम<br>• किराएदार संबंधी अधिनियम<br>• स्टांप ड्यूटी अधिनियम<br>• कोर्ट शुल्क अधिनियम<br>• आयकर अधिनियम<br>• निजी जमीन का अधिकार एवं समर्पण अधिनियम</td></tr>
</table>

# सच्चर समिति की अनुशंसाओं का क्रियान्वयन

## ( 31 दिसंबर, 2014 तक की स्थिति रिपोर्ट )

### पृष्ठभूमि

भारत में मुसलिम समुदाय की सामाजिक, आर्थिक और शैक्षिक स्थिति पर एक व्यापक रिपोर्ट तैयार करने के लिए प्रधानमंत्री कार्यालय द्वारा न्यायमूर्ति (सेवानिवृत्त) राजेंद्र सच्चर की अध्यक्षता में उच्च स्तरीय समिति गठित की गई थी।

- सच्चर समिति का गठन—9 मार्च, 2005
- रिपोर्ट प्रस्तुत—17 नवंबर, 2006
- संसद् में प्रस्तुत—30 नवंबर, 2006
- मंत्रिमंडल द्वारा अनुमोदित अनुशंसाओं पर अनुवर्ती काररवाई की सूची 17 मई, 2007

सरकार ने सच्चर समिति की अनुशंसाओं पर कई निर्णय लिये हैं और इस संबंध में दिनांक 31.08.2007 को संसद् के दोनों पटलों पर एक विवरण रखा गया था।

- रिपोर्ट में कुल अनुशंसाएँ/सुझाव-76
  सरकार द्वारा 72 अनुशंसाएँ स्वीकृत
  3 अनुशंसाएँ स्वीकृत नहीं की गई थीं।
  1 अनुशंसा आस्थगित कर दी गई थी।

## अस्वीकृत/आस्थगित अनुशंसाएँ

निम्नलिखित तीन अनुशंसाएँ (i), (ii) और (iii) को सरकार ने नहीं स्वीकारा था तथा अनुशंसा सं. (iv) आस्थगित रखी गई थी—

(i) जातियों/वर्गों की गणना/जनगणना दस वर्ष के अंतराल पर किया जाना।

(ii) राज्य वक्फ बोर्डों और केंद्रीय वक्फ परिषद् की कार्यप्रणाली को व्यवस्थित रखने हेतु अधिकारियों के नए अखिल भारतीय संवर्ग का सृजन किया जाना।

(iii) सभी सामाजिक-धार्मिक समुदायों में अति पिछड़े लोगों को नियमित विश्वविद्यालयों और स्वायत्त महाविद्यालयों में प्रवेश सुलभ कराने हेतु वैकल्पिक प्रवेश मानदंड का प्रावधान किया जाना।

(iv) अरजलों को अनुसूचित जाति की सूची में शामिल करना अथवा कम-से-कम अन्य पिछड़े वर्गों के कोटे में से ही अलग बनाए गए अति पिछड़े वर्ग में शामिल किया जाना।

## सरकार के निर्णयों का कार्यान्वयन

- 72 स्वीकृत अनुशंसाओं के क्रियान्वयन हेतु सरकार ने समान स्वरूप की अनुशंसाओं को आमेलित करके 43 निर्णय लिये।
- ये निर्णय व्यापक और सभी अधिसूचित अल्पसंख्यकों को सम्मिलित करते हैं।
- सच्चर समिति की 43 अनुशंसाओं पर सरकार द्वारा लिये गए निर्णयों को निम्नलिखित प्रमुख क्षेत्रों के तहत रखा गया है—

  I. शिक्षा (15 निर्णय)

  II. कौशल विकास (2 निर्णय)

  III. ऋण सुलभता (6 निर्णय)

  IV. विकास से जुड़ी विशेष पहलें (2 निर्णय)—एम.एस.डी.पी., जे.एन.एन.यू.आर.एम.

V. सकारात्मक काररवाई हेतु उपाय (4 निर्णय)—समान अवसर आयोग, विविधता सूचकांक, राष्ट्रीय डाटा बैंक तथा मूल्यांकन एवं निगरानी प्राधिकरण।

VI. वक्फ (4 निर्णय)

VII. विविध (10 निर्णय)—सांप्रदायिक हिंसा (निवारण) विधेयक, मल्टी मीडिया

अभियान, परिसीमन अधिनियम, सुग्राहीकरण आदि।

- इन निर्णयों के क्रियान्वयन का उत्तरदायित्व अल्पसंख्यक कार्य मंत्रालय तथा संबंधित मंत्रालयों/विभागों को दिया गया है।
- सभी 43 निर्णयों पर अनुवर्ती काररवाई सरकार द्वारा की गई है। कुछ निर्णयों को पहले ही क्रियान्वित किया गया है। शेष निर्णयों पर अनुवर्ती काररवाई सतत स्वरूप की है। सरकार के निर्णयों पर की गई काररवाई स्थिति नीचे दी गई है—

## सरकार द्वारा सच्चर समिति की सिफारिशों पर की गई अनुवर्ती कारवाई की स्थिति

### 1. शिक्षा

| क्रम सं. | मंत्रिमंडल द्वारा लिये गए निर्णय | की गई कारवाई | स्थिति |
|---|---|---|---|
| 1. | सच्चर समिति द्वारा बताए गए मुसलिम समुदाय के शैक्षिक पिछड़ेपन का समाधान बहुआयामी कार्यनीति के माध्यम से किया जाएगा। इस कार्यनीति में मुसलिम बालिकाओं की शिक्षा पर विशेष ध्यान दिया जाएगा।<br>**मानव संसाधन विकास मंत्रालय** | सर्व शिक्षा अभियान (एस.एस.ए.) मानव संसाधन विकास क्रियान्वित मंत्रालय द्वारा कार्यान्वित किया जा रहा है, तथापि राज्यों/संघ राज्य क्षेत्रों को सलाह दी गई है कि गई राज्य सरकार की नीति के तहत उन क्षेत्रों में एक सर्व शिक्षा अभियान के तहत 'केवल बालिका' उच्चतर प्रक्रिया है। प्राइमरी स्कूल खोले जाने को प्राथमिकता दी जाए, जिन क्षेत्रों में सर्व शिक्षा अभियान के अंतर्गत इसकी माँग हो। आठ राज्यों नामत: अंडमान एवं निकोबार द्वीप समूह, बिहार, हिमाचल प्रदेश, जम्मू व कश्मीर, ओडिशा, पंजाब, राजस्थान और पश्चिम बंगाल ने उच्चतर प्राइमरी स्तर के 'केवल बालिका' विद्यालय खोल लिये हैं। सर्व शिक्षा अभियान के अंतर्गत अल्पसंख्यक बहुल जिलों में 2006–07 से 31.09.2014 तक निम्नलिखित कार्य शुरू किए गए हैं—<br>प्राथमिक विद्यालय निर्मित–16196<br>उच्च प्राथमिक विद्यालय निर्मित–8160<br>अतिरिक्त कक्षा–कक्ष निर्मित–237161 | **क्रियान्वित** तथापि, की गई कारवाई एक सतत प्रक्रिया है। |

| | | | |
|---|---|---|---|
| | | खोले गए नए प्राथमिक विद्यालय–21486<br>खोले गए उच्च प्राथमिक विद्यालय–11871<br>अध्यापकों के स्वीकृत पदों की संख्या–125435<br>स्वीकृत के.जी.बी.वी. की संख्या–555<br>अल्पसंख्यक कार्य मंत्रालय अल्पसंख्यक समुदायों से संबंधित विद्यार्थियों के लिए तीन छात्रवृत्ति योजनाओं नामतः मैट्रिक–पूर्व, मैट्रिकोत्तर और मेरिट–सह–साधन आधारित छात्रवृत्ति योजनाओं का कार्यान्वयन कर रहा है। प्रारंभ से लेकर दिनांक 31.12.2014 तक प्रदान की गई छात्रवृत्तियों के ब्योरे निम्नानुसार हैं—<br>मैट्रिक–पूर्व छात्रवृत्ति : 328.73 लाख<br>मैट्रिकोत्तर छात्रवृत्ति : 35.39 लाख<br>मेरिट–सह–साधन आधारित छात्रवृत्तिः 4.08 लाख<br>प्रदान की गई कुल छात्रवृत्तियाँ : 368 लाख<br>30% छात्रवृत्तियाँ बालिकाओं के लिए निर्धारित है | |

| | | | |
|---|---|---|---|
| 2. | अल्पसंख्यक बहुल क्षेत्रों में विशेषकर मुसलिम बालिकाओं के लिए उच्चतर प्राथमिक स्कूलों का विस्तार यथापेक्षित 'केवल बालिका' स्कूल के माध्यम से किया जाना चाहिए और आवासीय कस्तूरबा गांधी बालिका विद्यालय (के.जी.बी.वी.) प्राथमिकता के आधार पर खोले जाने को प्राथमिकता दी जानी चाहिए।<br>**मानव संसाधन विकास मंत्रालय** | (1) सर्व शिक्षा अभियान में यह वचनबद्धता है कि एक किमी. और तीन किमी. के भीतर क्रमशः प्राथमिक शिक्षा और उच्चतर प्राथमिक शिक्षा को सार्वभौमिक पहुँच प्रदान करना सुनिश्चित किया जाए।<br>(2) अल्पसंख्यक बहुल जिलों (एम.सी.डी.) में वर्ष 2006–07 से 555 कस्तूरबा गांधी विद्यालय स्वीकृत किए गए हैं और सभी परिचालन में हैं।<br>(3) मानव संसाधन विकास मंत्रालय (स्कूल शिक्षा और साक्षरता विभाग) ने यह भी अनुदेश जारी किया है कि चूँकि कस्तूरबा गांधी बालिका विद्यालय को स्कूल राज्य की नियमित उच्च प्राथमिक विद्यालय प्रणाली के भाग हैं, इसलिए राज्य सरकार/संघ राज्य की विशिष्ट नीति उर्दू माध्यम में अनुदेशन हेतु कस्तूरबा गांधी बालिका विद्यालय के स्कूलों के लिए अपनाई जाए। इस प्रयोजनार्थ प्रणाली में उपलब्ध उर्दू अध्यापकों को तैनात किया जाना चाहिए। इन 555 कस्तूरबा गांधी बालिका विद्यालयों में वर्ष 2013–14 में मुसलिम छात्राओं का दाखिला 16.39% था। इन कस्तूरबा गांधी बालिका विद्यालयों में मुसलिम बालिकाओं के दाखिले में बढ़ोतरी करने के लिए मानव संसाधन विकास मंत्रालय की ओर से सतत प्रयास किए गए हैं।<br>अल्संख्यक समुदायों से संबंधित बालिकाओं के नामांकन को बढ़ाने के उद्देश्य से राज्यों से जुलाई 2013 में अनुरोध किया गया है कि अल्पसंख्यक समुदायों की सर्वाधिक अरक्षित/बीच में पढ़ाई छोड़नेवाली बालिकाओं का तत्काल के.जी.बी.वी. में दाखिला कराया जाए, ताकि उनके अवसरों को बढ़ाया जा सके। | **क्रियान्वित**<br>तथापि, की गई कारवाई एक सतत प्रक्रिया है। |

| | | | |
|---|---|---|---|
| 3. | माध्यमिक शिक्षा के सार्वभौमिकीकरण के लक्ष्य के अनुसरण में यथा आवश्यक मुसलिम बहुल क्षेत्रों में माध्यमिक/उच्चतर माध्यमिक स्कूल खोले जाने को प्राथमिकता दी जाएगी।<br>**मानव संसाधन विकास मंत्रालय** | (1) माध्यमिक स्तर पर गुणवतापरक शिक्षा के सार्वभौमिकीकरण के लिए एक योजना नामत: राष्ट्रीय माध्यमिक शिक्षा अभियान (आर.एम.एस.ए.) अनुमोदित हुई है। योजना के तहत यह परिकल्पित है कि अल्पसंख्यक बहुल क्षेत्रों में उच्च गुणवत्तावाले सरकारी स्कूल खोलने को प्राथमिकता दी जाएगी। राज्य सरकारों को सलाह दी गई है कि वे इस योजना के अंतर्गत प्रस्तावों का मूल्यांकन करते समय अल्पसंख्यक बहुल क्षेत्रों में नए/उन्नत स्कूलों की स्थापना को प्राथमिकता दें।<br>(2) वर्तमान में, अल्पसंख्यक बहुल जिलों में स्वीकृत माध्यमिक विद्यालय कुल स्वीकृत का 11.26% है तथा 9.35% विद्यालय कार्यरत हैं। वर्ष 2009–10 से अगस्त 2014 तक राष्ट्रीय माध्यमिक शिक्षा अभियान के कार्यान्वयन की अवधि के दौरान 10513 माध्यमिक विद्यालयों के उन्नयन स्वीकृत किए गए हैं, जिनमें से 9239 ने कार्य करना शुरू कर दिया है। 10513 नए विद्यालयों में से 1184 (11.26%) अल्पसंख्यक बहुल जिलों में स्वीकृत किए गए हैं, जिसमें से 864 ने कार्य करना शुरू कर दिया है। इसके अतिरिक्त, कार्यक्रम के अंतर्गत अगस्त 2014 तक अल्पसंख्यक बहुल जिलों में स्थित 2,369 माध्यमिक विद्यालयों को सुदृढ़ीकरण हेतु संस्वीकृत किया गया है। | **क्रियान्वित** तथापि, की गई कारवाई एक सतत प्रक्रिया है। |

| | | | |
|---|---|---|---|
| 4. | व्यावसायिक शिक्षा और कौशल विकास को बढ़ावा देने के लिए तथा साक्षरता और प्राथमिक शिक्षा के प्रति जागरूकता लाने के लिए मुसलिम बहुल सभी जिलों में व्यापक अभियान चलाया जाएगा। समग्र साक्षरता दर, विशेषकर मुसलिम महिलाओं की साक्षरता दर में सुधार लाने के लिए इन जिलों में विशेष साक्षरता अभियान चलाया जाएगा।<br>**मानव संसाधन विकास मंत्रालय** | स्कूल शिक्षा और साक्षरता विभाग ने 11वीं योजना के दौरान 70 मिलियन गैर-साक्षर वयस्कों को योजना के अंत तक साक्षर बनाने के उद्देश्य से 08.09.2009 को राष्ट्रीय साक्षरता मिशन के कार्यान्वयन के लिए एक एक नई किस्म की 'साक्षर भारत' योजना शुरू की है। यह प्रक्रिया है। योजना में अल्पसंख्यक समुदायों से संबद्ध महिलाओं पर विशेष ध्यान केंद्रित किया गया है। इस योजना के अंतर्गत 12 मिलियन मुसलिमों (10 मिलियन महिला 02 मिलियन पुरुषों) को कवर करने का प्रस्ताव है। साक्षर भारत 410 पात्र जिलों में से 372 जिलों में कार्यान्वित किया जा रहा है, जिनमें महिला साक्षरता दर 2001 की जनगणना के अनुसार 50% अथवा उससे कम है।<br>मौलाना आजाद तालीम-ए-वालिदैन समग्र साक्षर भारत कार्यक्रम के अंतर्गत एक लक्षित अभिकेंद्रित पहल मुसलिमों खासकर महिलाओं में साक्षरता सुधार लाने हेतु फरवरी 2014 में शुरू की गई है। | **क्रियान्वित**<br>तथापि, की गई कारवाई एक सतत प्रक्रिया है। |

| | | | |
|---|---|---|---|
| | मुसलिम बहुल आबादीवाले सभी जिलों में नए जन शिक्षण संस्थान खोले जाएँगे, जो ऐसे संस्थानों से कवर नहीं किए गए हैं।<br>**मानव संसाधन विकास मंत्रालय** | मानव संसाधन विकास मंत्रालय द्वारा एक व्यापक अभियान मीडिया (प्रिंट और इलेक्ट्रॉनिक), मुसलिम समुदाय में प्रचलित लोक, सांस्कृतिक और धार्मिक क्रियाकलापों में साक्षरता की माँग को सृजित करने और इसके लाभों का प्रचार करने के लिए उपयोग किए जाने के लिए अभिकल्पित किया गया है। इस अभियान के अंतर्गत राज्य संसाधन केंद्र (एस.आर.सी.) 11 राज्यों में स्थापित किए गए हैं, साक्षर भारत के अंतर्गत 61 एम.सी.डी. कवर किए गए हैं। इस संबंध में अद्यतित सूचना उपलब्ध कराई जाए। यह सूचित किया गया था कि वर्ष 2014–15 के लिए एन.एल.एम.ए. द्वारा अनुमोदित एस.आर.सी. की वार्षिक कार्ययोजनाओं में समुचित बजट प्रावधान रखा गया है। | |
| 5. | मुसलिम बहुल क्षेत्रों में ब्लॉक इंस्टीट्यूट्स ऑफ टीचर एजुकेशन (बी.आई.टी.ई.) खोले जाएँगे, ताकि अध्यापकों को प्राइमरी, अपर प्राइमरी और सेकंडरी स्तर पर सेवा से पहले और सेवा के दौरान प्रशिक्षण दिया जा सके।<br>**मानव संसाधन विकास मंत्रालय** | जन शिक्षण संस्थान देश में 88 मुसलिम बहुल जिलों में से 33 में व्यावसायिक प्रशिक्षण प्रदान कर रहे हैं। पर्याप्त अल्पसंख्यक आबादीवाले अतिरिक्त जिलों को शामिल करने हेतु काररवाई प्रक्रियाधीन है। वर्ष एक 2012–13 के दौरान इस कार्यक्रम के अंतर्गत कवरेज प्रक्रिया है। 12.2% था। वर्ष 2013–14 (अक्तूबर 2013 तक) में 248757 लाभार्थियों में से 30629 (12.31%) अल्पसंख्यकों से संबंधित थे। एम.एच.आर.डी. ने मौलाना आजाद तालीम-ए-वालिदैन पहल के अंतर्गत मुसलिम बहुल जिलों में 10 नए जे.एस.एस. स्थापित करने का प्रस्ताव किया है। | **क्रियान्वित** तथापि, की गई काररवाई एक सतत प्रक्रिया है। |

| | | | |
|---|---|---|---|
| 6. | | 12वीं योजना में केंद्र प्रायोजित स्कीम में अन्य बातों के क्रियान्वयन के साथ-साथ 196 अ.जा./अ.ज.जा/अल्पसंख्यक बहुल जिलों में बी.आई.टी.ई. स्थापित किए जाने की संकल्पना की गई जो उन मानदंडों पर आधारित है, जिसे एक बी.आई.टी.आई. की स्थापना के लिए जिले को चिह्नित प्रक्रिया है। इसमें 15 राज्यों/संघ राज्य क्षेत्रों को कवर किया गया है। वर्ष 2012-13 से अगस्त 2014 तक विभिन्न राज्यों में अल्पसंख्यक बहुल क्षेत्रों में कुल 51 बी.आई.टी.ई. अनुमोदित किए गए हैं। | **क्रियान्वित** तथापि, की गई काररवाई एक सतत प्रक्रिया है। |
| 7. | 11वीं योजना के दौरान कॉलेजों/विश्वविद्यालयों में महिला छात्रावास खोले जाने के लिए किए गए आवंटन में वृद्धि की जाए। विश्वविद्यालय अनुदान आयोग को मुसलिम बहुल क्षेत्रों में उच्चतर शिक्षा संस्थानों में महिला छात्रावास खोले जाने की ओर विशेष ध्यान देना चाहिए। **मानव संसाधन विकास मंत्रालय** | विश्वविद्यालय अनुदान आयोग ने अल्पसंख्यक बहुल 90 जिलों में 11वीं योजना के दौरान 285 महिला, तथापि, छात्रावासों की स्वीकृति दी है। दिनांक 31.03.2014 गई काररवाई तक, राष्ट्रीय स्तर पर 123.48 करोड़ रु. की राशि के एक साथ अनुमोदित 604 महिला छात्रावासों में से 136 को प्रक्रिया है। 10.5 करोड़ (8.5%) राशि के साथ एम.सी.डी. में अनुमोदित/संस्वीकृत किए गए हैं। वर्ष 2014-15 के दौरान, राष्ट्रीय स्तर पर 851.45 करोड़ रु. की राशि के साथ संस्वीकृत 69 छात्रावासों में से 19 (27.53%) को 26 लाख रु. (0.03%) की राशि के साथ एम.सी.डी. में अनुमोदित/संस्वीकृत किए गए हैं। | **क्रियान्वित** तथापि, की गई काररवाई एक सतत प्रक्रिया है। |

| | | | |
|---|---|---|---|
| 8. | क्षेत्र उन्मुख और मदरसा आधुनिकीकरण कार्यक्रम में तेजी लाई जाएगी और इस कार्यक्रम के तहत सहायता हेतु पात्र घटकों को बढ़ावा देने के लिए योजना में संशोधन किया जाएगा।<br>**मानव संसाधन विकास मंत्रालय** | क्षेत्र–उन्मुख और मदरसा आधुनिकीकरण कार्यक्रम दो क्रियान्वित योजनाओं के रूप में नामत: 'मदरसों में गुणवत्तापरक शिक्षा प्रदान करने की योजना (एस.पी.क्यू.ई.एम.) और 'निजी सहायता प्राप्त/गैर–सहायता प्राप्त अल्पसंख्यक एक संस्थानों (एलीमेंट्री/सेकंडरी/सीनियर सेकंडरी स्कूलों) हेतु अवसंरचना विकास की योजना' के रूप में शुरू की गई है। यह योजना माँग प्रेरित है।<br>11वीं पंचवर्षीय योजना के दौरान 283.53 करोड़ रु. की राशि के साथ एस.पी.क्यू.ई.एम. के अंतर्गत 12739 मदरसों और 30507 अध्यापकों को सहायता दी गई है। 12वीं योजना में, वर्ष 2012–13 के दौरान, कुल 182.49 करोड़ रु. की स्वीकृत राशि के साथ एस.पी.क्यू.ई.एम. के अंतर्गत 9905 मदरसों और 23,146 अध्यापकों को सहायता दी गई है। वर्ष 2013–14 के दौरान कुल 182.73 करोड़ रु. की स्वीकृत राशि के साथ 14859 मदरसों और 35376 अध्यापकों को सहायता दी गई है।<br>आई.डी.एम.आई. के अंतर्गत, 11वीं पंचवर्षीय योजना के दौरान, कुल 403 अल्पसंख्यक संस्थाओं को सहायता दी गई और 75.40 करोड़ रु. जारी किए गए। 12वीं योजना में वर्ष 2012–13 के दौरान 184 अल्पसंख्यक संस्थानों को सहायता दी गई और 28.38 करोड़ रु. जारी किए गए। वर्ष 2013–14 के दौरान 229 अल्पसंख्यक संस्थानों को सहायता दी गई और 24.99 करोड़ रु. जारी किए गए। | **क्रियान्वित** तथापि, की गई काररवाई एक सतत प्रक्रिया है। |

| 9. | मध्याह्न भोजन योजना को उच्च प्राथमिक कक्षाओं के बच्चों के लिए विस्तार दिया जा रहा है। शैक्षिक दृष्टि से पिछड़े मुसलिम बहुल ब्लॉकों पर विशेष ध्यान दिया जाएगा।<br>**मानव संसाधन विकास मंत्रालय** | मध्याह्न भोजन योजना को वर्ष 2007–08 से देश के सभी क्षेत्रों तक विस्तारित किया गया है तथा उच्च प्राथमिक स्कूलों को भी शामिल किया गया है। मुसलिम बहुल आबादी वाले ब्लॉकों को इस योजना में शामिल एक किया जाता है। मदरसों के बच्चों को भी इस कार्यक्रम में शामिल किया जाता है। योजना आयोग ने अ.जा., अ.ज.जा. और अल्पसंख्यक बहुल जिलों में स्थित निजी रूप में प्रबंधित गैर–सहायता प्राप्त स्कूलों में पढ़नेवाले विद्यार्थियों के लिए योजना के विस्तार का अनुमोदन किया है, जिसमें एम.सी.डी. और विशेष फोकस वाले जिलों में 29116 स्कूलों में लगभग 60.37 लाख बच्चे लाभान्वित होंगे। | **क्रियान्वित**<br>तथापि, की गई काररवाई एक सतत प्रक्रिया है। |
|---|---|---|---|
| | | एम.एच.आर.डी. ने सूचित किया है कि एम.डी.एम. के मानकों में संशोधनों/आशोधनों के लिए व्यय वित्त समिति (ई.एफ.सी.) की बैठक दिनांक 30.01.2014 को आयोजित की गई थी, जिसमें सक्षम प्राधिकारी के अनुमोदन से यह निर्णय लिया गया था कि 12वीं पंचवर्षीय योजना के दौरान अ.जा./अ.ज.जा. और अल्पसंख्यक बहुल क्षेत्रों में विशेष ध्यान दिए जानेवाले जिलों (एस.एफ.डी.) में निजी स्कूलों के लिए एम.डी.एम. योजना के विस्तार के संघटक और आर.टी.आई. अधिनियम की धारा 12 (1) (ग) के अंतर्गत निजी स्कूलों में प्रवेश पाए 25% बच्चों के दायरे को बढ़ाने तथा प्राथमिक स्कूलों में अवस्थित पूर्व–प्राथमिक स्कूलों के बच्चों के कवरेज को बढ़ाने पर योजना की व्यापक समीक्षा के पश्चात् क्रियान्वयन हेतु विचार–विमर्श किया जाएगा। ई.एफ.सी. ने नोट किया है कि एम.डी.एस. योजना के विस्तार का उक्त प्रस्ताव व्यापक समीक्षा के पश्चात् एम.एच.आर.डी. द्वारा किया जाएगा, जिसके लिए अलग से प्रस्ताव तैयार किया जाएगा, यदि एम.एच.आर.डी. द्वारा ऐसा परिवर्तन करना जरूरी समझा जाता है। | |

| | | | |
|---|---|---|---|
| 10. | विद्यमान स्कूलों और समुदाय भवनों का इस्तेमाल संध्याकालीन अध्ययन केंद्र के रूप में किया जा सकता है तथा शिक्षकों को उन छात्रों तथा छात्राओं को मानदेय आधार पर पढ़ाने के लिए रखा जा सकता है, जो अपने संरक्षक के साथ आ सकें। **मानव संसाधन विकास मंत्रालय** | सभी राज्य सरकार/संघ राज्य क्षेत्र प्रशासन को मानव क्रियान्वित संसाधन विकास मंत्रालय द्वारा सलाह दी गई है कि विद्यमान स्कूलों और समुदाय भवनों का इस्तेमाल स्कूली बच्चों के लिए अध्ययन केंद्र के रूप में करें। इस संबंध में, सभी राज्यों/संघ राज्य क्षेत्रों के मुख्य सचिवों को समय-समय पर अनुस्मारक भेजे गए हैं। | **क्रियान्वित** |

| | | | |
|---|---|---|---|
| 11. | राष्ट्रीय पाठ्यचर्या की रूपरेखा–2005 में भारतीय संविधान के तहत वर्णित सामाजिक न्याय, समता और धर्म निरपेक्ष मूल्यों के आधार पर समाज में राष्ट्रीय शिक्षा प्रणाली को सुदृढ़ किए जाने की परिकल्पना की गई है। राष्ट्रीय पाठ्यचर्या की रूपरेखा–2005 के अनुसरण में पाठ्यपुस्तकों में संशोधन किया जा रहा है।<br>**मानव संसाधन विकास मंत्रालय** | एम.एच.आर.डी. ने सूचित किया है कि राष्ट्रीय पाठ्यक्रम, क्रियान्वित 2005 की अनुशंसाओं के आधार पर एन.सी.ई.आर.टी. ने पाठ्यक्रमों का संशोधन किया है और स्कूली बच्चों के सभी चरणों के लिए सभी विषयों पर नई पाठ्यपुस्तकें तैयार की हैं। पाठ्यक्रमों और पाठ्यपुस्तकों के संशोधन के संपूर्ण कार्य का पर्यवेक्षण माध्यमिक और उच्चतम शिक्षा विभाग द्वारा नियुक्त राष्ट्रीय निगरानी समिति द्वारा किया गया है। भूगोल, राजनीतिशास्त्र, समाजशास्त्र, वाणिज्य, भौतिक, रसायनशास्त्र, जीव विज्ञान और गणित के लिए माध्यमिक और उच्चतर माध्यमिक चरणों की पाठ्यपुस्तकों की समीक्षा की गई है और उन्हें अद्यतित किया गया। पाठ्यक्रम सभी राज्य सरकारों द्वारा या तो संशोधन करके अथवा पड़ोसी राज्यों के पाठ्यक्रम को अपनाकर संशोधित किया गया है।<br>प्राथमिक चरण में 21 राज्यों और 04 पड़ोसी संघ राज्य क्षेत्रों ने संशोधित राज्य पाठ्यक्रम सामग्री को क्रियान्वित किया है। 06 राज्यों और 03 संघ राज्य क्षेत्रों ने एन.सी.ई.आर.टी. द्वारा द्वारा तैयार किए गए पाठ्यक्रम सामग्री को अंगीकार किया है। त्रिपुरा अपने पाठ्यक्रम सामग्री को संशोधित करने की प्रक्रिया में है। उच्च प्राथमिक चरण में 17 राज्यों और 04 संघ राज्य क्षेत्रों ने संशोधित राज्य पाठ्यक्रम सामग्री क्रियान्वित किया है। 10 राज्यों और 03 संघ राज्य क्षेत्रों ने एन.सी.ई.आर.टी. द्वारा तैयार किए गए पाठ्यक्रम को अंगीकार किया है। त्रिपुरा पाठ्यक्रम सामग्री संशोधित करने की तैयारी में है। | **क्रियान्वित** |

| | | | |
|---|---|---|---|
| 12. | उच्चतर शिक्षा प्राप्त करने की प्रवृत्ति मुसलिमों की अपेक्षा अनुसूचित जाति/अनुसूचित जनजाति में तेजी से बढ़ती जा रही है। इसकी आगे जाँच की जाएगी।<br>**मानव संसाधन विकास मंत्रालय** | इस मुद्दे का समाधान करने के लिए नेशनल क्रियान्वित यूनिवर्सिटी फोर एजुकेशन प्लानिंग एंड एडमिनिस्ट्रेशन (एन.यू.ई.पी.ए.) द्वारा अध्ययन कराया गया था। अध्ययन रिपोर्ट प्रस्तुत कर दी गई है और मानव संसाधन विकास मंत्रालय द्वारा इसकी जाँच की गई है। एन.यू.ई.पी.ए. रिपोर्ट में, सिफारिश किए गए अनुसार, मानव संसाधन विकास मंत्रालय द्वारा एक स्थायी समिति गठित की गई है, जिसे अल्पसंख्यकों से संबंधित योजनाओं और कार्यक्रमों की निगरानी करने तथा अल्पसंख्यकों की जरूरतों को पूरा करने के उद्देश्य से संशोधनों का सुझाव देने का अधिदेश प्राप्त है। मानव संसाधन विकास मंत्रालय ने सूचित किया है कि उच्च शैक्षिक संस्थानों में अल्पसंख्यकों के दाखिले के संबंध में डाटा विकसित करने हेतु कारवाई शुरू की गई है। | क्रियान्वित |

| 13. | अल्पसंख्यक शैक्षिक संस्थान के दर्जे की मंजूरी को और अधिक जवाबदेह बनाने के लिए एक तंत्र पहले से कार्यरत है। मदरसों की शिक्षा को उच्चतर शिक्षा के समकक्ष माने जाने के प्रश्न पर सरकार का ध्यान आकृष्ट होता रहा है। अलीगढ़ मुसलिम विश्वविद्यालय, जामिया मिल्लिया विश्वविद्यालय और जामिया हमदर्द विश्वविद्यालय जैसे संस्थानों ने मदरसा शिक्षा को पहले ही मान्यता प्रदान कर रखी है। | अल्पसंख्यक शैक्षिक संस्थान के दर्जे की मंजूरी हेतु क्रियान्वित तंत्र को अत्यधिक प्रभावी बनाने के संबंध में राष्ट्रीय अल्पसंख्यक शिक्षा संस्थान आयोग (एन.सी.एम.ई.आई.) संसद् के अधिनियम द्वारा स्थापित किया गया है, जिसका मुख्य उद्देश्य यह सुनिश्चित करना है कि संविधान के अनुच्छेद 30 (1) में अधिष्ठापित शैक्षिक<br>(1) अधिकारों का वास्तविक आयाम मुसलिमों सहित अधिसूचित धार्मिक अल्पसंख्यक समुदायों के सदस्यों को उपलब्ध कराया जा सके।<br>मदरसा बोर्डों के प्रमाण-पत्रों/योग्यताओं, जिन्हें राज्य शिक्षा बोर्ड द्वारा अपने माध्यमिक तथा सीनियर सेकेंडरी योग्यता के समतुल्य मंजूरी दी गई है, को रोजगार और उच्च स्तर की शिक्षा में प्रवेश के प्रयोग मानव संसाधन विकास मंत्रालय हेतु केंद्रीय माध्यमिक शिक्षा बोर्ड (सी.बी.एस.ई.), भारतीय स्कूल शिक्षा बोर्ड परिषद् (सी.ओ.बी.एस.ई.) तथा अन्य स्कूल परीक्षा बोर्डों के प्रमाण-पत्रों के बराबर कर दिया गया है। कार्मिक और प्रशिक्षण विभाग द्वारा इस संबंध में अधिसूचना जारी कर दी गई है।<br>मानव संसाधन विकास मंत्रालय ने उल्लेख किया है कि 2005 से जुलाई 2013 तक 8419 प्रमाण-पत्र अल्पसंख्यक शैक्षिक संस्थान को प्रदान करने के लिए जारी किए गए हैं। | **क्रियान्वित** |
|---|---|---|---|

| | | | |
|---|---|---|---|
| 14. | अल्पसंख्यक कार्य मंत्रालय द्वारा विशेष रूप से अल्पसंख्यक समुदाय के छात्रों के लिए तीन छात्रवृत्ति योजनाएँ, कोचिंग और संबद्ध योजना तथा शिक्षा के विकास हेतु अन्य योजनाएँ लागू की जाएँगी।<br>**अल्पसंख्यक कार्य मंत्रालय** | मंत्रालय निम्नलिखित योजनाओं का कार्यान्वयन कर रहा है—<br>(क) मैट्रिक-पूर्व छात्रवृत्ति योजना<br>(ख) मैट्रिकोत्तर छात्रवृत्ति योजना<br>(ग) मेरिट-सह-साधन आधारित छात्रवृत्ति योजना<br>उपर्युक्त तीन छात्रवृत्ति योजनाएँ क्रमशः कक्षा 1 से 10वीं, 11वीं से पी-एच.डी. तक तथा अंडर-ग्रेजुएट तथा पोस्टग्रेजुएट स्तर के तकनीकी तथा व्यावसायिक पाठ्यक्रमों के लिए कार्यान्वित की जा रही हैं। इसके प्रारंभ से लेकर वर्ष 2013-14 तक 3.02 करोड़ छात्रवृत्तियाँ प्रदान करने के लिए इन योजनाओं के अंतर्गत 5608.74 करोड़ रु. की निधियाँ जारी की जा चुकी हैं। वर्ष 2014-15 के दौरान दिनांक 30.09.2014 तक 66.61 लाख छात्रवृत्तियाँ प्रदान करने के लिए 1326.11 करोड़ रु. जारी किए गए हैं।<br>**मौलाना आजाद अध्येतावृत्ति योजना** : विश्वविद्यालय अनुदान आयोग के माध्यम से, जो कार्यक्रम शुरू किए जाने से 2012-13 तक अल्पसंख्यक समुदायों के अध्येतावृत्ति के लिए एक नोडल एजेंसी है, मौलाना आजाद राष्ट्रीय अध्येतावृत्ति के अंतर्गत 3020 नई अध्येतावृत्तियाँ प्रदान की गईं। वर्ष 2013-14 के दौरान कुल 3,776 अध्येतावृत्तियाँ (756 नई और 3,020 नवीकरण) प्रदान की गई है। वर्ष 2014-15 के दौरान कोई निधि जारी नहीं की गई, क्योंकि उपयोगिता प्रमाण-पत्र प्राप्त नहीं किया गया है। | **क्रियान्वित** तथापि, की गई कारवाई एक सतत प्रक्रिया है। |

| | | | |
|---|---|---|---|
| | | **कोचिंग एवं संबद्ध योजना :** संशोधित कोचिंग एवं संबद्ध योजना 2006–07 में शुरू की गई थी। अल्पसंख्यक समुदायों से संबंधित 27876 विद्यार्थी लाभान्वित हुए और 11वीं पंचवर्षीय योजना के दौरान इस योजना के अंतर्गत 54.61 करोड़ रु. जारी किए गए हैं। 12वीं पंचवर्षीय योजना में (2013–14 तक) वर्ष 2012–13 के दौरान अल्पसंख्यक समुदायों से संबंधित 16713 विद्यार्थी लाभान्वित हुए और 37.65 करोड़ रु. जारी किए गए। वर्ष 2014–15 के दौरान अल्पसंख्यक समुदायों से संबंधित 6314 विद्यार्थी लाभान्वित हुए और दिनांक 30.12.2014 तक 23.49 करोड़ रु. जारी किए गए। | |
| 15. | मौलाना आजाद शिक्षा प्रतिष्ठान की संचित निधि में वृद्धि की जाएगी तथा इसके कार्य क्षेत्र में विस्तार कर उसे कारगर बनाया जाएगा।<br>**अल्पसंख्यक कार्य मंत्रालय** | मौलाना आजाद शिक्षा प्रतिष्ठान की संचित निधि 11वीं पंचवर्षीय योजना के दौरान 200 करोड़ रु. से बढ़ाकर 750 करोड़ रु. कर दी गई थी। 12वीं पंचवर्षीय योजना के दौरान बढ़ाकर 1250 करोड़ रु. कर दिया जाएगा। एम.ए.ई.एफ. में मौजूदा संचित निधि 1023 करोड़ रु. है। | **क्रियान्वित।** एम.ए.ई.एफ. का प्रचालन सुकर बनाया जा रहा है। |

## 2. कौशल विकास

| क्रम सं. | मंत्रिमंडल द्वारा लिये गए निर्णय | की गई कारवाई | स्थिति |
|---|---|---|---|
| 1. | मुसलिमों में कौशल और उद्यमिता विकास के लिए एक विस्तृत कार्यक्रम के कार्यान्वयन की निगरानी और उसकी योजना बनाने हेतु श्रम और रोजगार मंत्रालय, लघु उद्योग तथा कृषि और ग्रामीण क्षेत्र आधारित उद्योग, मानव संसाधन विकास मंत्रालय, वस्त्र मंत्रालय, भारी उद्योग मंत्रालय, स्वास्थ्य और परिवार कल्याण मंत्रालय, अल्पसंख्यक कार्य मंत्रालय, खाद्य प्रसंस्करण उद्योग | कौशल विकास के लिए एक त्रिस्तरीय सांस्थानिक संरचना मई 2013 तक केंद्रीय स्तर पर कार्यरत थी, जिसमें कौशल विकास पर प्रधानमंत्री की राष्ट्रीय परिषद् (पी.एम.एन.सी.एस.डी.), योजना आयोग के अंतर्गत राष्ट्रीय कौशल विकास समन्वय बोर्ड (एन.एस.डी.सी.बी.) और राष्ट्रीय कौशल विकास निगम (एन.एस.डी.सी.) शामिल थे। तथापि, सरकार के निर्णय के अनुसार पी.ए.एन.सी.एस.डी., एन.एस.डी.सी.बी. और कौशल विकास पर ऑफिस ऑफ एडवाइजर ऑफ पी.एम. को राष्ट्रीय कौशल विकास एजेंसी में मिला दिया गया है। एन.एस.डी.ए. वित्त मंत्रालय के अंतर्गत एक स्वायत्त निकाय है और इसकी स्थापना अन्य बातों के साथ–साथ 12वीं योजना और उसके बाद के कौशल लक्ष्यों को प्राप्त करने के लिए सरकारी और निजी क्षेत्र के कौशल विकास प्रयासों का समन्वय करने और संगत बनाने तथा सामाजिक, क्षेत्रीय, जेंडर और आर्थिक विभाजन को पाटने के प्रयास हेतु किया गया है।<br>श्रम एवं रोजगार मंत्रालय ने सूचित किया है कि एन.सी.वी.टी. से संबद्ध 10750 में से 1498 आई.टी.आई./आई.टी.सी. (14%) अल्पसंख्यक बहुल क्षेत्रों में अवस्थित हैं, इनकी क्षमता 2,34,203 सीटों की है। | **क्रियान्वित** तथापि, की गई कारवाई एक सतत प्रक्रिया है। |

| | | | |
|---|---|---|---|
| | मंत्रालय, आवास एवं शहरी निर्धनता उन्मूलन मंत्रालय, वित्त मंत्रालय (बैकिंग) और औद्योगिक नीति तथा संवर्द्धन विभाग के प्रतिनिधियों को शामिल कर एक अंतरमंत्रालयीन दल गठित किया जाएगा, ताकि योजनाओं का लाभ लाभार्थियों को त्वरित एवं समुचित<br>ढंग से प्राप्त हो सके। कौशल और उद्यमिता विकास की जरूरत की पूर्ति के लिए सामूहिक प्रयत्न किया जाएगा।<br>**योजना आयोग** | योजना आयोग ने सूचित किया है कि कौशल विकास और उद्यमिता के लिए अलग से एक विभाग स्थापित किया जा रहा है।<br>इसके अतिरिक्त, अल्पसंख्यक कार्य मंत्रालय के बहु–क्षेत्रीय विकास कार्यक्रम (एम.एस.डी.पी.) के अंतर्गत कुल आवंटन का 10% कौशल प्रशिक्षण के लिए निर्धारित है और विकास की कमी को पूरा करने के लिए एम.एस.डी.पी. के अंतंगत, अल्पसंख्यक बहुल क्षेत्रों के लिए 118 आई.टी.आई. और 45 पोलीटेक्निक संस्वीकृत किए गए हैं।<br>अल्पसंख्यक कार्य मंत्रालय ने अल्पसंख्यक युवाओं के कौशल प्रशिक्षण हेतु सितंबर 2013 में 100% केंद्रीय क्षेत्र योजना 'सीखो और कमाओ' नामक एक नई योजना शुरू की है। इस योजना हेतु 12वीं योजना के लिए 60 करोड़ रुपए परिव्यय है। | |

| | | | |
|---|---|---|---|
| 2. | नाबार्ड और सिडबी परंपरागत व्यवसायों में दस्तकारों के कौशल विकास पर ध्यान केंद्रित करने और उन्हें आधुनिक कौशलों से पुनः सज्जित करने, विशेषकर अल्पसंख्यक बहुल क्षेत्रों में, ई.डी.पी. कार्यक्रम के अंतर्गत अल्पसंख्यकों को प्रशिक्षण प्रदान करने हेतु निधियाँ निर्धारित करने की सलाह दी जाएगी। इस कार्यक्रम के कार्यान्वयन की योजना बनाने और निगरानी के लिए गठित एक अंतर-मंत्रालयीय समूह उनकी योजना में इसे एकीकृत करने की जाँच करेगा।<br>**वित्तीय सेवाएँ विभाग** | भारतीय रिजर्व बैंक ने अग्रणी बैंकों को उद्यमिता विकास कार्यक्रम आयोजित करने के अनुदेश दिए हैं, ताकि इन क्षेत्रों में अल्पसंख्यक समुदायों के सदस्यों को बैंकों द्वारा वित्तपोषित किए जा रहे विभिन्न सतत कार्यक्रमों का लाभ मिल सके। वर्ष 2014-15 के दौरान (30.09.2014 तक) 1839 उद्यमिता विकास कार्यक्रम आयोजित किए गए हैं और 13644 लाभार्थियों के लिए मुहैया कराई गई वित्तीय सहायता 90.57 करोड़ रु. थी। | **क्रियान्वित** तथापि, की गई कारवाई एक सतत प्रक्रिया है। |

## 3. ऋण सुलभता

| क्रम सं. | मंत्रिमंडल द्वारा लिये गए निर्णय | की गई कारवाई | स्थिति |
|---|---|---|---|
| 1. | मुसलिमों के लिए ऋण सुलभता की पहुँच महत्त्वपूर्ण है, क्योंकि इस समुदाय की बड़ी आबादी स्वरोजगार क्रियाकलापों में लगी है। जिला योजना बनाते समय यह सुनिश्चित किया जाएगा कि अल्पसंख्यकों और विशेष रूप से मुसलिमों को आसानी और सुलभता के साथ पर्याप्त ऋण उपलब्ध हो।<br>**वित्तीय सेवाएँ विभाग** | अल्पसंख्यकों को मिल रहे प्राथमिक क्षेत्र ऋण (पी.एस.एल.) के प्रतिशत में 2007–08 में 10.6% से 2014–15 (30.09.2014) तक 15.76% सतत वृद्धि हुई है। वर्ष 2014–15 (30.09.2014) तक के लिए प्राथमिकता क्षेत्र ऋण के पृथक्–पृथक् समुदायवार आँकड़े नीचे प्रस्तुत हैं—<br>मुसलिम–44.07%<br>ईसाई–21.59%<br>सिख–24.25%<br>बौद्ध–1.91%<br>पारसी–2.80%<br>जैन–5.38% | **क्रियान्वित**<br>तथापि, की गई कारवाई एक सतत प्रक्रिया है। |
| 2. | सार्वजनिक क्षेत्र के बैंकों को मुसलिम बहुत क्षेत्रों में और अधिक शाखाएँ खोलने की सलाह दी जाएगी।<br>**वित्तीय सेवाएँ विभाग** | 31.03.2014 तक अल्पसंख्यक बहुल क्षेत्रों में कुल 19119 शाखाएँ खोली गई हैं। वर्ष 2014–15 (30.09. 2014) के दौरान 562 नई बैंक शाखाएँ अल्पसंख्यक बहुल क्षेत्रों में खोली गई हैं। | **क्रियान्वित**<br>तथापि, की गई कारवाई एक सतत प्रक्रिया है। |

<table>
<tr><td>3.</td><td>सार्वजनिक क्षेत्र के बैंक अल्प-संख्यकों के ऋण आवेदनों के निपटान की निगरानी करेंगे और आवेदनों की अस्वीकृति के कारण भी बताएँगें, ताकि आवेदक अपने आवेदनों की स्थिति के बारे में जानकारी हेतु पूरे अधिकारों का प्रयोग कर सकें। जिलावार और बैंकवार आँकड़े भारतीय रिजर्व बैंक की वेबसाइट पर उपलब्ध करा दिए जाएँगें।<br>वित्तीय सेवाएँ विभाग</td><td>अल्पसंख्यकों को दिए जाने वाले ऋणों की रिपोर्टिंग एवं निगरानी हेतु प्रपत्र तैयार किया गया है। विभाग द्वारा मुहैया कराई गई सूचना के अनुसार, वर्ष 2012–13 से 2014–15 (30.09.2014 तक) के दौरान प्राप्त, स्वीकृत आदि आवेदनों की संख्या के संबंध में ब्योरे निम्नानुसार हैं—<table><tr><td></td><td>2012–13</td><td>2013</td><td>2014–15</td></tr><tr><td>प्राप्त आवेदन</td><td>1446507</td><td>1177192</td><td>612090</td></tr><tr><td>स्वीकृत आवेदन</td><td>1428660</td><td>1163338</td><td>606668</td></tr><tr><td>अस्वीकृत</td><td>5083</td><td>5053</td><td>3113</td></tr><tr><td>लंबित आवेदन</td><td>2694</td><td>2793</td><td>1622</td></tr></table></td><td>क्रियान्वित<br>तथापि, की गई कारवाई एक सतत प्रक्रिया है।</td></tr>
<tr><td>4.</td><td>भारतीय रिजर्व बैंक ने सभी अनुसूचित वाणिज्यिक बैंकों को आवश्यक अनुदेश पहले ही जारी किए हैं कि वे मुसलिमों को विशिष्ट रूप से प्रत्यक्ष ऋण प्रदान करें, प्रचार के माध्यम से विभिन्न ऋण योजनाओं के बारे में जागरूकता सृजित करें और उद्यमिता विकास कार्यक्रम आयोजित करें।<br>वित्तीय सेवाएँ विभाग</td><td>वित्तीय विभाग ने सूचित किया है कि वर्ष 2013–14 के दौरान 4585 उद्यमिता विकास कार्यक्रम आयोजित किए गए हैं और लाभार्थियों की संख्या 104,630 है, जबकि प्रदान की गई वित्तीय सहायता 47,545 लाभार्थियों के लिए 219.98 करोड़ रु. है।<br>वर्ष 2014–15 (30.09.2014) के दौरान 5,594 शाखाओं को कवर करते हुए अल्पसंख्यक बहुल आबादीवाले 2294 नगरों/ब्लॉकों में 5,085 जागरूकता अभियान चलाए गए।</td><td>क्रियान्वित<br>तथापि, की गई कारवाई एक सतत प्रक्रिया है।</td></tr>
</table>

| 5. | मंत्रालयों/विभागों/सार्वजनिक क्षेत्र के बैंकों/वित्तीय संस्थानों द्वारा विशेष रूप से क्लस्टरों में महिलाओं के बीच लघु वित्त को प्रोत्साहित किया जाएगा।<br>**वित्तीय सेवाएँ विभाग तथा आवास एवं शहरी गरीबी उपशमन मंत्रालय** | वित्तीय सेवाएँ विभाग द्वारा उपलब्ध कराई गई सूचना के अनुसार, वर्ष 2013–14 में अल्पसंख्यक महिलाओं के लिए 4439.54 करोड़ रुपए के लघु ऋण के साथ 625120 खाते खोले गए हैं। 2014–15 (30.09.2014) सतत प्रक्रिया के दौरान अल्पसंख्यक महिलाओं के लिए 4557.52 है। करोड़ रुपए के लघु ऋण के साथ 545191 खाते खोले गए हैं।<br>आवास एवं शहरी गरीबी उपशमन मंत्रालय ने मौजूदा स्वर्ण जयंती शहरी रोजगार योजना (एस.जे.एस.आर.वाई.) को प्रतिस्थापित करते हुए 24.09.2013 से 12वीं पंचवर्षीय योजना में राष्ट्रीय शहरी आजीविका मिशन (एन.यू.एल.एम.) की शुरुआत की है। एन.यू.एल.एम. सामाजिक संघटन एवं संस्थान विकास (एस.एम. एंड आई.डी.) संघटक में समूह बचत, आंतरिक ऋण एवं बैंक ऋण लेने के लिए स्व–सहायता समूहों में शहरी गरीबों को संगठित करने की परिकल्पना की गई है। प्रत्येक शहरी गरीब घर में से कम–से–कम एक सदस्य, प्राथमिक तौर पर एक महिला को समयबद्ध तरीके से एन.एच.जी. नेटवर्क के अंतर्गत लाया जाएगा। इसके अलावा, 7% से अधिक की ब्याज दर पर ब्याज अनुदान बैंक ऋण प्राप्त करनेवाले सभी स्वसहायता समूहों को उपलब्ध होगा। 3% का अतिरिक्त ब्याज इमदाद उन सभी महिला एस.एच.जी. को उपलब्ध कराई जाएगी, जो समय पर अपना ऋण चुकाते हैं। योजना के विस्तृत दिशा–निर्देशों को परिचालित किया गया है तथा राज्यों/संघ राज्य क्षेत्रों पर दिशा–निर्देशों के अनुसार योजना को क्रियान्वित करने के लिए जोर दिया गया है। | **क्रियान्वित**<br>तथापि, की गई कारवाई एक सतत प्रक्रिया है। |
|---|---|---|---|

| | | | |
|---|---|---|---|
| | | इसके अलावा, राष्ट्रीय अल्पसंख्यक विकास एवं वित्त निगम ने भी अल्पसंख्यक महिलाओं हेतु सूक्ष्म वित्त के लिए 'महिला समृद्धि योजना' नामक एक विशिष्ट योजना की शुरुआत की है। | |
| | राष्ट्रीय अल्पसंख्यक विकास और वित्त निगम (एन.एम.डी.एफ.सी.) की पुनर्संरचना की जाएगी, ताकि इसे मध्यस्थता का और अधिक कारगर साधन बनाया जा सके।<br>**अल्पसंख्यक कार्य मंत्रालय** | 'एन.एम.डी.एफ.सी. की प्राधिकृत शेयर पूँजी को बढ़ाने, क्रियान्वित तथा इसकी पुनर्संरचना हेतु' व्यय वित्त समिति की बैठक 22.04.2014 को आयोजित की गई थी। ई.एफ.सी. ने एन.एम.डी.एफ.सी. की प्राधिकृत शेयर पूँजी को बढ़ाने की सहमति दे दी है तथा एन.एम.डी.एफ.सी. के प्रचालनों हेतु संशोधित बिजनेस मॉड्यूलों को अनुमोदित कर दिया है। एन.एम.डी.एफ.सी. के संशोधित बिजनेस मॉडलों हेतु अन्य बातों के साथ–साथ मंत्रिमंडल का अनुमोदन प्राप्त करने के लिए 30.07.2014 को मंत्रिमंडल सचिवालय को नोट भेज दिया गया है।<br>7.8.2014 को प्रधानमंत्री कार्यालय द्वारा कुछ स्पष्टीकरण माँगे गए थे, जो 20.08.2014 को इस मंत्रालय द्वारा प्रस्तुत किए गए। इसके अतिरिक्त, दिनांक 3.11.2014 को प्रधानमंत्री कार्यालय ने एन.एम.डी.एफ.सी. से संबंधित कुछ और जानकारी प्राप्त करनी चाही है, जो भेजी जा रही है। | **क्रियान्वित**<br>तथापि, मंत्रिमंडल समक्ष के लंबित है। |

## 4. विशेष विकास पहलें

| क्रम सं. | मंत्रिमंडल द्वारा लिये गए निर्णय | की गई कारवाई | स्थिति |
|---|---|---|---|
| 1. | मूलभूत सुविधाएँ मुहैया कराने तथा रोजगार के अवसरों में सुधार लाने के लिए चिह्नित पिछड़े अल्पसंख्यक बहुल जिलों में बहुक्षेत्रीय विकास कार्यक्रम चलाया जाएगा।<br>**अल्पसंख्यक कार्य मंत्रालय** | बहु-क्षेत्रीय विकास कार्यक्रम (एम.एस.डी.पी.) की क्रियान्वित शुरुआत वर्ष 2008-09 में 90 चिह्नित अल्पसंख्यक बहुल जिलों में की गई थी। आर्थिक कार्यों संबंधी मंत्रिमंडल समिति (सी.सी.ई.ए.) ने 04.06.2013 को 12वीं पंचवर्षीय योजना के दौरान 710 ब्लॉकों और 66 नगरों में कार्यान्वयन हेतु बहु-क्षेत्रीय विकास कार्यक्रम की पुनर्संरचना को अनुमोदित किया है।<br>वर्ष 2012-13 तक 4,843.64 करोड़ रुपए की परियोजनाएँ अनुमोदित की गई हैं और राज्य सरकारों और संघ राज्य क्षेत्रों को 3576.56 करोड़ रुपए जारी किए गए हैं। वर्ष 2013-14 के दौरान, 1466.98 करोड़ रुपए की परियोजनाएँ अनुमोदित की गई हैं और 958.23 करोड़ रुपए जारी किए गए हैं। 2014-15 (31.12.2014 तक) के दौरान, 669.17 करोड़ रुपए की योजनाएँ अनुमोदित की गई हैं और 756.81 करोड़ रुपए जारी किए गए हैं। | **क्रियान्वित** |

| | | | |
|---|---|---|---|
| | योजना आयोग के सदस्य की अध्यक्षता में गठित अंतर-मंत्रालयीन कार्य बल द्वारा 25% से कम किंतु अधिकतम 50,000 की अल्पसंख्यक आबादी वाले 338 अभिनिर्धारित नगरों एवं शहरों में नागरिक सुविधाएँ, अवसंरचना और आर्थिक अवसर के क्षेत्र में खामियों को दूर करने संबंधी कार्यनीति की अनुशंसा की जाएगी।<br>**योजना आयोग और अल्पसंख्यक कार्य मंत्रालय** | डॉ. बी.एल. मुंगेकर की अध्यक्षतावाले क्रियान्वित अंतर-मंत्रालयीय कार्य बल की रिपोर्ट की समीक्षा की गई थी। अल्पसंख्यक बहुल आबादीवाले 338 नगरों/शहरों, जिनमें से 251 पिछड़े हैं, की पहचान की गई है। मुख्य अनुशंसाएँ इस प्रकार थीं—<br>1. स्कूल शिक्षा और साक्षरता विभाग, उच्चतर शिक्षा विभाग, महिला और बाल विकास मंत्रालय, श्रम और रोजगार मंत्रालय तथा स्वास्थ्य और परिवार कल्याण मंत्रालय द्वारा शैक्षणिक और स्वास्थ्य संबंधी अवसंरचना में चिह्नित खामियों को प्राथमिकता के आधार पर दूर किया जाना है।<br>2. शहरी विकास मंत्रालय (जे.एन.एन.यू.आर.एम.), आवास एवं शहरी गरीबी उपशमन मंत्रालय (बी.एस.यू.पी.) और आई.एच.एस.डी.पी. द्वारा आधारभूत नागरिक सुविधाओं में चिह्नित खामियों को प्राथमिकता के आधार पर दूर किया जाना है।<br>3. वर्ष 2010 तक वित्तीय सेवाएँ विभाग द्वारा प्राथमिकता क्षेत्र ऋण की प्रतिशतता 15% तक बढ़ानी है।<br>संबंधित मंत्रालयों/विभागों को कार्य बल की अनुशंसाओं पर कारवाई करने के लिए उपयुक्त सलाह दी गई है। | **क्रियान्वित** |

| | | | |
|---|---|---|---|
| | | (क) शहरी विकास मंत्रालय, आवास एवं शहरी गरीबी उपशमन मंत्रालय तथा पेयजल एवं स्वच्छता मंत्रालय द्वारा विभिन्न योजनाओं के माध्यम से नागरिक सुविधाओं में चिह्नित खामियों को दूर किया गया है। आवास एवं शहरी गरीबी उपशमन मंत्रालय, जिसमें यह सुनिश्चित करने के जे.एन.एन.यू.आर.एम./यू.आई.डी.एस.एस.एम.टी. योजनाओं के अंतर्गत, विस्तृत परियोजना रिपोर्टों में अल्पसंख्यकों हेतु पर्याप्त व्यवस्था हो, परामर्श जारी किया है।<br>(ख) अल्पसंख्यकों को दिए जानेवाले पी.एस.एल. में 2007–08 में 10.6% से 2014–15 (30.09.2014) में 15.76% तक की सतत वृद्धि देखी गई है।<br>(ग) पुनर्संचित बहु–क्षेत्रीय विकास कार्यक्रम (एम.एस.डी.पी.) में 12वीं योजना के दौरान कार्यक्रम के कार्यान्वयन हेतु इस रिपोर्ट में अल्पसंख्यक बहुल आबादीवाले पिछड़े नगरों/शहरों की सूची में से 66 नगरों/शहरों की पहचान की गई है। | |

## 5. सकारात्मक काररवाई हेतु उपाय

| क्रम सं. | मंत्रिमंडल द्वारा लिये गए निर्णय | की गई काररवाई | स्थिति |
|---|---|---|---|
| 1. | समान अवसर आयोग (ई.ओ.सी.) की संरचना और कार्यप्रणाली की जाँच और निर्धारण के लिए एक विशेषज्ञ दल गठित किया जाएगा।<br>**अल्पसंख्यक कार्य मंत्रालय** | इस निर्णय के अनुपालन में 31 अगस्त, 2007 को एक विशेषज्ञ दल गठित किया गया था। विशेषज्ञ दल ने 13 मार्च, 2008 को अपनी रिपोर्ट प्रस्तुत की।<br>विशेषज्ञ दल की रिपोर्ट के आधार पर इस प्रयोजन के लिए गठित मंत्रियों के समूह की सिफारिशों और विभिन्न पणधारियों से प्राप्त अभिमतों/टिप्पणियों के आधार पर समान अवसर आयोग गठित करने का प्रस्ताव तैयार किया गया है। मंत्रिमंडल ने दिनांक 20.02.2014 को आयोजित बैठक में संसद् के अधिनियम के माध्यम से अल्पसंख्यकों के लिए समान अवसर आयोग की स्थापना करने के प्रस्ताव को अनुमोदित किया।<br>तथापि, आम चुनाव 2014 के उपरांत नई सरकार के गठन के पश्चात्, नई सरकार के विचार लेने के लिए अंतर-मंत्रालयीन परामर्शन हेतु प्रस्ताव को पुनः परिचालित किया गया। मंत्रालयों/विभागों की टिप्पणियाँ प्राप्त हो गई हैं, जिनकी मंत्रालय में जाँच की जा रही है। | **निर्णय स्वतः कार्यान्वित किया जा रहा है,** तथापि ई.ओ.सी. के गठन का प्रस्ताव विचाराधीन है। |

| | | | |
|---|---|---|---|
| 2. | जीवनयापन, शिक्षा और कार्य अंतरों में विविधता को बढ़ावा देने के लिए समुचित 'विविधता सूचकांक' की अनुशंसा करने हेतु एक विशेषज्ञ दल गठित किया जाएगा। **अल्पसंख्यक कार्य मंत्रालय** | सरकार के निर्णयों के अनुसार, विविधता सूचकांक निर्णय संबंधी एक विशेषज्ञ समूह गठित किया गया था। इसका उद्देश्य अन्य बातों के साथ-साथ शिक्षा, सरकारी और निजी रोजगार और आवास के क्षेत्रों में विविधता मापने हेतु एक पारदर्शी और स्वीकार्य सूचकांक का विकास और निर्माण करना था। विशेषज्ञ समूह ने अपनी रिपोर्ट प्रस्तुत कर दी है, जिसमें उसने अन्य बातों के साथ-साथ विविधता सूचकांक की धारणात्मक संरचना एवं इसके निर्माण की सिफारिश की है।<br>चूँकि समान अवसर आयोग की स्थापना संबंधी प्रस्ताव पहले ही सरकार के विचाराधीन था, अतः विविधता सूचकांक की अवधारणा को ई.ओ.सी. की स्थापना के प्रस्ताव में समाहित कर लिया गया है। | **निर्णय स्वतः कार्यान्वित किया जा रहा है,** तथापि विविधता सूचकांक का विचार ईओसी के प्रस्ताव के साथ ही विचाराधीन है। |
| 3. | एक राष्ट्रीय डाटा बैंक की स्थापना की जाएगी, जहाँ विभिन्न सामाजिक-धार्मिक समुदायों के लिए संबद्ध आँकड़ों का रख-रखाव किया जाएगा। **सांख्यिकीय और कार्यक्रम कार्यान्वयन मंत्रालय** | सांख्यिकीय और कार्यक्रम कार्यान्वयन मंत्रालय ने क्रियान्वित अपनी वेबसाइट पर राष्ट्रीय डाटा बैंक वेब पृष्ठ सृजित किया है, जिसमें जनसंख्या, शिक्षा, स्वास्थ्य और श्रम एवं रोजगार (जनगणना 2011 और जनगणना 2001) संबंधित विभिन्न तालिकाएँ 'नेशनल डाटा बैंक' लिंक के अंतर्गत अपलोड की गई हैं। वेब पृष्ठ में कुछ राष्ट्रीय प्रतिदर्श सर्वेक्षण रिपोर्टें भी समाविष्ट हैं, जिनमें सामाजिक-धार्मिक श्रेणियों के बारे में आँकड़े हैं। | **क्रियान्वित** |

| | | | |
|---|---|---|---|
| | योजना आयोग में राष्ट्रीय डाटा बैंक द्वारा रखे जा रहे आँकड़ों के मूल्यांकन के लिए एक स्वायत्त मूल्यांकन और निगरानी प्राधिकरण स्थापित किया जाएगा।<br>**योजना आयोग** | सरकार के निर्णय के अनुसरण में योजना आयोग में क्रियान्वित एक मूल्यांकन और निगरानी प्राधिकरण (ए.एम.ए.) स्थापित किया गया था। ए.एम.ए. का कार्यकाल 15 जनवरी, 2014 को समाप्त हो गया। योजना आयोग ने ए.एम.ए. को पुनर्गठित किया है और कार्यकाल 30. 06.2014 तक बढ़ाया गया है। ए.एम.ए. ने निम्नानुसार तीन कार्यकारी दल बनाए हैं—<br>**कार्यकारी दल–1 :** यह दल डाटा अभिज्ञान, सामाजिक–धार्मिक श्रेणियों का चयन तथा डाटा विश्लेषण, डाटा चयन तथा विश्लेषण के लिए अभिनव प्रणालियाँ तैयार करने इत्यादि की देख–रेख करेगा।<br>**कार्यकारी दल–2:** यह दल सहभागिता की निगरानी तथा प्रभाव के मूल्यांकन की देख–रेख करेगा।<br>**कार्यकारी दल–3 :** यह नीतिगत अनुशंसाएँ करने के संबंध में कार्यकारी दल–1 और कार्यकारी दल–2 द्वारा एकत्र की गई सूचना के संश्लेषण का कार्य करेगा। सभी कार्यकारी दलों ने अपनी रिपोर्ट ए.एम.ए. को प्रस्तुत कर दी है। ए.एम.ए. ने अपनी रिपोर्ट 02.05. 2014 को योजना आयोग को प्रस्तुत कर दी है। | **क्रियान्वित** |

## 6. वक्फ

| क्रम सं. | मंत्रिमंडल द्वारा लिये गए निर्णय | की गई काररवाई | स्थिति |
|---|---|---|---|
| 1. | भारतीय पुरातत्त्व सर्वेक्षण (ए.एस.आई.) के अधीन वक्फों की सूची की समीक्षा के लिए संस्कृति मंत्रालय द्वारा केंद्रीय वक्फ परिषद् के साथ एक वार्षिक बैठक की जाएगी। **संस्कृति मंत्रालय** | केंद्रीय वक्फ परिषद् के साथ ए.एस.आई. की वार्षिक बैठक 15.10.2014 को आयोजित की गई थी। 218 वक्फ कारवाई संपत्तियाँ सूचित की गई हैं, जिनकी सुरक्षा ए.एस.आई. सतत प्रक्रिया द्वारा की जानी है। संस्कृति मंत्रालय ने ए.एस.आई. को क्षेत्रीय स्तर पर वक्फ संपत्तियों की पहचान की कारवाई तेज करने और उन्हें रिपोर्ट शीघ्र भेजने के लिए निर्देश दिया है। | **क्रियान्वित** तथापि, की गई कारवाई एक सतत प्रक्रिया है। |
| 2. | वक्फों को गरीबों के कल्याण के लिए अतिरिक्त संसाधन जुटाने हेतु समर्थ बनाने के लिए वक्फ परिसंपत्तियों के विकास हेतु वित्तीय सहायता उपलब्ध कराने के लिए एक उपयुक्त एजेंसी गठित की जाएगी। **अल्पसंख्यक कार्य मंत्रालय** | अल्पसंख्यक कार्य मंत्रालय द्वारा एक सार्वजनिक क्षेत्र का उपक्रम नामतः राष्ट्रीय वक्फ विकास निगम (नावाडको) पूरे देश में सार्वजनिक प्रयोजनों के लिए वक्फ संपत्तियों के विकास को वित्तपोषित करने हेतु 500 करोड़ रु. की प्राधिकृत अंशपूँजी और 100 करोड़ रु. की प्रदत्त पूँजी के साथ हाल ही में निगमित किया गया है। | **क्रियान्वित** |

| 3. | (क) वक्फों से संबद्ध संयुक्त संसदीय समिति की अनुशंसाएँ प्राप्त होने के बाद वक्फ अधिनियम में संशोधन हेतु एक विधेयक संसद् में लाया जाएगा।<br>(ख) मॉडल वक्फ नियमावली तैयार की जाएगी तथा जिन राज्यों/संघ राज्य क्षेत्रों ने ऐसी नियमावली नहीं बनाई है, उन्हें अग्रसारित की जाएगी।<br>**अल्पसंख्यक कार्य मंत्रालय** | (क) वक्फ अधिनियम, 1995 में प्रस्तावित संशोधनों के साथ क्रियान्वित वक्फ (संशोधन) अधिनियम, 2010 दिनांक 7 मई, 2010 को लोकसभा द्वारा पारित किया गया था। फिर इस विधेयक को राज्यसभा की प्रवर समिति को भेजा गया था। प्रवर समिति तथा विभिन्न अन्य पणधारियों के सुझावों के आधार पर 19 अगस्त, 2013 को राज्यसभा द्वारा वक्फ (संशोधन) विधेयक पारित कर दिया गया है। विधेयक संसद् के दोनों सदनों द्वारा पारित कर दिया गया है और वक्फ संशोधन अधिनियमित हो गया है।<br>(ख) वक्फ संशोधन अधिनियम के पश्चात्, मॉडल वक्फ नियमावली तैयार की जा रही है। | **क्रियान्वित** |
|---|---|---|---|

| | | | |
|---|---|---|---|
| 4. | राज्यों से अनुरोध किया जाएगा कि वे अपने किराया नियंत्रण अधिनियम में संशोधन करें, ताकि वक्फ परिसंपत्तियों को इसके अधिकार क्षेत्र से बाहर रखा जा सके।<br>**शहरी विकास मंत्रालय** | (क) 10 राज्यों नामतः आंध्र प्रदेश, बिहार, छत्तीसगढ़, कर्नाटक, केरल, झारखंड, मध्य प्रदेश, पंजाब, राजस्थान, उत्तर प्रदेश, तथा 03 संघ राज्य क्षेत्रों, यथा—चंडीगढ़, लक्षद्वीप और पुडुचेरी ने अपनी वक्फ संपत्तियों को छूट देने हेतु संबंधित किराया नियंत्रण अधिनियमों में संशोधन किए हैं।<br>(ख) सात राज्यों नामतः असम, गुजरात, हरियाणा, हिमाचल प्रदेश तथा पश्चिम बंगाल ने सूचित किया है कि मामला विचाराधीन है।<br>(ग) 03 राज्यों/संघ राज्य क्षेत्रों नामतः मणिपुर, ओडिशा तथा अंडमान एवं निकोबार द्वीप समूह ने स्पष्ट किया है कि राज्य में किराया नियंत्रण अधिनियम नहीं है।<br>(घ) अरुणाचल प्रदेश, नागालैंड और दमन एवं दीव द्वारा सूचित किया गया है कि उनके यहाँ कोई वक्फ संपत्तियाँ नहीं हैं।<br>(ङ) गोवा राज्य सरकार ने सूचित किया है कि गोवा, दमन एवं दीव के निर्माण (पट्टा, किराया एवं बेदखली) नियंत्रण अधिनियम, 1968 में धर्मार्थ न्यास अधिनियम के अंतर्गत शैक्षणिक सोसाइटी सहित धार्मिक एवं पूर्त न्यासों पर परिसरों को छूट देने की कोई व्यवस्था नहीं है।<br>(च) महाराष्ट्र सरकार ने सूचित किया है कि वक्फ संपत्तियाँ धर्मार्थ सार्वजनिक न्यास के रूप में पंजीकृत हैं, अतः छूट देने के प्रस्ताव पर राज्य सरकार द्वारा महाराष्ट्र आर.सी.ए., 1999 की धारा 32 के अंतर्गत आवेदन प्राप्त होने पर विचार किया जाएगा। | **क्रियान्वित** |

| | | |
|---|---|---|
| | (छ) तमिलनाडु सरकार ने पहले ही काश्तकार अभिधारी संरक्षण अधिनियम, 1955 तथा तमिलनाडु काश्तकार अभिधारी (उचित किराए का भुगतान) अधिनियम, 1956 के अंतर्गत धार्मिक न्यास को छूट दे रखी है। राज्य सरकार की अपने दायरे से वक्फ भूमियों की छूट हेतु उपर्युक्त अधिनियम में संशोधन करने की मंशा नहीं है, क्योंकि इन अधिनियमों को केवल धार्मिक न्यासों के संरक्षण के उद्देश्य से ही अधिनियमित किया गया है।<br>(ज) त्रिपुरा, उत्तराखंड, जम्मू व कश्मीर तथा दादरा नगर हवेली सरकार की ओर से कोई सूचना प्राप्त नहीं हुई है। | |

## 7. विविध मुद्दे

| क्रम सं. | मंत्रिमंडल द्वारा लिये गए निर्णय | की गई कारवाई | स्थिति |
|---|---|---|---|
| 1. | गैर-संगठित क्षेत्र के कामगारों, जिसमें अन्य के साथ-साथ घरेलू कामगार शामिल हैं, को सामाजिक सुरक्षा प्रदान करने के लिए संसद् में एक विधेयक लाया जाएगा।<br>**श्रम और रोजगार मंत्रालय** | श्रम और रोजगार मंत्रालय ने सूचित किया है कि क्रियान्वित असंगठित क्षेत्र में कामगारों को सामाजिक सुरक्षा प्रदान करने के लिए संसद् द्वारा एक अधिनियम पारित किया जा चुका है, जिसमें अन्यों के साथ-साथ घरेलू कामगार भी शामिल हैं।<br>श्रम और रोजगार मंत्रालय असंगठित क्षेत्र में बी.पी.एल. श्रम और रोजगार परिवारों (5 की एक इकाई) के लिए परिवार फ्लोटर आधार पर 30,000 रु. वार्षिक के प्रसूति लाभ कवर सहित स्मार्ट कार्ड आधारित नकदरहित स्वास्थ्य बीमा प्रदान करने के लिए राष्ट्रीय स्वास्थ्य बीमा योजना चला रहा है। यह योजना 01.04.2008 से चालू हो गई है। 3.69 करोड़ से अधिक परिवार इन योजनाओं का लाभ उठा रहे हैं।<br>दिनांक 28.02.2014 की स्थिति के अनुसार, 28 राज्यों/संघ राज्य क्षेत्रों नामतः—आंध्र प्रदेश, असम, अरुणाचल प्रदेश, बिहार, छत्तीसगढ़, दिल्ली, गुजरात, हरियाणा, हिमाचल प्रदेश, जम्मू एवं कश्मीर, झारखंड, कर्नाटक, केरल, महाराष्ट्र, मध्य प्रदेश, मणिपुर, मेघालय, मिजोरम, नागालैंड, ओडिशा, पुडुचेरी, पंजाब, राजस्थान, त्रिपुरा, उत्तर प्रदेश, उत्तराखंड, पश्चिम बंगाल और चंडीगढ़ को इस योजना के अंतर्गत शामिल किया गया है। | क्रियान्वित |

| | | कार्यान्वयन की अवधि के दौरान राष्ट्रीय स्वास्थ्य बीमा योजना का लाभ बी.पी.एल. परिवारों के साथ-साथ विभिन्न श्रेणियों अथवा असंगठित कामगारों, यथा—भवन एवं अन्य निर्माण कामगारों, लाइसेंसशुदा रेलवे कुलियों, गली विक्रेताओं, मनरेगा कार्मिकों (जिन्होंने पूर्ववर्ती वित्त वर्ष के दौरान पंद्रह दिनों से अधिक तक काम किया है) बीड़ी कामगारों, घरेलू कामगारों, सफाई कर्मचारियों, खदानकर्मियों, रिक्शा चालकों, कतरन बीननेवालों तथा ऑटो/टैक्सी चालकों को प्रदान किया गया है। राष्ट्रीय स्वास्थ्य बीमा योजना को चरणबद्ध सभी असंगठित कार्मिकों तक फैलाने की परिकल्पना की गई है। | |
|---|---|---|---|
| 2. | परिसीमन अधिनियम की समीक्षा के लिए एक उच्च स्तरीय समिति गठित की गई है तथा सच्चर समिति की रिपोर्ट में व्यक्त चिंताओं पर समीक्षा के दौरान विचार किया जाएगा।<br>**विधि और न्याय मंत्रालय** | परिसीमन संबंधी उच्चस्तरीय समिति ने अन्य बातों की क्रियान्वित के साथ-साथ संसदीय और विधानसभा चुनाव क्षेत्रों के परिसीमन से संबंधित सभी मामलों पर विचार किया था और आगे की कुछ काररवाई का सुझाव दिए थे। तत्पश्चात्, उच्चस्तरीय समिति द्वारा दिए गए सुझाव के अनुसार, परिसीमन अधिनियम पर मंत्री समूह द्वारा विचार किया गया और उसे मंत्रिमंडल के समक्ष विधि और न्याय मंत्रालय द्वारा पुनः प्रस्तुत किया गया। तत्पश्चात्, मंत्रिमंडल के निर्णय के आधार पर परिसीमन (संशोधन) अध्यादेश, 2008 प्रख्यापित हुआ, जो बाद में परिसीमन अधिनियम, 2008 द्वारा प्रतिस्थापित किया गया। | **क्रियान्वित** |

| | | | |
|---|---|---|---|
| 3. | सरकारी कार्मिकों, विशेषकर फील्ड स्टाफ को जागरूक बनाने के लिए समुचित प्रशिक्षण माड्यूल्स, फिल्म्स और सामग्री तैयार की जाएगी और उन्हें राज्य सरकारों/संघ राज्य प्रशासनों को उपलब्ध कराया जाएगा, ताकि उनका प्रयोग सेवा में प्रवेश तथा सेवाकालीन प्रशिक्षण कार्यक्रमों में किया जा सके।<br>**कार्मिक और प्रशिक्षण** | कार्मिक एवं प्रशिक्षण विभाग ने इस संबंध में पहले ही कारवाई की और राज्य सरकार/संघ राज्य प्रशासन को प्रशिक्षण हेतु माड्यूल दे दिए गए हैं। | **क्रियान्वित** तथापि, की गई कारवाई एक सतत प्रक्रिया है। |

| | | | |
|---|---|---|---|
| 4. | संसद् सांप्रदायिक हिंसा (निवारण, नियंत्रण और प्रभावितों का पुनर्वास) विधेयक, 2005 पारित करने का विचार कर रही है। इसमें निवारण स्वरूप दांडिक उपबंधों, दंगा पीडितों के पुनर्वास तथा क्षतिपूर्ति के लिए तंत्र और विशेष न्यायालयों के गठन का प्रावधान है।<br>**गृह मंत्रालय** | देश में सांप्रदायिक हिंसा के मुद्दों के सभी पहलुओं से निपटने के लिए दिनांक 05.12.2005 को राज्यसभा में 'सांप्रदायिक हिंसा (निवारण, नियंत्रण एवं प्रभावितों का पुनर्वास) विधेयक, 2005' शीर्षकयुक्त विधेयक पुनर्स्थापित किया गया था। विधेयक पर विचार करने तथा उसे पारित करने के लिए राज्यसभा में नोटिस दिया गया था। तथापि, इन अवसरों पर विधेयक पर विचार नहीं किया जा सका। तदनंतर, 'सांप्रदायिक हिंसा की रोकथाम (न्याय एवं क्षतिपूर्ति तक पहुँच) विधेयक, 2013' तैयार किया गया था। उक्त विधेयक को दिनांक 16.12.2013 को मंत्रिमंडल द्वारा अनुमोदित किया गया था। राज्यसभा में विधेयक के पुनर्स्थापन के लिए दिनांक 17.12.2013 को नोटिस भेजा गया था, किंतु इसे पुनर्स्थापित नहीं किया जा सका। संसद् के शीत सत्र में 'सांप्रदायिक हिंसा की रोकथाम (न्याय एवं क्षतिपूर्ति तक पहुँच) विधेयक, 2014' शीर्षकयुक्त विधेयक के पुर:स्थापन के लिए 21.01.2014 को राज्यसभा में पुन: नोटिस दिया गया था। तथापि, सदन ने दिनांक 05.02.2014 को राज्यसभा में विचार–विमर्श के उपरांत इसके पुनर्स्थापन को आस्थगित कर दिया था। 'सांप्रदायिक हिंसा (निवारण, नियंत्रण एवं प्रभावितों का पुनर्वास) विधेयक, 2005' शीर्षकयुक्त विधेयक, जो राज्यसभा में लंबित था, को 05.02.2014 को वापस ले लिया गया है। | **क्रियान्वित** |

| | | | |
|---|---|---|---|
| 5. | सामाजिक आमेलन की जरूरत पर बल देने के लिए एक मल्टी-मीडिया अभियान सूचना चलाया जाएगा।<br>**सूचना एवं प्रसारण मंत्रालय** | सूचना एवं प्रसारण मंत्रालय द्वारा अन्य भाषाओं के साथ उर्दू भाषा में इलेक्ट्रॉनिक एवं प्रिंट मीडिया के माध्यम से प्रचार-प्रसार के लिए एक मल्टी-मीडिया अभियान चलाया गया है। | **क्रियान्वित** तथापि, की गई काररवाई एक सतत प्रक्रिया है। |
| 6. | राज्य सरकारों और संघ राज्य क्षेत्रों से अनुरोध किया जाएगा कि मुसलिम बहुल क्षेत्रों में मुसलिम स्वास्थ्यकर्मी और शिक्षक तथा थानों में मुसलिम पुलिसकर्मी की नियुक्ति की अनुशंसा पर विचार करें। गृह मंत्रालय, स्वास्थ्य एवं परिवार कल्याण मंत्रालय, मानव संसाधन विकास मंत्रालय तथा कार्मिक और प्रशिक्षण विभाग समुचित दिशा-निर्देश जारी करेंगे। इसकी निगरानी के लिए कार्मिक एवं प्रशिक्षण विभाग नोडल विभाग होगा।<br>**कार्मिक और प्रशिक्षण विभाग** | कार्मिक और प्रशिक्षण विभाग ने मुसलिम बहुल क्षेत्रों में क्रियान्वित मुसलिम स्वास्थ्यकर्मी और शिक्षक तथा थानों में मुसलिम पुलिसकर्मी की नियुक्ति संबंधी आवश्यक दिशा-निर्देश जारी करने हेतु मानव संसाधन विकास मंत्रालय, गृह मंत्रालय, स्वास्थ्य और परिवार कल्याण मंत्रालय को अनुदेश जारी किए हैं। राज्यों/संघ राज्य क्षेत्रों को डी.ओ.पी.टी. द्वारा उक्त मंत्रालयों द्वारा जारी दिशा-निर्देशों को क्रियान्वित करने की सलाह दी गई है। जहाँ, इन मंत्रालयों ने परिपत्र जारी किए हैं, डी.ओ.पी.टी. ने इस संबंध में वार्षिक सलाह जारी की है। | **क्रियान्वित** |

| | | | |
|---|---|---|---|
| | | एम.एच.ए. में उपलब्ध सूचनानुसार, 2014 (30.06.2014) के दौरान, 2123 मुसलिम पुलिस कार्मिक (3.2%) 12 राज्यों में थानों में तैनात हैं। यह सूचना छमाही आधार पर एम.एच.ए. द्वारा एकत्र की जाती है। यह भी सूचित किया था कि केरल राज्य सरकार यह बताते हुए रिपोर्ट नहीं भेज रही है कि राज्य में धार्मिक विचारों पर पुलिस अधिकारियों की तैनाती में कोई शर्त नहीं है।<br>एम.एच.एफ.डब्ल्यू. ने सूचित किया है कि सभी राज्य/संघ राज्य क्षेत्र को पी.एच.सी./सी.एच.एस. में मुसलिम कार्मिकों के ब्योरे प्रस्तुत करने की सलाह जारी की गई है। 27 राज्यों/संघ राज्य क्षेत्रों, यथा—मणिपुर, लक्षद्वीप, हरियाणा, दादरा एवं नगर हवेली, दमन एवं दीव, झारखंड, केरल, त्रिपुरा, अंडमान एवं निकोबार द्वीप समूह, असम, नागालैंड, चंडीगढ़, पुडुचेरी, पंजाब, राष्ट्रीय राजधानी क्षेत्र दिल्ली, गोवा, मिजोरम, मध्य प्रदेश, हिमाचल प्रदेश, अरुणाचल प्रदेश, महाराष्ट्र, छत्तीसगढ़, गुजरात, कर्नाटक, राजस्थान, सिक्किम एवं बिहार ने पी.एच.सी./सी.एच.एस. आदि में तैनात मुसलिम कार्मिकों के ब्योरों की सूचना दी है। शेष राज्यों ने अपेक्षित सूचना प्रस्तुत नहीं की है और स्वास्थ्य तथा परिवार कल्याण मंत्रालय द्वारा दिनांक 01.01.2015 को उन्हें शीघ्र सूचना भेजने हेतु अनुस्मारक जारी किया गया है। | |

| | | | |
|---|---|---|---|
| 7. | प्रारंभतः केंद्रीय विश्वविद्यालयों में नागरिक अधिकार केंद्रों की स्थापना की जाएगी, ताकि सामाजिक आमेलन की महत्ता को बढ़ावा दिया जा सके।<br>**मानव संसाधन विकास मंत्रालय** | अल्पसंख्यकों और अनुसूचित जाति/अनुसूचित जनजातियों के लिए सामाजिक बहिष्करण और समावेशी नीति का अध्ययन करने के लिए 35 विश्वविद्यालयों ने केंद्र शुरू किए हैं। इसके अतिरिक्त, 23 केंद्रीय विश्वविद्यालयों, 114 राज्य विश्वविद्यालयों, 12 मानद विश्वविद्यालयों तथा 2179 कॉलेजों में 2328 समान अवसर केंद्र (सी.ई.ओ.) स्थापित किए गए हैं। विश्वविद्यालय अनुदान आयोग ने 11वीं योजना के दौरान 46.07 करोड़ रुपए की राशि निर्मुक्त की है। | **क्रियान्वित** |

| | | | |
|---|---|---|---|
| 8. | अल्पसंख्यक बहुल नगरों और शहरों में जवाहरलाल नेहरू शहरी नवीकरण मिशन (जे.एन.एन.यू.आर.एम.), छोटे और मध्यम नगरों के लिए शहरी अवसंरचना विकास की योजना (यू.आई.डी.एस.एस.एम.टी.), समेकित आवास एवं स्लम विकास कार्यक्रम (आई.एच.एस.डी.पी.) के तहत धनराशि प्रवाह को सुगम बनाने के लिए आवश्यक उपाय किए जाएँगे, ताकि यह सुनिश्चित किया जा सके कि अल्पसंख्यक बहुल आबादीवाले नगरों और शहरों के लिए विस्तृत परियोजना रिपोर्टों (डी.पी.आर.) में नए 15–सूत्री कार्यक्रम में यथापरिकल्पित अल्पसंख्यकों के लिए पर्याप्त प्रावधान शामिल किए जा सकें।<br>**शहरी विकास मंत्रालय और आवास एवं शहरी गरीबी उपशमन मंत्रालय** | मंत्रालय द्वारा यह सुनिश्चित करने के लिए एडवाइजरी जारी की गई है कि जे.एन.एन.यू.आर.एम./यू.आई.डी.एस.एस.एम.टी. योजनाओं के तहत विस्तृत परियोजना रिपोर्टों में अल्पसंख्यकों के लिए पर्याप्त प्रावधान हो।<br>शहरी विकास मंत्रालय ने सूचित किया है कि राज्य सरकारों द्वारा प्रस्तुत विस्तृत परियोजना रिपोर्टों में अल्पसंख्यक बहुल क्षेत्रों को विशिष्ट तौर पर लक्षित नहीं किया जाता है। परियोजनाएँ मिशन सिटी तथा समग्र रूप से उसकी आबादी के लिए तैयार की जाती हैं। ऐसे शहरों में आनेवाले अल्पसंख्यक बहुल क्षेत्रों को इनके लाभ स्वत: ही मिल जाते हैं।<br>जे.एन.एन.यू.आर.एम. के अंतर्गत 30.09.2014 तक प्राप्त संचयी उपलब्धियाँ निम्नानुसार हैं— | क्रियान्वित तथापि, गई की कारवाई एक सतत प्रक्रिया है। |

| संघटक/उपयोजना का नाम | अल्पसंख्यक बहुल आबादीवाले नगरों/शहरों हेतु परियोजना लागत (करोड़ रु. में) तथा कुल का % | नगरों/शहरों की सं. (कुल का %) |
|---|---|---|
| शहरी गरीबों को बुनियादी सेवाओं के अंतर्गत एम.सी. शहरों में स्वीकृत शहरी विकास परियोजनाएँ (बी.एस.यू.पी.) | 6253.81 (23.60 %) | 17 (26.15%) |
| समेकित आवास एवं स्लम विकास कार्यक्रम के अंतर्गत एम.सी. शहरों में स्वीकृत शहरी विकास परियोजनाएँ (आई.एच.एस.डी.पी.) | 2133.09 (19.62 %) | 102 (11.51%) |
| शहरी अवसंरचना और शासन (यू.आई.जी.) के अंतर्गत एम.सी. शहरों में स्वीकृत शहरी विकास | 10259.78 (15.81 %) | 19 (29.23%) |
| लघु एवं मझोले नगरों के लिए शहरी अवसंरचना विकासयोजना (यू.आई.डी.एस.एस.एम.टी.) के अंतर्गत एम.सी. शहरों में स्वीकृत शहरी विकास परियोजनाएँ | 2048.91 (16.47 %) | 95 (11.57%) |

| 9. | राज्य सरकारों को यह सलाह दी जाएगी कि आंध्र प्रदेश सरकार द्वारा की गई पहल की तर्ज पर स्थानीय निकायों में अल्पसंख्यकों का प्रतिनिधित्व बढ़ाएँ।<br>**पंचायती राज मंत्रालय और शहरी विकास मंत्रालय** | राज्य सरकारों को पंचायती राज मंत्रालय और शहरी क्रियान्वित विकास मंत्रालयों द्वारा स्थानीय निकायों में अल्पसंख्यकों के प्रतिनिधित्व में सुधार लाने की सलाह दी है।<br>I. शहरी स्थानीय निकायों के लिए की गई काररवाई—<br>(क) निम्नलिखित 10 राज्यों/संघ राज्य क्षेत्रों ने या तो अल्पसंख्यकों के प्रतिनिधित्व में सुधार लाने के लिए काररवाई की है अथवा स्थानीय निकायों में अल्पसंख्यकों का प्रतिनिधित्व है—आंध्र प्रदेश, चंडीगढ़, दमन एवं दीव, हरियाणा, कर्नाटक, केरल, लक्षद्वीप, ओडिशा, तमिलनाडु एवं पश्चिम बंगाल।<br>(ख) अंडमान निकोबार द्वीप समूह प्रशासन ने सूचित किया है कि किसी भी समुदाय को धार्मिक और भाषायी आधार पर अल्पसंख्यक समुदाय के रूप में घोषित नहीं किया गया है, तथापि मौजूदा परिषद् में निगम चुनावों में सामान्य तौर पर चुने गए अल्पसंख्यक समुदायों से संबंधित सदस्य हैं।<br>(ग) अरुणाचल प्रदेश ने बताया है कि उनका यह दृष्टिकोण है कि संपूर्ण राज्य में विभिन्न जनजातीय समूह निवास करते हैं, जिनमें से कुछ अन्य मत में परिवर्तित हो गए हैं, तथापि वे अनुसूचित जनजाति के रूप में सुविधाओं और सामाजिक अधिकारों का लाभ उठाते हैं। | **क्रियान्वित** तथापि, की गई काररवाई एक सतत प्रक्रिया है। |
|---|---|---|---|

| | | | |
|---|---|---|---|
| | | (घ) छत्तीसगढ़ सरकार ने बताया है कि राज्य में आंध्र प्रदेश मॉडल अंगीकार करना व्यवहार्य नहीं है, क्योंकि उसका जनांकिकीय परिदृश्य आंध्र प्रदेश से भिन्न है, तथापि राज्य सरकार अपने परिप्रेक्ष्य और परिस्थितियों में वैकल्पिक मॉडल पर विचार कर रही है।<br>(ङ) गोवा में शहरी स्थानीय निकायों में अल्पसंख्यकों का कोई प्रतिनिधित्व नहीं है।<br>(च) हिमाचल प्रदेश में शहरी स्थानीय निकायों में अल्पसंख्यकों के प्रतिनिधित्व के लिए हिमाचल प्रदेश म्यूनिसिपिल अधिनियमों में कोई प्रावधान नहीं है।<br>II. ग्रामीण स्थानीय निकायों के लिए की गई काररवाई—<br>पंचायती राज मंत्रालय ने आंध्र प्रदेश सरकार द्वारा की गई पहल की तर्ज पर स्थानीय निकायों में अल्पसंख्यकों के प्रतिनिधित्व में सुधार लाने के लिए सभी राज्य सरकारों को अपेक्षित सलाह जारी की है। इनकी समय-समय पर पुनरावृत्ति की जाती है। | |

| | | | |
|---|---|---|---|
| | | (क) निम्नलिखित 9 राज्यों ने सूचित किया है कि अल्पसंख्यकों को प्रतिनिधित्व प्रदान करने के लिए संगत अधिनियम में समुचित प्रावधान मौजूद हैं अथवा ग्रामीण स्थानीय निकायों में अल्पसंख्यकों का पर्याप्त प्रतिनिधित्व है आंध्र प्रदेश, कर्नाटक, महाराष्ट्र, त्रिपुरा, उत्तराखंड, पश्चिम बंगाल, अंडमान एवं निकोबार द्वीप समूह, लक्षद्वीप और गोवा।<br>(ख) 11 राज्यों नामतः—असम, छत्तीसगढ़, जम्मू एवं कश्मीर, झारखंड, मध्य प्रदेश, मणिपुर, पंजाब, राजस्थान, तमिलनाडु, उत्तर प्रदेश तथा दादर एवं नगर हवेली ने सूचना प्रस्तुत नहीं की है।<br>(ग) बिहार राज्य सरकार ने सूचित किया है कि मामला विचाराधीन है।<br>(घ) गुजरात, ओडिशा और पुडुचेरी की राज्य सरकारों ने सूचित किया है कि इसे अभी क्रियान्वित किया जाना है/इस पर विचार किया जाना है।<br>(ङ) अरुणाचल प्रदेश, हिमाचल प्रदेश, केरल, चंडीगढ़, दमन एवं दीव ने सूचित किया है कि अल्पसंख्यकों के अलग से प्रतिनिधित्व के लिए न तो कोई प्रावधान मौजूद है अथवा न ही ऐसे प्रावधान बनाना संभव है। | |

| | | | |
|---|---|---|---|
| | | (च) मेघालय, मिजोरम और नागालैंड गैर-पार्ट-IX राज्य हैं—चयनित पी.आर.आई. को संविधान द्वारा अधिदेश प्राप्त नहीं है।<br>(छ) हरियाणा ने सूचित किया है कि महिलाओं, अनुसूचित जातियों और पिछड़े वर्गों को स्थानीय निकायों में प्रतिनिधित्व का प्रावधान है।<br>(ज) राष्ट्रीय राजधानी क्षेत्र दिल्ली ने सूचित किया है कि पंचायती राज संस्थान ने 1990 में संघ राज्य क्षेत्र में अतिलंघन कर दिया गया है और इसे पुनरुज्जीवित नहीं किया गया है। अत: दिल्ली सरकार की ओर से कोई अनुशंसा प्रस्तुत करना संभव नहीं है।<br>सिक्किम राज्य ने बताया है कि उनके यहाँ कोई मान्यताप्राप्त अल्पसंख्यक समुदाय नहीं है, तथापि 90% आरक्षण एस.सी., एस.टी., ओ.बी.सी. और एम.बी.सी. को उनकी आबादी के अनुसार दिया जा रहा है। | |

| | | | |
|---|---|---|---|
| 10. | अल्पसंख्यक बहुल जिलों, ब्लॉकों और नगरों में स्वास्थ्य और परिवार कल्याण योजना संबंधी सूचना का प्रसार उर्दू और क्षेत्रीय भाषाओं में किया जाएगा। ऐसी सेवाएँ सुलभ कराना सुनिश्चित करने के साथ-साथ गर्भनिरोध के संबंध में अनेक विकल्प भी उपलब्ध कराए जाएँगे।<br>**स्वास्थ्य और परिवार कल्याण मंत्रालय** | स्वास्थ्य और परिवार कल्याण मंत्रालय ने राज्यों/संघ राज्य क्षेत्रों को सलाह दी है कि अल्पसंख्यक बहुल जिलों/ब्लॉकों/नगरों में स्वास्थ्य और परिवार कल्याण से जुड़ी विभिन्न सेवाओं को लोकप्रिय बनाने हेतु उर्दू तथा क्षेत्रीय भाषाओं में हिमायत और आई.ई.सी. अभियान के माध्यम से प्रभावी उपाय करें। दिनांक 26.11.2013 को आयोजित बैठक में इस मामले पर राज्य सरकारों को एडवाइजरी जारी की गई थी और 15 राज्यों ने प्रत्युत्तर दिया है।<br>स्वास्थ्य और परिवार कल्याण मंत्रालय के अधीन विभाग, गर्भनिरोध के विभिन्न विकल्पों, जो देश के सभी नागरिकों को उपलब्ध कराए गए हैं, के माध्यम से गर्भनिरोध की अपूरित आवश्यकताओं को पूरा करने पर फोकस करता है। ग्राहकों को घर-घर जाकर गर्भनिरोधक उपलब्ध कराने के लिए आशा को भी जिम्मेदारियाँ दी गई हैं। यह योजना दिनांक 17.07.2011 को 17 राज्यों के 233 उच्च फोकस जिलों में आरंभ की गई थी, तथापि योजना को पूरे देश में लागू किया गया है। | **क्रियान्वित** तथापि, की गई कारवाई एक सतत प्रक्रिया है। |

□

# मोदी सरकार के नौ वर्ष

आज से नौ वर्ष पूर्व 26 मई, 2014 को पी.एम. नरेंद्र मोदी ने केंद्र सरकार की कमान सँभाली थी। भारतीय जनता पार्टी प्रचंड बहुमत से जीतकर सत्ता में आई। जीत का यह सिलसिला थमा नहीं, बल्कि जारी रहा। 2019 में एक बार फिर मोदीजी के नेतृत्व में बीजेपी ने कमल का फूल खिलाया और बीजेपी ने 303 लोकसभा सीटों पर जीत हासिल की थी, जिस दिन से मोदीजी ने देश की कमान सँभाली उसी दिन से राष्ट्र-निर्माण की उनकी यात्रा शुरू हुई। बिना रुके, बिना थके उन्होंने न केवल देश के बुनयादी ढाँचे को मजबूत बनाने के लिए बड़े फैसले किए, बल्कि आम जनता को लाभ पहुँचानेवाली योजनाओं से लेकर इंफ्रास्ट्रक्चर में बड़े निवेशी कदम उठाए। पूरे देश को जबरदस्त रोड कनेक्टिविटी से जोड़ा और आज मात्र 9 वर्षों में भारत दुनिया की पाँचवीं सबसे बड़ी अर्थव्यवस्था बनकर उभरा है।

**नोटबंदी**

कोई सोच भी नहीं सकता था कि एक ऐसा देश, जिसका आम आदमी पूरी तरह से साक्षर भी नहीं है, ऑनलाइन बैंकिंग का हिस्सा बनेगा। जब देश में नोटबंदी जैसा बड़ा फैसला लिया तो विपक्ष ने मोदीजी की निंदा करने में कोई कोर-कसर बाकी न रखी। व्यापारी वर्ग अलग नाराज खड़ा था, लेकिन कुशल नेतृत्व और ईमानदार कोशिश की जीत हुई और देश की जनता ने मोदीजी के इस कड़े फैसले को अपनाया एवं विकास का हिस्सा बनी।

मोदी सरकार की जनधन योजना के तहत देशभर में लगभग 51 करोड़

लोगों ने अपने बैंक खाते खुलवाए। यह खाता जीरो बैलेंस के साथ शुरू होता है। पी.एम. मोदी की मुद्रा योजना में लोगों को बिना गारंटी के सस्ता ऋण दिया गया। इस योजना के तहत अब तक 40.82 करोड़ लोगों को 23.2 लाख करोड़ का कर्ज दिया गया।

आम आदमी को नेटबैंकिंग से जोड़ने की शुरुआत एक जीरो बैलेंस खाते की छोटी सी शुरुआत से हुई। इसका उद्देश्य लोगों को नई तकनीक से जोड़ना भर नहीं था, बल्कि गरीब आदमी को सरकार की योजनाओं का सीधा लाभ उनके खाते में पहुँचाना था। विश्व की सबसे बड़ी वित्तीय समावेशन योजना प्रधानमंत्री जन-धन योजना' (पी.एम.जे.डी.वाई.) की घोषणा प्रधानमंत्री ने 15 अगस्त, 2014 को ऐतिहासिक लाल किले से की थी, जिसका शुभारंभ 28 अगस्त, 2014 को पूरे देश में किया गया।

प्रधानमंत्री जनधन योजना (पी.एम.जे.डी.वाई.) वित्तीय समावेशन के लिए राष्ट्रीय मिशन है, जो कि किफायती तरीके से वित्तीय सेवाओं, यथा—बैंकिंग/बचत और जमा खाते, धन प्रेषण, ऋण, बीमा, पेंशन तक पहुँच सुनिश्चित करता है। खाता किसी भी बैंक शाखा या व्यवसाय प्रतिनिधि (बैंक मित्र) केंद्र पर खोला जा सकता है।

## महिला जनधन योजना

इस योजना ने कोविड महामारी में देशवासियों का रक्षा कवच बनकर काम किया। कोविड के दौरान सरकार ने महिलाओं के जनधन खातों में 1500 रुपए ट्रांसफर किए। केवल इतना ही नहीं, इस योजना के अंतर्गत जनधन खाताधारकों को अब तक 33 करोड़ रुपे कार्ड जारी किए जा चुके हैं। रुपे कार्ड पर निःशुल्क दुर्घटना बीमा कवर बढ़ाकर 2 लाख रुपए किया गया।

## स्वच्छ भारत अभियान

एक दौर था, जब देश में जगह-जगह कूड़ा-कचरा फैला रहता था। रेलवे स्टेशनों पर बिना रुमाल नाक पर रखे खड़े होना मुश्किल होता था। सार्वजनिक शौचालयों की तो बात ही छोड़ दें। आज वही देश है, जिसका छोटे

से छोटा स्टेशन साफ-सुथरा मिल जाएगा। चौबीस घंटों में किसी भी समय सफाई कर्मचारियों को आप मुस्तैदी से अपना काम करते हुए देख सकते हैं। मोदी सरकार ने वर्ष 2014 में 'स्वच्छ भारत मिशन' की शुरुआत की और देखते-ही-देखते देश की तसवीर बदल दी।

देश में खुले में शौच करना एक आम बात थी। मोदीजी ने स्वच्छ भारत अभियान के तहत गाँवों और शहरों में 12 करोड़ शौचालय बनवाए।

## प्रधानमंत्री आवास योजना

ग्रामीण आवास योजना के तहत अब तक कुल 2.52 करोड़ के पक्के निर्माणों को पूरा किया जा चुका है। देश के हर गरीब को पक्का मकान देने के संकल्प में सरकार ने अहम पड़ाव तय कर लिया है। जन-जन की भागीदारी से ही तीन करोड़ से ज्यादा घरों का निर्माण संभव हो पाया है। मूलभूत सुविधाओं से युक्त ये घर आज महिला सशक्तीकरण का प्रतीक भी बन चुके हैं।

## उज्ज्वला योजना

मोदी सरकार की 'उज्ज्वला योजना' के अंतर्गत 9.59 करोड़ घरों में एल.पी.जी. कनेक्शन पहुँचा। महिलाओं को धुएँ से मुक्ति मिली।

'स्वच्छ ईंधन, बेहतर जीवन' के नारे के साथ भारतीय प्रधानमंत्री नरेंद्र मोदी ने 1 मई, 2016 को 'उज्ज्वला योजना' शुरू की थी। इस योजना में भारत सरकार एल.पी.जी. कनेक्शन देती है। इसका मुख्य उद्देश्य गरीबी रेखा से नीचे के परिवारों, विशेषकर महिलाओं, को सुरक्षित रूप से गैस का उपयोग करने की सुविधा प्रदान करना है।

## जन आरोग्य योजना

'आयुष्मान भारत-प्रधानमंत्री जन आरोग्य योजना' (PM-JAY), भारत सरकार की एक फ्लैगशिप योजना है, जिसमें 10 करोड़ से अधिक गरीब और कमजोर लाभार्थी परिवारों को कवरेज प्रदान करनेवाली निजी अस्पतालों से कैशलेस माध्यमिक और तृतीयक देखभाल उपचार प्रदान किया जाता है। भारत

शासन द्वारा केंद्रीय वित्त बजट 2018 में आयुष्मान भारत की घोषणा की गई, जिसके दो मुख्य स्तंभ हैं, देश में एक लाख हेल्थ एंड वेलनेस सेंटर्स स्थापित करना एवं 10 करोड़ परिवारों को रुपए 5.00 लाख प्रतिवर्ष के स्वास्थ्य बीमा कवच से जोड़ना।

इस योजना के तहत 13 करोड़ से ज्यादा परिवारों को प्रति परिवार प्रति वर्ष 5 लाख रुपए तक का मुफ्त इलाज माध्यमिक और तृतीयक स्वास्थ्य सेवाओं के लिए प्रदान किया जाता है। योजना के तहत अस्पताल में भरती होने की स्थिति में कोरोना, कैंसर, गुर्दा रोग, हृदय रोग, डेंगू, चिकनगुनिया, मलेरिया, डायलिसिस, घुटना व कूल्हा प्रत्यारोपण, नि:संतानता, मोतियाबिंद और अन्य चिह्नित गंभीर बीमारियों का नि:शुल्क उपचार इस योजना के तहत किया जाता है।

केंद्र सरकार की 'जन आरोग्य योजना' के तहत 4.44 करोड़ लोगों का इलाज हुआ।

## किसान सम्मान निधि योजना

मोदी सरकार की 'किसान सम्मान निधि योजना' के तहत देशभर के 12 करोड़ किसानों को हर साल 6 हजार रुपए की सहायता राशि दी जाती है। प्रधानमंत्री किसान सम्मान निधि योजना के तहत किसानों को प्रति वर्ष 6 हजार रुपए की आर्थिक सहायता दी जाती है। इस धनराशि को 4 महीने के अंतराल पर किसानों के खाते में सरकार की तरफ से भेजा जाता है। यह धनराशि कुल तीन किस्तों में दो-दो हजार रुपए करके खातों में भेजी जाती है।

## हर घर नल जल योजना

हर घर जल भारत सरकार द्वारा 2019 में 2024 तक हर ग्रामीण घर में नल का पानी उपलब्ध कराने के उद्देश्य से शुरू की गई एक योजना है। वित्त मंत्री निर्मला सीतारमण ने 2019 के केंद्रीय बजट में इस योजना की घोषणा की। 'हर घर नल योजना' का उद्देश्य देश के प्रत्येक ग्रामीण इलाकों के हर घर में पीने का स्वच्छ पानी उपलब्ध करवाना है। सरकार द्वारा वर्ष 2024 तक इस योजना के माध्यम से प्रत्येक घर तक पीने के पानी का कनेक्शन उपलब्ध करवाया

जाएगा। अब देश के किसी भी नागरिक को पीने के पानी के लिए कहीं भी दूर जाने की आवश्यकता नहीं पड़ेगी, क्योंकि सरकार द्वारा उनके घर में पीने का साफ पानी उपलब्ध करवाया जाएगा। इससे देश के नागरिकों के स्वास्थ्य में भी सुधार आएगा। इसके अलावा इस योजना के माध्यम से समय की भी बचत होगी।

## आर्टिकल 370

वर्ष 2019 में मोदी सरकार ने जम्मू-कश्मीर राज्य को विशेष राज्य के दर्जे से हटाते हुए आर्टिकल 370 को हटाने का साहसिक फैसला किया। जम्मू-कश्मीर को अनुच्छेद 370 और 35ए द्वारा दिए गए विशेष दर्जे को हटाने के लिए संसद् ने 5 अगस्त, 2019 को मंजूरी दी। तब केंद्रीय गृह मंत्री अमित शाह ने इसे 'ऐतिहासिक भूल को ठीक करने वाला ऐतिहासिक कदम' कहा था। इस फैसले के बाद जम्मू-कश्मीर देशभर में फैली विकास की मुख्यधारा से जुड़ा और आज देखते-ही-देखते उसके परिणाम साफ नजर आ रहे हैं।

## तीन तलाक कानून

मोदी सरकार ने मुसलिम महिलाओं के सशक्तीकरण के लिए तीन तलाक के खिलाफ कानून बनाकर एक निर्णायक फैसला लिया।

सुप्रीम कोर्ट ने अगस्त 2017 में फैसला सुनाते हुए तीन तलाक को असंवैधानिक और कुरान के मूल सिद्धांतों के खिलाफ बताया। 5 जजों की पीठ ने 2 के मुकाबले 3 मतों से यह फैसला दिया। सुप्रीम कोर्ट ने इसे भारतीय संविधान के अनुच्छेद 14 और 21 का उल्लंघन बताया, जो सभी नागरिकों को समानता का अधिकार देता है।

## 2014 से 2023 तक कितना बदला देश ?

2014 में देश के अंदर मेडिकल कॉलेज की संख्या 387 थी, जो अब बढ़कर 692 हो चुकी है। 2023 में एम्स की संख्या बढ़कर 24 हो चुकी है, जो 2014 में केवल 6 थी। 2014 तक देश में 723 यूनिवर्सिटी थीं, जो 2023 में

बढ़कर 1472 हो चुकी हैं। 2014 तक देश में 16 आई.आई.टी. संस्थान थे, जो 2023 में बढ़कर 23 हो चुके हैं। 2014 तक देश में 13 आई.आई.एम. थे, जो अब 20 हो चुके हैं।

2014 में भारत की बिजली उत्पादन क्षमता 2.34 लाख मेगावाट थी, जो 2023 में बढ़कर 4.17 लाख मेगावाट हो गई। 2014 तक देश में 13 करोड़ गैस कनेक्शन थे, जो 2023 में बढ़कर 31 करोड़ हो गए। 2014 तक देश में नेशनल हाईवे की पहुँच 91,287 किमी. तक थी, जो 2023 में 1.44 लाख से ज्यादा हो गई। 2014 तक देश में एयरपोर्ट की संख्या 74 थी, जो 2023 में बढ़कर 148 हो गई। 2014 तक देश में रेल मार्गों का 21,614 किमी. हिस्सा ही इलेक्ट्रिक लाइन से जुड़ा था। 2023 में यह बढ़कर 58,812 किमी. तक पहुँच गया। (ए.बी.पी. न्यूज चैनल से प्राप्त आँकड़ों के अनुसार)

□

# सबका साथ, सबका विकास, सबका विश्वास

## केवल एक जुमला नहीं

मोदीजी जब जीतकर सत्ता में आए, तब विपक्ष ने अपनी पूरी ताकत इस बात में लगाई कि किस प्रकार मोदी को मुसलिम विरोधी साबित किया जाए। देशभर में भय का वातावरण तैयार किया जाने लगा। एक इंटरव्यू में एक बड़े पत्रकार ने मोदीजी से पूछा कि आपने मुसलमानों के लिए क्या किया?

उनका जवाब चौंकानेवाला था। मोदीजी ने कहा—मैंने मुसलमानों के लिए कुछ नहीं किया। मैं तुष्टीकरण की राजनीति नहीं करता हूँ।

इस जवाब का यह अर्थ नहीं है कि मुसलमानों के लिए कुछ काम नहीं किया गया, बल्कि पहले की तरह मुसलमानों को खुश करने के लिए बड़े-बड़े वायदे नहीं किए गए। देश का प्रधानमंत्री होने के नाते उनके लिए हर वर्ग के विकास की सोचना जरूरी है, न कि किसी विशेष वर्ग के लिए। देश में अल्पसंख्यक केवल मुसलिम वर्ग ही नहीं है। केंद्र सरकार ने राष्ट्रीय अल्पसंख्यक आयोग अधिनियम, 1992 के तहत राष्ट्रीय अल्पसंख्यक आयोग की स्थापना की। पाँच धार्मिक समुदाय अर्थात् मुसलिम, ईसाई, सिख, बौद्ध और पारसी को अल्पसंख्यक समुदाय के रूप में अधिसूचित किया गया। ऐसे में किसी एक वर्ग विशेष को खुश करना न्यायसंगत नहीं है।

यह फॉर्मूला भी गलत है। अगर इस फॉर्मूले से किसी का भला होना होता तो अब तक हो चुका होता। देश में सबसे ज्यादा समय कांग्रेस का राज रहा है

और कांग्रेस पार्टी स्वयं को अल्पसंख्यक समुदायों, विशेष रूप से मुसलमानों का सगा भी कहती आई है, फिर क्यों वह मुसलमानों का भला नहीं कर पाई! सोचनेवाली बात है।

मोदीजी ने किसी वर्ग विशेष को न लेते हुए, बल्कि सभी को साथ लेकर चलने के विचार के साथ 'सभी का साथ, सभी का विकास' जैसी अवधारणा पर काम करना शुरू किया। सरकार की योजनाओं का लाभ लेने के लिए गरीब और जरूरतमंद होना काफी होना चाहिए।

मैं पिछले दो दशकों से भारत भर में भ्रमण कर रही हूँ। मोदीजी जब देश के प्रधानमंत्री नहीं थे। वे गुजरात के मुख्यमंत्री के रूप में कार्य कर रहे थे। उस समय उन्होंने गुजरात के पर्यटन को बढ़ावा देने के लिए रन उत्सव का आयोजन 2006 में तीन दिवसीय कार्यक्रम के रूप में शुरू किया। आज यह उत्सव 100 दिनों तक चलनेवाला एक भव्य उत्सव बन चुका है। रन उत्सव से पहले तक देश में पर्यटन के नाम पर गुजरात का जिक्र तक नहीं होता था। उन्होंने सफेद नमक के बंजर रन में उत्सव के फूल खिलाए। यह बात कम ही लोग जानते होंगे कि रन की अधिकतर ग्रामीण आबादी मुसलिम है। यह लोग कशीदाकारी, बुनकारी आदि हैंडीक्राफ्ट से जुड़े लोग थे, जिनकी कला स्थानीय स्तर तक ही सीमित थी। रन उत्सव के माध्यम से उनकी कला को एक बाजार मिला। रन उत्सव के बहाने देश से ही नहीं, विदेशों से भी लोग गुजरात आने लगे।

वहीं मकर संक्रांति पर अहमदाबाद में काइट फेस्टिवल का भव्य आयोजन किया जाने लगा। अहमदाबाद में पतंग बनानेवाले लोग भी मुसलिम समाज से आते हैं और पीढ़ियों से पतंग व्यवसाय से जुड़े हैं।

एक और उदहारण देखिए। अपने नजदीक किसी भी राशन की सरकारी दुकान पर चले जाइए। राशन पानेवालों में हर वर्ग के लोग मिल जाएँगे। यही हाल उज्ज्वला योजना, प्रधानमंत्री आवास योजना, आयुष्मान योजना के लाभार्थियों का भी है। इन योजनाओं का लाभ बिना किसी भेदभाव के जरूरतमंद तक सीधे पहुँच रहा है।

सच्चर समिति की रिपोर्ट से कुछ बातें तो साफ हो ही गई थीं कि मुसलमान पिछड़े हुए हैं, वे शिक्षा में पीछे हैं, अधिकतर हाथ की कारीगरी में संलग्न हैं, जो

कि पारंपरिक रूप से चली आ रही है। उनके हुनर को तराशने और नई तकनीक से नई ऊर्जा फूँकने की जरूरत है। मोदीजी ने सच्चर समिति की रिपोर्ट में दी गई संस्तुतियों को ध्यान में रखते हुए मुसलिम वर्ग को मुख्यधारा से जोड़ने के लिए कई योजनाएँ शुरू कीं, जिनमें से कुछ योजनाएँ निम्न हैं—

## नई मंजिल योजना

नई मंजिल सरकार की एक नई पहल है। इसे 8 अगस्त, 2015 को पटना, बिहार में लॉञ्च किया गया था। इस योजना का उद्‌देश्य उन अल्पसंख्यक युवाओं को लाभ पहुँचाना है, जिनके पास औपचारिक स्कूल छोड़ने का प्रमाण-पत्र नहीं है, यानी जो स्कूल छोड़नेवालों की श्रेणी में हैं या मदरसों जैसे सामुदायिक शिक्षा संस्थानों में शिक्षित हैं, ताकि उन्हें औपचारिक शिक्षा और कौशल प्रदान किया जा सके और उन्हें सक्षम बनाया जा सके। संगठित क्षेत्र में बेहतर रोजगार और आजीविका की तलाश करें।

इस योजना को विश्व बैंक से 50% वित्तपोषण के साथ पाँच वर्षों के लिए 650.00 करोड़ रुपए की लागत से मंजूरी दी गई है। विश्व बैंक ने 50 मिलियन अमरीकी डॉलर की फंडिंग को मंजूरी दे दी है। इस मंत्रालय में अल्पसंख्यक कल्याण के लिए यह पहला विश्व बैंक समर्थित कार्यक्रम है। यह योजना इसलिए भी महत्त्वपूर्ण है, क्योंकि इसमें स्कूल छोड़नेवाले बच्चों के लिए शिक्षा को कौशल के साथ जोड़ा गया है, जिससे उनकी रोजगार क्षमता में उल्लेखनीय वृद्धि होगी।

यह योजना परियोजना कार्यान्वयन एजेंसियों (पी.आई.ए.) द्वारा कार्यान्वित की जा रही है, जो 9 से 12 महीनों के लिए गैर-आवासीय एकीकृत शिक्षा और कौशल प्रशिक्षण प्रदान करती हैं, जिसमें से न्यूनतम 3 महीने राष्ट्रीय कौशल योग्यता फ्रेमवर्क (एन.एस.क्यू.एफ.) के अनुरूप कौशल प्रशिक्षण के लिए समर्पित होंगे। निर्धारित रूपरेखा के अनुसार कौशल प्रशिक्षण पूरा होने के बाद लाभार्थियों को उनकी योग्यता के अनुरूप नौकरियों में रखा जाएगा।

योजना का उद्‌देश्य गरीबी रेखा से नीचे (बी.पी.एल.) के अल्पसंख्यक समुदाय के परिवारों के 17-35 वर्ष की आयु के युवाओं को शिक्षा और बाजार-

संचालित कौशल प्रशिक्षण प्रदान करना है। यह योजना 9 से 12 महीनों के लिए गैर-आवासीय एकीकृत शिक्षा और कौशल प्रशिक्षण प्रदान करती है, जिसमें से न्यूनतम 3 महीने कौशल प्रशिक्षण के लिए समर्पित हैं। इस योजना का इरादा कम-से-कम 70% प्रशिक्षित युवाओं को नौकरियों में प्लेसमेंट प्रदान करना है, जिससे उन्हें मूल न्यूनतम वेतन मिलेगा और उन्हें भविष्य निधि, कर्मचारी राज्य बीमा (ई.एस.आई.) आदि जैसे अन्य सामाजिक सुरक्षा अधिकार भी मिलेंगे।

## नई रोशनी योजना

'नई रोशनी योजना' का उद्देश्य महिलाओं के नेतृत्व विकास के लिए ज्ञान, उपकरण और तकनीक प्रदान करके अल्पसंख्यक महिलाओं को सशक्त बनाना और उनमें आत्मविश्वास बढ़ाना है। यह 18 वर्ष से 65 वर्ष की आयु वर्ग के बीच अल्पसंख्यक समुदाय की महिलाओं के लिए आयोजित छह दिवसीय गैर-आवासीय/पाँच दिवसीय आवासीय प्रशिक्षण कार्यक्रम है। प्रशिक्षण मॉड्यूल में महिलाओं के लिए कार्यक्रम, स्वास्थ्य और स्वच्छता, महिलाओं के कानूनी अधिकार, वित्तीय साक्षरता, डिजिटल साक्षरता, स्वच्छ भारत, जीवन कौशल और सामाजिक और व्यावहारिक परिवर्तनों की वकालत से संबंधित क्षेत्र शामिल हैं। यह योजना कार्यक्रम कार्यान्वयन एजेंसियों/गैर-सरकारी संगठनों के माध्यम से कार्यान्वित की जा रही है। पी.आई.ए./एन.जी.ओ. प्रशिक्षण के बाद 12 महीने की अवधि के लिए सभी लाभार्थियों को सहायता प्रदान करते हैं।

अल्पसंख्यक महिलाओं के नेतृत्व विकास के लिए 'नई रोशनी योजना' के लिए वर्ष 2014-15 से 2020-21 तक 85.83 करोड़ रुपए स्वीकृत किए गए हैं और 94.00 करोड़ रुपए की धनराशि आवंटित की गई है।

योजना के तहत संगठनों का चयन एक अच्छी तरह से निर्धारित प्रक्रिया का पालन करके किया जाता है, ताकि यह सुनिश्चित किया जा सके कि चयनित एन.जी.ओ. महिलाओं के कल्याण के लिए अत्यधिक प्रेरित, समर्पित और प्रतिबद्ध हैं। गैर-सरकारी संगठनों का पंजीकृत कार्यालय होना चाहिए और महिलाओं के विकास के लिए विशेष रूप से कम-से-कम एक परियोजना शुरू करनी चाहिए। अनिवार्य योग्यता और आवश्यक आवश्यकताएँ रखनेवाले

पी.आई.ए./एन.जी.ओ. परियोजना को लागू करने के लिए आवेदन करते हैं। ऐसे सभी एन.जी.ओ. पर मंत्रालय की मंजूरी समिति द्वारा विचार किया जाता है।

## उस्ताद योजना

वर्ष 2015 में 'उस्ताद योजना' का शुभारंभ किया गया। यह योजना हस्तशिल्प से जुड़े पारंपरिक कारीगरों के विकास के लिए बनाई गई है। इस योजना का उद्देश्य क्षमता निर्माण और अल्पसंख्यक समुदायों के उस्ताद कारीगरों/शिल्पकारों के पारंपरिक कौशल का उन्नयन करना है।

अल्पसंख्यक समुदाय का एक बड़ा वर्ग कई पीढ़ियों से पारंपरिक कला/शिल्प में लगा हुआ है। यह योजना अल्पसंख्यकों की पारंपरिक कला/शिल्प की समृद्ध विरासत को संरक्षित करने और पारंपरिक कारीगरों/शिल्पकारों की क्षमता निर्माण के लिए शुरू की गई है।

यह योजना राष्ट्रीय और अंतरराष्ट्रीय बाजार के साथ पारंपरिक कला/शिल्प का संबंध भी स्थापित करेगी और श्रम की गरिमा सुनिश्चित करेगी। केंद्र सरकार द्वारा वित्तपोषित यह योजना बड़ी कंपनियों के साथ प्रतिस्पर्धा करने के लिए कुशल और अकुशल कारीगरों और शिल्पकारों को तैयार करेगी।

'उस्ताद योजना' अल्पसंख्यक समुदाय के युवाओं को रोजगार के अवसर और बेहतर भविष्य प्रदान करेगी।

इस योजना देश के कश्मीर से कन्याकुमारी तक और अरुणाचल प्रदेश से गुजरात तक सभी क्षेत्रों के लिए है।

उस्ताद योजना में 45 साल तक की उम्र के लोगों को 3-8 महीने की कुशलता सीखने में हर महीने 3,000 रुपए का स्टाइपेंड मिलता है। सरकार का इरादा विकासोन्मुख क्षेत्रों से जुड़े अल्पसंख्यक समुदाय के कामगारों को बड़े बाजार नेटवर्क का हिस्सा बनाने का है।

इस योजना के तहत अल्पसंख्यक कारीगरों और उद्यमियों को राष्ट्रव्यापी विपणन मंच प्रदान करने और रोजगार के अवसर पैदा करने के लिए पूरे देश में हुनरहाट भी आयोजित किए जाते हैं।

## हमारी धरोहर योजना

'हमारी धरोहर योजना' भारत के अल्पसंख्यक समुदायों की समृद्ध विरासत को संरक्षित करने के लिए बनाई गई है। यह योजना भारतीय संस्कृति की समग्र अवधारणा के तहत अल्पसंख्यकों की समृद्ध विरासत को संरक्षित करने का प्रावधान करती है, जिसमें प्रदर्शनियों का संरक्षण, साहित्य/दस्तावेजों का संरक्षण आदि शामिल हैं।

'हमारी धरोहर योजना' को अब प्रधानमंत्री विरासत का संवर्धन (पी.एम. विकास) योजना के एक घटक के रूप में विलय कर दिया गया है। वित्तीय वर्ष 2022-23, जिसका लक्ष्य कौशल विकास, शिक्षा और नेतृत्व प्रशिक्षण के माध्यम से अल्पसंख्यकों, विशेष रूप से कारीगर समुदायों की आजीविका में सुधार करना है, ताकि उनके उद्यमिता हस्तक्षेपों का समर्थन किया जा सके।

## 'प्रगति पंचायत' कार्यक्रम

मुसलिम समाज के पिछड़ेपन का एक मुख्य कारण है शिक्षा और जानकारियों का अभाव। अशिक्षित होने के नाते वे योजनाओं का लाभ ही नहीं ले पाते जो उनके लिए केंद्र सरकार द्वारा चलाई जा रही हैं। इस समस्या से निपटने के लिए 'प्रगति पंचायत' कार्यक्रम की शुरुआत की गई। इस कार्यक्रम के तहत ग्रामीण स्तर पर मुसलिम एवं अल्पसंख्यक वर्ग को सीधे संवाद के माध्यम से योजनाओं की जानकारी दी जाएगी। यह पहल सुचारु रूप से चल सके, इसके लिए डिस्ट्रिक्ट डेवलपमेंट को-ऑर्डिनेशन एंड मॉनिटरिंग कमेटी का भी गठन किया गया है।

## वक्फ संपत्तियों की सुरक्षा एवं संरक्षण

मुसलिम समाज द्वारा समाज की सेवा हेतु संपत्तियों का दान वक्फ को किया जाता है। वक्फ बोर्ड एक संस्था है, जो अल्लाह के नाम पर दान की गई संपत्तियों का रखरखाव करती है। एक अनुमान के अनुसार देश भर में भारत में 9.4 लाख एकड़ क्षेत्रफल में 8.7 लाख वक्फ संपत्तियाँ हैं। लेकिन अधिकतर मामलों में इन संपत्तियों पर अवैध कब्जे और विवाद देखने को मिलते हैं। मूल

रूप से इन संपत्तियों के मालिकों ने समाज की सेवा हेतु इन्हें दान किया था। वक्फ में आने के बाद इनका कोई मालिक नहीं होता है। ऐसे में अवैध कब्जे होने या विवाद की स्थिति में उस उद्‌देश्य का हनन हो जाता है, जिसे ध्यान में रखते हुए इन्हें दान किया गया था। केंद्र सरकार ने इन मामलों को हल करने हेतु इन संपत्तियों की सुरक्षा और संरक्षण के लिए संपत्तियों की मैपिंग कराई और फिर उनके संरक्षण हेतु पर्याप्त व्यवस्था की गई।

## तीन तलाक पर कानून

मुसलिम महिलाओं के सिर पर जीवन भर तीन तलाक की तलवार लटकी रहती थी। खाने में नमक तेज हो गया, घर में छोटा-मोटा झगड़ा हो गया। शौहर को गुस्सा आ गया। उसने झट से तीन बार तलाक-तलाक-तलाक बोला और एक महिला की जिंदगी तिनकों सी बिखर जाती थी। जबकि तीन तलाक गैर-इस्लामिक प्रक्रिया थी। विश्व के तमाम मुसलिम देश इसे अवैध करार दे चुके थे। भारत में यह परंपरा अभी भी चली आ रही थी, लेकिन प्रधानमंत्री नरेंद्र मोदी ने मुसलिम महिलाओं के जीवन से इस अभिशाप को मिटाने के लिए बीड़ा उठाया। विधि एवं न्याय मंत्री रविशंकर प्रसाद ने 21 जून, 2019 को लोकसभा में मुसलिम महिला (विवाह अधिकार संरक्षण) बिल, 2019 पेश किया। यह बिल 21 फरवरी, 2019 को जारी अध्यादेश का स्थान लेता है। 25 जुलाई को यह लोकसभा में पारित होता है और 30 जुलाई को राज्यसभा में पारित होता है।

बिल तलाक कहने को, जिसमें लिखित और इलेक्ट्रॉनिक दोनों रूप शामिल हैं, कानूनी रूप से अमान्य और गैर-कानूनी बनाता है। बिल के अनुसार तलाक से अभिप्राय है, तलाक-ए-बिद्‌दत या किसी भी दूसरी तरह का तलाक, जिसके परिणामस्वरूप मुसलिम पुरुष अपनी पत्नी को इंस्टेंट या इररिवोकेबल (जिसे पलटा न जा सके) तलाक दे देता है। तलाक-ए-बिद्‌दत मुसलिम पर्सनल कानूनों के अंतर्गत ऐसी प्रथा है, जिसमें मुसलिम पुरुष द्वारा अपनी पत्नी को एक सिटिंग में तीन बार 'तलाक' कहने से इंस्टेंट या इररिवोकेबल तलाक हो जाता है।

बिल तलाक कहने को संज्ञेय अपराध बनाता है, जिसके परिणामस्वरूप तीन साल की कैद और जुर्माने की सजा हो सकती है (एक संज्ञेय अपराध ऐसा अपराध होता है, जिसमें पुलिस अधिकारी बिना वारंट के आरोपी को गिरफ्तार कर सकता है)। अपराध संज्ञेय होगा, अगर अपराध से संबंधित सूचना : (i) विवाहित महिला (जिसे तीन तलाक कहा गया है) या (ii) उससे रक्त या वैवाहिक संबंध से जुड़े किसी व्यक्ति ने दी हो।

बिल में प्रावधान है कि मजिस्ट्रेट आरोपी को जमानत दे सकता है। महिला (जिसे तीन तलाक कहा गया है) की सुनवाई के बाद या अगर मजिस्ट्रेट इस बात से संतुष्ट है कि जमानत देने के पर्याप्त आधार हैं, तभी आरोपी को जमानत दी जा सकती है।

इस कानून के बनने से देशभर में मुसलिम महिलाओं में खुशी की लहर दौड़ गई। हालाँकि यह कानून न बने, इसके लिए भी विपक्ष ने सरकार को बहुत तरह से घेरा, लेकिन प्रधानमंत्री नरेंद्र मोदी ने दृढ़ता के साथ सबका सामना किया।

## राष्ट्रीय अल्पसंख्यक विकास एवं वित्त निगम

मुसलिम समाज अधिकतर हाथ की कारीगरी से जुड़े छोटे व्यवसायों में संलग्न है। इनके पास कारीगरी तो है, लेकिन मजदूरी को व्यवसाय का रूप देने के लिए पूँजी का अभाव होता है। बैंक से ऋण लेना भी मुश्किल होता है। ऐसे में इन लोगों की सहायता करने हेतु केंद्र सरकार ने राष्ट्रीय अल्पसंख्यक विकास एवं वित्त निगम की स्थापना की।

राष्ट्रीय अल्पसंख्यक विकास एवं वित्त निगम (एन.एम.डी.एफ.सी.) का निगमीकरण 30 सितंबर, 1994 को कंपनी अधिनियम, 1956 की धारा 25 के तहत (अब कंपनी अधिनियम, 2013 की धारा-8) लाभ-निरपेक्ष कंपनी के रूप में किया गया था। राष्ट्रीय अल्पसंख्यक आयोग के अधिनियम, 1992 में परिभाषित अल्पसंख्यकों के विकास के लिए यह निगम राष्ट्रीय स्तर की शीर्ष संस्था के रूप में कार्यरत है।

एन.एम.डी.एफ.सी. का मुख्य अधिदेश अल्पसंख्यकों को स्वरोजगार/

आय सृजन गतिविधियों के लिए रियायती दर पर ऋण प्रदान करना है। राष्ट्रीय अल्पसंख्यक आयोग के अधिनियम, 1992 के अनुसार, अधिसूचित अल्पसंख्यक मुसलिम, ईसाई, सिख, बौद्ध और पारसी हैं। बाद में, जनवरी 2014 में जैन समुदाय को भी अधिसूचित अल्पसंख्यक समुदायों की सूची में शामिल कर दिया गया। एन.एम.डी.एफ.सी. के ऋण कार्यक्रमों के तहत कारीगरों और महिलाओं को तरजीह दी जाती है।

## मुद्रा योजना

मुद्रा योजना का सीधा-सीधा लाभ मुसलिम कामगारों तक पहुँच सकता है। यहाँ बिना कुछ गिरवी रखे बैंक व्यवसाय शुरू करने या बढ़ाने के लिए लोन मिल जाता है।

'प्रधानमंत्री मुद्रा योजना' (पी.एम.एम.वाई.) भारत सरकार की एक प्रमुख योजना है। यह योजना विनिर्माण, प्रसंस्करण, व्यापार या सेवा क्षेत्र में गैर-कृषि क्षेत्र में लगे आय सृजित करनेवाले सूक्ष्म उद्यमों को 10 लाख रुपए तक के सूक्ष्म ऋण/ऋण की सुविधा प्रदान करती है।

इन सूक्ष्म और लघु इकाइयों में ग्रामीण और शहरों में छोटी विनिर्माण इकाइयों, सेवा क्षेत्र की इकाइयों, दुकानदारों, फलों/सब्जी विक्रेताओं, ट्रक ऑपरेटरों, खाद्य सेवा इकाइयों, मरम्मत की दुकानों, मशीन ऑपरेटरों, छोटे उद्योगों, कारीगर, खाद्य प्रोसेसर और अन्य के रूप में चलनेवाली लाखों स्वामित्व/साझेदारी फर्म शामिल हैं।

मुद्रा योजना के तहत ऋण केवल बैंकों और ऋण देनेवाली संस्थाओं के माध्यम से प्राप्त किया जा सकता है, जिसमें शामिल हैं—

- सार्वजनिक क्षेत्र के बैंक
- निजी क्षेत्र के बैंक
- राज्य संचालित सहकारी बैंक
- क्षेत्रीय क्षेत्र के ग्रामीण बैंक
- सूक्ष्म वित्त की पेशकश करनेवाले संस्थान
- बैंकों के अलावा अन्य वित्तीय कंपनियाँ

मुद्रा ऋण प्राप्त करने के लिए मुद्रा द्वारा कोई एजेंट या बिचौलिया नहीं लगाया गया है। उधारकर्ताओं को सलाह दी जाती है कि वे मुद्रा/पी.एम.एम.वाई. के एजेंट/सुविधाकर्ता के रूप में खुद को प्रस्तुत करनेवाले व्यक्तियों से दूर रहें।

(इन सभी योजनाओं की विस्तारपूर्वक जानकारियाँ आगे अध्यायों में दी गई हैं।)

□

# मुसलमानों को मुख्यधारा से जोड़ने हेतु उठाए कदम

सच्चर समिति ने अपनी रिपोर्ट में भारतीय मुसलमानों के जीवन की आर्थिक, राजनीतिक और सामाजिक जीवन में मुख्यधारा में पूरी तरह से भाग लेने से रोकनेवाली बाधाओं को दूर करने के तरीके पर प्रकाश डाला और अपने सुझाव प्रस्तुत किए।

यह रिपोर्ट देश के मुसलमानों के 'पिछड़ेपन' को प्रकट करनेवाली अपनी तरह की पहली रिपोर्ट थी, जिसने कई चौंकानेवाले तथ्यों को उजागर किया, जैसे कि जहाँ मुसलमान भारतीय आबादी का 14% हिस्सा हैं, वहीं भारतीय नौकरशाही में उनका केवल 2.5% हिस्सा है। साथ ही यह निष्कर्ष भी निकाला कि भारतीय मुसलमानों की स्थिति अनुसूचित जातियों और अनुसूचित जनजातियों से नीचे थी।

समिति की रिपोर्ट का विश्लेषण करने पर कुछ बातें स्पष्ट दिखती हैं। मुसलिम समाज में पृथकीकरण की भावना घर कर गई है। समाज स्वयं को हाशिए पर महसूस करता है। मुसलिम 'देशद्रोही' समझे जाने तथा साथ ही 'मनाए' जाने के दोगुने बोझ से लदे हैं। मुसलिम पहचान के संकेतक—बुरका, परदा, दाढ़ी और टोपी, जहाँ भारतीय मुसलमानों की विशिष्टता बढ़ाते हैं, वहीं सार्वजनिक क्षेत्रों में उनके लिए चिंता का भी कारण हैं। समिति ने यह भी महसूस किया कि यह विचार पूर्ण रूप से सच न भी हों, लेकिन पूरी तरह से निराधार नहीं हैं। इन बातों पर पूर्वग्रहों से ग्रसित हुए बिना विचार करने की जरूरत है। मुसलिम

समाज अपनी अलग पहचान को लेकर थोड़ा भावुक है। मुसलिम लोग कितने पढ़-लिख जाएँ, लेकिन मुहल्लों में अपने समूह में रहना ही पसंद करते हैं। यह समाज घेटोआइजेशन का शिकार है। इसके पीछे खान-पान सामग्री उपलब्धता और मस्जिद का नजदीक होना भी एक बड़ा कारक है। वह स्वयं भी दूसरे समाजों से ज्यादा मेल-जोल नहीं रखते और यह भी सच है कि यह खिंचाव दोनों ओर समान रूप से देखने को मिलता है।

सामूहिक पृथकीकरण मुसलमानों की प्रगति में उतना बाधक नहीं है, जितने की अन्य कारक हैं, जैसे—शिक्षा का अभाव। 6 से 14 वर्ष के आयु वर्ग के मुसलिम बच्चों में से 25 फीसदी या तो कभी स्कूल नहीं गए या उन्होंने पढ़ाई बीच में ही छोड़ दी। प्राथमिक, मध्य एवं उच्च माध्यमिक स्तर पर मुसलमानों में अन्य सामाजिक-धार्मिक श्रेणियों की तुलना में पढ़ाई छोड़ने की दर सबसे अधिक है। श्रेष्ठतम कॉलेजों में पूर्व स्नातक छात्रों में से हर 25 में सिर्फ एक और परास्नातक छात्रों में से 50 में सिर्फ एक मुसलमान हैं। इस सबका परिणाम है कि जहाँ देश में समय के साथ उन्नति हुई है, वहीं अंतर अभी भी बना हुआ है। नतीजतन मुसलमानों की वर्तमान पीढ़ी पिछड़ रही है।

शिक्षा से दूरी होने के बावजूद इस समाज के लोग हस्तकौशल के धनी हैं, लेकिन बिना तकनीकी शिक्षा के वह पारंपरिक तरीकों से अपने कौशल को सीखते हैं। नतीजन वह दिहाड़ी मजदूर से अधिक कुछ नहीं बन पाते। अनौपचारिक क्षेत्र के उपक्रमों में मुसलिम श्रमिकों की हिस्सेदारी अपेक्षाकृत अधिक है। अपने ही घरों में काम करने की मुसलिम महिला कामगारों की प्रतिशतता सभी श्रमिकों की तुलना में बहुत अधिक। मुसलमानों में यह 70 प्रतिशत है तो सभी श्रमिकों की प्रतिशतता 51 प्रतिशत है।

मुसलमानों के लिए महत्त्वपूर्ण विनिर्माण क्षेत्र, में वृहत् स्तर पर कपड़े, ऑटो रिपेयर और इलेक्ट्रिकल मशीनरी ऐसे क्षेत्र हैं, जिन पर यदि ध्यान दिया जाए तो मुसलिम कामगारों के लिए इससे रोजगार की वृहत् संभावना बढ़ेगी, लेकिन इसके लिए जरूरी है कौशल विकास।

मुसलिम लोग छोटे व्यापार करते हैं, लेकिन वित्त के कारण उसे बड़े स्तर तक नहीं पहुँचा पाते। बैंक उन्हें ऋण देने से कतराते थे। शिक्षा और जानकारी के

अभाव में उन्हें ऋण लेने की प्रक्रिया भी मुश्किल लगती थी।

मुसलमानों को सीधे ऋण उपलब्ध कराने, विभिन्न ऋण योजनाओं के बारे में जागरूकता पैदा करने और सूचनाओं के आदान-प्रदान करने में पारदर्शिता संबंधी कदम उठाए जाने की जरूरत थी।

मुसलिम क्षेत्रों में सड़कें, नल, कूप, बस स्टॉप जैसी ढाँचागत सुविधाओं का अभाव पाया गया था। सरकारी नौकरियों में मुसलिम समाज की भागीदारी बहुत कम है। लेकिन ऐसा क्यों है, इस पर कोई चर्चा नहीं है। मुसलिम समाज इन नौकरियों को पाने के लिए कितने प्रयास करता है, इस पर भी अध्ययन होना चाहिए। मुझे लगता है कि शिक्षा से दूरी इसका मुख्य कारण है।

सच्चर समिति की रिपोर्ट से स्थिति स्पष्ट थी। बहुत काम हुए थे, लेकिन बहुत बाकी थे, जब सन् 2014 में मोदी सरकार केंद्र में आई तो तुष्टीकरण की राजनीति किए बिना गंभीरता और पूर्ण निष्ठा से मुसलिम समाज को मुख्यधारा से जोड़ने के लिए प्रयास किए गए, जिसमें सबसे पहले शिक्षा को प्राथमिकता दी गई। जहाँ विपक्षी पार्टियाँ जाति के आधार पर देश को बाँटने पर काम कर रही थीं, वहीं मोदीजी ने सारे जातिगत समीकरणों को अप्रासंगिक कर दिया और जरूरत के आधार पर चार जातियाँ बाँटीं, जिसमें महिला, युवा, गरीब और किसान शामिल हैं।

यह ध्यान देने योग्य बात है कि देश में मुसलमान उच्च जाति के बहुत कम और पिछड़ी जाति के अधिक हैं। यानी मुसलमानों को सीधे तौर पर मोदीजी द्वारा बताई चार जातियों में से तीन जातियों को मिलनेवाले लाभ का सीधा फायदा हुआ। देश में मुसलिम गरीब हैं, इनमें युवा और महिलाएँ भी शामिल हैं।

शिक्षा के बाद हस्तकौशल, ढाँचागत सुविधाएँ आदि पर ध्यान दिया गया। पिछले 9 वर्षों में मोदी सरकार ने क्या-क्या योजनाएँ चलाईं, इसकी जानकारियाँ मैंने आगे के अध्यायों में विस्तारपूर्वक दी हैं।

□

# शिक्षा के क्षेत्र में

हालाँकि शिक्षा का अधिकार अधिनियम वर्ष 2009 में आ गया था, जिसके अंतर्गत 6 से 14 आयु वर्ग के देश के सभी बच्चों को निःशुल्क (मुफ्त) में शिक्षा दी जाएगी, लेकिन सरकारी विद्यालयों की हालत खस्ता थी। मोदी सरकार ने प्राथमिक, उच्च और चिकित्सा शिक्षा पर ध्यान केंद्रित करते हुए शिक्षा क्षेत्र को तीव्र गति से बदलने पर जोर दिया।

उच्च शिक्षा के क्षेत्र में मोदीजी ने बड़े काम किए। मोदी सरकार ने 2014 से नए IITs, IIMs, IIITs, NIT और NIDs की स्थापना की घोषणा की है। 2014 से हर साल एक नया IIT और IIM खोला गया है। अब तक पूरे देशभर में 23 IITs और 21 IIMs हैं। इसके परिणामस्वरूप, उच्च शिक्षा में छात्रों की संख्या में उल्लेखनीय वृद्धि हुई है।

पिछले सात वर्षों में प्राथमिक शिक्षा प्रणाली में सुधार पर विशेष ध्यान दिया गया है। छात्रों को 21वीं सदी के लिए तैयार करने पर जोर दिया जा रहा है। 2015 से 2020 तक उच्च शिक्षा में लड़कियों के ग्रॉस एनरोलमेंट में 18% की वृद्धि हुई है, जिससे 'बेटी बचाओ, बेटी पढ़ाओ' के दृष्टिकोण को साकार करने में मदद मिली है। छात्र-शिक्षक अनुपात में सुधार हुआ है, जिसके परिणामस्वरूप स्टूडेंट्स के लिए गुणवत्तापूर्ण शिक्षा सुनिश्चित की जा रही है। इसके साथ ही स्कूलों के बुनियादी ढाँचे में सुधार के लिए 2015 से अब तक 8,700 अटल टिंकरिंग लैब स्थापित किए जा चुके हैं। हाल के वर्षों में लड़कियों के शौचालय, पुस्तकालय, बिजली, स्कूलों में चिकित्सा जाँच जैसी सुविधाओं में उल्लेखनीय उछाल आया है। चिकित्सा शिक्षा में भी तेजी से सुधार

हो रहा है। चिकित्सा शिक्षा को और अधिक सुलभ बनाने के लिए एम.बी.बी.एस. सीटों में 53% की वृद्धि की गई है, पोस्टग्रैजुएट सीटों में भी 80% की वृद्धि देखी गई है। छह नए एम्स ऑपरेशनल हो गए हैं और 16 और तैयार हो रहे हैं।

इन बड़े कदमों के साथ-साथ मुसलिम समाज को शिक्षा के क्षेत्र में आगे आने के लिए छात्रवृत्ति दी जाने की जरूरत थी। मोदीजी की सरकार ने अल्पसंख्यक समुदायों के विद्यार्थियों के शैक्षिक सशक्तीकरण के लिए निम्नलिखित तीन छात्रवृत्ति योजनाएँ शुरू की हैं—

(i) मैट्रिक-पूर्व छात्रवृत्ति योजना
(ii) मैट्रिकोत्तर छात्रवृत्ति योजना और
(iii) मेरिट-सह-साधन आधारित छात्रवृत्ति योजना।

## छात्रवृत्ति योजनाएँ

ये छात्रवृत्ति योजनाएँ अल्पसंख्यक कार्य मंत्रालय केंद्रीय रूप से अधिसूचित छह अल्पसंख्यक समुदायों के विद्यार्थियों के शैक्षिक सशक्तीकरण के लिए निम्नलिखित तीन छात्रवृत्ति योजनाएँ कार्यान्वित कर रहा है—

(i) मैट्रिक-पूर्व छात्रवृत्ति योजना
(ii) मैट्रिकोत्तर छात्रवृत्ति योजना
(iii) मेरिट-सह-साधन आधारित छात्रवृत्ति योजना।

इन छात्रवृत्ति योजनाओं के कार्यान्वयन में पारदर्शिता में सुधार लाने के लिए अल्पसंख्यक कार्य मंत्रालय सहित भारत सरकार के विभिन्न मंत्रालयों के लिए राष्ट्रीय छात्रवृत्ति पोर्टल का एक नया एवं नवीकृत रूपांतरण (एन.एस.पी.-2.0) 2016-17 के दौरान आरंभ किया गया है। इस मंत्रालय की उपर्युक्त सभी छात्रवृत्ति योजनाएँ इस पोर्टल के माध्यम से कार्यान्वित की जाती हैं। छात्रवृत्तियाँ प्रत्यक्ष लाभ अंतरण (डी.बी.टी.) तरीके से विद्यार्थियों के बैंक खाते में अंतरित की जाती हैं।

## मैट्रिक-पूर्व छात्रवृत्ति योजना

अल्पसंख्यक समुदायों के विद्यार्थियों के लिए मैट्रिक-पूर्व छात्रवृत्ति योजना 30 जनवरी, 2008 को अनुमोदित की गई थी। यह केंद्र सरकार के 100% वित्तपोषण वाली केंद्रीय क्षेत्र की एक योजना है। भारत में किसी सरकारी/मान्यताप्राप्त प्राइवेट स्कूल में कक्षा i से iv में पढ़नेवाले छात्र, जिन्होंने पिछली परीक्षा में 50% अंक प्राप्त किए हैं और जिनके माता-पिता/अभिभावक की वार्षिक आय 1.00 लाख रुपए से अधिक नहीं है, वे योजना के अंतर्गत मैट्रिक-पूर्व छात्रवृत्ति प्रदान किए जाने के पात्र हैं। इस योजना के अंतर्गत, नवीकरण के अलावा प्रत्येक वर्ष 30 लाख नई छात्रवृत्तियाँ प्रदान की जाती हैं। 30% छात्रवृत्तियाँ बालिकाओं के लिए निर्धारित हैं। प्रत्येक चुने गए छात्र को 1000/-रु. से 10,700/-रु. तक की छात्रवृत्ति प्रदान की जाती है।

चौहदवें वित्त आयोग की शेष अवधि अर्थात् 2017-18 से 2019-20 की अवधि के दौरान लगभग 165.00 लाख नई और नवीकरण छात्रवृत्तियाँ प्रदान करने के लिए 2,920.92 करोड़ रुपए का परिव्यय प्रदान किया गया था। इस योजना को वित्त मंत्रालय द्वारा दी गई सलाह के अनुसार वर्ष 2020-21 के लिए समान शर्तों के आधार पर लागू किया गया था। तदनुसार वर्ष 2020-21 के लिए 1325.54 करोड़ रुपए की राशि जारी की गई है और 52.29 लाख छात्रवृत्तियाँ प्रदान की गई हैं और वर्ष 2021-22 के दौरान अब तक 202.82 करोड़ रुपए जारी किए गए हैं (31.12.2021 के अनुसार)।

## मैट्रिकोत्तर छात्रवृत्ति योजना

मैट्रिकोत्तर छात्रवृत्ति योजना की शुरुआत नवंबर 2007 में की गई थी। यह एक केंद्रीय क्षेत्र की योजना है। मैट्रिकोत्तर छात्रवृत्ति भारत में आवासीय उच्चतर माध्यमिक स्कूल/कॉलेज सहित किसी सरकारी/ मान्यताप्राप्त उच्चतर माध्यमिक स्कूल/कॉलेज में अध्ययन के लिए प्रदान की जाती है। प्रत्येक चुने गए छात्र को 2300/-रु. से 15,000/-रु. तक की छात्रवृत्ति प्रदान की जाती है।

- ऐसे विद्यार्थी, जिन्होंने पिछले वर्ष की अंतिम परीक्षा में 50% अंक प्राप्त किए हैं और जिनके माता-पिता/ अभिभावक की वार्षिक

आय 2 लाख रुपए से अधिक नहीं है, वे इस योजना के अधीन छात्रवृत्ति पाने के पात्र हैं। नवीकरण के अतिरिक्त प्रत्येक वर्ष 5 लाख नई छात्रवृत्तियाँ प्रदान की जाती हैं। 30% छात्रवृत्तियाँ बालिकाओं के लिए निर्धारित की गई हैं। यदि पर्याप्त संख्या में छात्राएँ उपलब्ध न हों तो ये छात्रवृत्तियाँ पात्र छात्रों को प्रदान कर दी जाती हैं।

- चौदहवें वित्त आयोग की शेष अवधि अर्थात् 2017-18 से 2019-20 के लिए 1,279.08 करोड़ रुपए का परिव्यय प्रदान किया गया है, जो लगभग 22.50 लाख नई और नवीकरण छात्रवृत्ति प्रदान करने के लिए है। इस योजना को वित्त मंत्रालय की सलाह के अनुसार वर्ष 2020-21 के लिए समान शर्तों के आधार पर लागू किया गया था। तदनुसार 512.81 करोड़ रुपए जारी किए गए हैं और वर्ष 2020-21 के लिए 6.63 लाख छात्रवृत्तियाँ प्रदान की गई हैं और वर्ष 2021-22 के लिए 31.82 करोड़ रुपए जारी किए गए हैं। (31.12.2021 के अनुसार)

## मेरिट-सह-साधन आधारित छात्रवृत्ति योजना

मेरिट-सह-साधन आधारित छात्रवृत्ति योजना केंद्रीय क्षेत्र की योजना है, जो वर्ष 2007 में शुरू की गई थी। ये छात्रवृत्तियाँ उपयुक्त प्राधिकरण से मान्यता-प्राप्त संस्थानों में स्नातक और स्नातकोत्तर स्तर के व्यावसायिक और तकनीकी पाठ्यक्रमों में अध्ययन करने के लिए प्रदान की जाती हैं। इस योजना के अंतर्गत, प्रत्येक वर्ष छात्रवृत्तियों के नवीकरण के अतिरिक्त 60,000 नई छात्रवृत्तियाँ प्रदान किए जाने का प्रस्ताव है। इन छात्रवृत्तियों में से 30% छात्रवृत्तियाँ छात्राओं के लिए निर्धारित हैं, जो पर्याप्त संख्या में पात्र छात्राएँ उपलब्ध न होने पर पात्र छात्रों द्वारा उपयोग की जा सकती हैं।

- इस योजना के तहत व्यावसायिक एवं तकनीकी पाठ्यक्रमों के लिए सूचीबद्ध 85 प्रतिष्ठित प्रमुख संस्थानों में से किसी में भी प्रवेश प्राप्त पात्र छात्रों को पूरे पाठ्यक्रम शुल्क की प्रतिपूर्ति की

जाती है। अन्य संस्थानों में अध्ययन कर रहे छात्रों को 20,000/- रु. वार्षिक की दर से पाठ्यक्रम शुल्क की प्रतिपूर्ति की जाती है और इसके अतिरिक्त दिवा छात्र को 5,000/- रु. और छात्रवासी छात्र को 10,000/-रु. प्रतिवर्ष की दर से अनुरक्षण भत्ता भी स्वीकार्य है।

- जिन छात्रों ने किसी उपयुक्त प्राधिकरण से मान्यताप्राप्त किसी भी तकनीकी अथवा व्यावसायिक संस्थान में प्रवेश लिया हुआ है, वे योजना के अधीन पात्र हैं। किसी प्रतियोगी परीक्षा के बिना प्रवेश प्राप्त छात्रों के मामले में नई छात्रवृत्ति के लिए उच्चतर माध्यमिक/स्नातक स्तर पर पिछली अर्हक परीक्षा में कम-से-कम 50% अंक अर्जित किए होने चाहिए। परिवार की सभी स्रोतों से वार्षिक आय 2.50 लाख रुपए से अधिक नहीं होनी चाहिए।
- चौदहवें वित्त आयोग की शेष अवधि अर्थात् 2017-18 से 2019-20 के लिए 1138.32 करोड़ रुपए का परिव्यय प्रदान किया गया है, जो लगभग 4.20 लाख नई और नवीकरण छात्रवृत्ति प्रदान करने के लिए है। इस योजना को वित्त मंत्रालय की सलाह के अनुसार वर्ष 2020-21 के लिए समान शर्तों के आधार पर लागू किया गया था। तदनुसार, 396.34 करोड़ रुपए जारी किए गए हैं और वर्ष 2020-21 के लिए 1.20 लाख छात्रवृत्तियाँ प्रदान की गई हैं और वर्ष 2021-22 के दौरान 34.26 करोड़ रुपए जारी किए गए हैं (31.12.2021 के अनुसार)।
- कोविड-19 महामारी के दौरान वर्ष 2021-22 के लिए मंत्रालय ने अल्पसंख्यकों के लिए 03 छात्रवृत्ति योजनाओं के तहत सभी नवीकरण आवेदकों के मामले में 50% अंक के मानदंड में छूट दी है। इसके अलावा डी.बी.टी. मिशन को भी सलाह दी गई कि मैट्रिक-पूर्व तथा मैट्रिकोत्तर छात्रवृत्ति योजनाओं के नए आवेदकों के मामले में इस मानदंड में छूट दे।

## मौलाना आजाद राष्ट्रीय अध्येतावृत्ति

अल्पसंख्यक विद्यार्थियों के लिए मौलाना आजाद राष्ट्रीय अध्येतावृत्ति (एम.ए.एन.एफ.) योजना की शुरुआत केंद्रीय क्षेत्र की योजना (सी.एस.एस.) के रूप में 11 अप्रैल, 2009 को की गई थी। यह योजना विश्वविद्यालय अनुदान आयोग (यू.जी.सी.) के माध्यम से कार्यान्वित की जाती है। योजना के अंतर्गत 100% केंद्रीय सहायता प्रदान की जाती है। योजना का उद्देश्य उच्चतर अध्ययन, यथा—एम.फिल. और पी-एच.डी. करने के लिए छह अधिसूचित अल्पसंख्यक समुदायों के विद्यार्थियों को नवीकृत छात्रवृत्तियों के अलावा वित्तीय सहायता के रूप में अध्येतावृत्ति प्रदान करना है। इस अध्येतावृत्ति में विश्वविद्यालय अनुदान आयोग (यू.जी.सी.) द्वारा मान्यताप्राप्त सभी विश्वविद्यालय/संस्थान आते हैं। इस अध्येतावृत्ति के अधीन अध्येतावृत्तिधारकों को अल्पसंख्यक कार्य मंत्रालय के स्कॉलर कहा जाता है।

सभी स्रोतों से माता-पिता/अभिभावकों की वार्षिक आय 2.50 लाख रुपए से अधिक नहीं होनी चाहिए। अध्येतावृत्ति का 30% महिला अभ्यर्थियों के लिए निर्धारित किया गया है। यदि महिला अभ्यर्थियों की कमी है तो उसी अल्पसंख्यक समुदाय के पुरुष अभ्यर्थियों को अध्येतावृत्ति दी जा सकती है। यू.जी.सी. नेट या संयुक्त सी.एस.आई.आर.-यू.जी.सी. नेट परीक्षा की पूर्व मंजूरी अल्पसंख्यक छात्रों के लिए मौलाना आजाद राष्ट्रीय अध्येतावृत्ति के लिए एम.फिल./पी-एच.डी. के लिए एक पूर्वापेक्षा है। चयनित अभ्यर्थियों को अध्येतावृत्ति राशि प्रत्यक्ष लाभ हस्तांतरण (डी.बी.टी.) मोड में वितरित की जाती है और सीधे लाभार्थी के खाते में जमा की जाती है।

14वें वित्त आयोग अर्थात् 2017-18 से 2019-20 की शेष अवधि के लिए 494.40 करोड़ रुपए का परिव्यय प्रदान किया गया था, ताकि नवीकरण अध्येतावृत्तियों के अलावा लगभग 2,756 नई अध्येतावृत्तियाँ प्रदान कर सकें। इस योजना को वित्त मंत्रालय की सलाह के अनुसार वर्ष 2020-21 के लिए समान शर्तों के आधार पर लागू किया गया था। तदनुसार, यू.जी.सी. को 73.50 करोड़ रुपए जारी किए गए थे और वर्ष 2020-21 के दौरान 607 अध्येतावृत्ति (अनंतिम डेटा) प्रदान की गई और 2020-21 के दौरान (31.12.2021 तक) 65.00 करोड़ रुपए जारी किए गए हैं।

## पढ़ो परदेश
## ( अल्पसंख्यक समुदायों के विद्यार्थियों के लिए विदेश में अध्ययन हेतु शैक्षिक ऋणों पर ब्याज सहायता की योजना )

जिन छात्रों ने भारतीय बैंक संघ (आई.बी.ए.) की शैक्षिक ऋण योजना के अधीन किसी अनुसूचित बैंक से ऋण लिया है, उनके द्वारा ऋण स्थगन अवधि (अर्थात् पाठ्यक्रम की अवधि, साथ में नौकरी मिलने के पश्चात् एक वर्ष या छह माह, जो भी पहले हो) के लिए देय ब्याज, जैसा कि शैक्षिक ऋण योजना के अंतर्गत निर्धारित है, भारत सरकार द्वारा वहन किया जाएगा। ऋण स्थगन अवधि समाप्त हो जाने के पश्चात्, बकाया ऋण राशि पर ब्याज के साथ-साथ ऐसे ऋण के मूलधन का भुगतान छात्र द्वारा मौजूदा शैक्षिक ऋण योजना, जो समय-समय पर संशोधित की जा सकती है, के अनुसार किया जाएगा।

इस योजना का उद्देश्य छह अधिसूचित अल्पसंख्यक समुदायों के आर्थिक रूप से कमजोर वर्गों से संबंधित मेधावी छात्रों को विदेश में अध्ययन के लिए शैक्षिक ऋणों पर ब्याज सहायता प्रदान करना है। यह योजना विदेश में उच्च शिक्षा के बेहतर अवसर प्रदान करती है और उनकी रोजगार क्षमता में वृद्धि करती है। यह केंद्रीय क्षेत्र की योजना है, जिसके अधीन स्नातकोत्तर और एम.फिल./पी-एच.डी. स्तरों पर विदेश में अनुमोदित कोर्स करने के लिए छात्र द्वारा विदेश में अध्ययन हेतु लिए गए शैक्षिक ऋण पर ऋण स्थगन अवधि के लिए देय ब्याज पर ब्याज सहायता प्रदान की जाती है। इस योजना के अंतर्गत ब्याज सहायता पात्र छात्रों को केवल एक बार या तो स्नातकोत्तर, एम.फिल या पी-एच.डी. स्तर पर ही उपलब्ध है। यह योजना अल्पसंख्यक कार्य मंत्रालय और केनरा बैंक के बीच हस्ताक्षरित समझौता ज्ञापन के अनुसार नोडल बैंक अर्थात् केनरा बैंक के माध्यम से कार्यान्वित की जाती है।

नियोजित अभ्यर्थी अथवा बेरोजगार अभ्यर्थी के मामले में उनके माता-पिता/अभिभावक की सभी स्रोतों से कुल वार्षिक आय 6.00 लाख रुपए से अधिक नहीं होनी चाहिए। 35% सीटें छात्राओं के लिए निर्धारित की जाएँगी। छात्राएँ उपलब्ध न होने पर सीटें छात्रों को हस्तांतरित की जा सकती हैं।

इस योजना को 12वीं पंचवर्षीय योजना अवधि से आगे 14वें वित्त आयोग

की शेष अवधि अर्थात् 2017-18 और 2019-20 में भी जारी रखने के लिए सक्षम प्राधिकारी द्वारा अनुमोदित किया गया है। इस योजना को वित्त मंत्रालय की सलाह के अनुसार वर्ष 2020-21 के लिए समान शर्तों के आधार पर लागू किया गया था।

वर्ष 2020-21 के दौरान, योजना के अधीन नए और नवीकरण अभ्यर्थियों के संबंध में ब्याज सहायता की प्रतिपूर्ति के लिए केनरा बैंक को 20.20 करोड़ रुपए जारी किए गए हैं। चालू वर्ष अर्थात् 2021-22 (31.12. 2021 तक) में नए और नवीकरण अभ्यर्थियों के संबंध में ब्याज सब्सिडी की प्रतिपूर्ति के लिए केनरा बैंक को 16.20 करोड़ रुपए जारी किए गए हैं।

## नया सवेरा
## (अल्पसंख्यक छात्रों/अभ्यर्थियों के लिए निःशुल्क कोचिंग एवं संबद्ध योजना)

अल्पसंख्यक समुदायों के अभ्यर्थियों के लिए निःशुल्क कोचिंग एवं संबद्ध योजना अल्पसंख्यक कार्य मंत्रालय द्वारा दिनांक 17.7.2007 से शुरू की गई थी।

इस योजना का उद्‌देश्य तकनीकी/व्यावसायिक पाठ्यक्रमों के लिए अर्हक परीक्षाओं और समूह 'क', 'ख' और 'ग' सेवाओं तथा सार्वजनिक क्षेत्र के उपक्रमों, बैंकों, रेलवे आदि सहित केंद्र एवं राज्य सरकारों के अधीन अन्य समकक्ष पदों के लिए प्रतियोगी परीक्षाओं के लिए विशेष कोचिंग के जरिए अधिसूचित अल्पसंख्यक समुदायों के छात्रों/अभ्यर्थियों की सहायता करना है।

इस योजना को सितंबर 2017 से संशोधित किया गया है और संशोधित योजना के अनुसार, अधिसूचित अल्पसंख्यक समुदायों के केवल वही छात्र/अभ्यर्थी योजना के अंतर्गत लाभ लेने हेतु पात्र होंगे, जिनकी सभी स्रोतों से कुल पारिवारिक आय 6.00 लाख रु. प्रतिवर्ष से अधिक नहीं है। संगठनों/कार्यान्वयनकर्त्ता एजेंसियों के लिए यह आवश्यक है कि वे संबंधित छात्र/अभ्यर्थी से उनके राज्यों/संघ राज्य क्षेत्रों के सक्षम प्राधिकारियों द्वारा जारी किया गया आय प्रमाण-पत्र प्राप्त करें। कोचिंग के लिए स्वीकृत संख्या में से 30%

स्थान छात्राओं/बालिका अभ्यर्थियों के लिए निर्धारित किए गए हैं। पात्र महिला अभ्यर्थियों/छात्रों की पर्याप्त संख्या उपलब्ध न होने पर रिक्त कोटा मंत्रालय की पूर्व अनुमति/सूचना के साथ पुरुष छात्रों/अभ्यर्थियों द्वारा भरा जा सकता है।

निःशुल्क कोचिंग एवं संबद्ध योजना के अंतर्गत एक नया घटक विज्ञान विषयों (भौतिकी, रसायन, जीव-विज्ञान और/अथवा गणित) के साथ XI और XII कक्षाओं में अल्पसंख्यक छात्रों की अभिकेंद्रित तैयारी के लिए वर्ष 2013-14 से जोड़ा गया है। संशोधित योजना में जिन छात्रों ने विज्ञान विषयों के साथ XII कक्षा 75% अंकों के साथ पास की है, उनके लिए एक वर्ष का आवासीय कोचिंग कार्यक्रम भी जोड़ा गया है।

निःशुल्क कोचिंग एवं संबद्ध योजना के अधीन उन अल्पसंख्यक छात्रों को निःशुल्क कोचिंग प्रदान करने के लिए चुने गए कोचिंग संस्थानों/संगठनों को निधि प्रदान की जाती है, जिनकी कुल वार्षिक पारिवारिक आय 6 लाख रु. से अधिक नहीं है। कोचिंग संस्थानों/संगठनों को देय कोचिंग फीस की दर और छात्रों को देय वजीफे की राशि नीचे दिए अनुसार है—

| कोचिंग की किस्म | प्रति अभ्यर्थी कोचिंग शुल्क | प्रति छात्र प्रतिमाह वजीफे की राशि | अवधि |
|---|---|---|---|
| सिविल सेवा परीक्षा की सम्मिश्रित तैयारी हेतु आवासीय कोचिंग कार्यक्रम | संस्थान द्वारा यथा निर्धारित, 1.00 लाख रु. की अधिकतम सीमा के अध्यधीन | कोई वजीफा नहीं दिया जाएगा। निःशुल्क आवास एवं भोजन सहित आवासीय कार्यक्रम | 9 महीने |
| समूह 'क* सेवाएँ | संस्थान द्वारा यथा निर्धारित, 50,000/-रु. की अधिकतम सीमा के अध्यधीन | 2500/-रु. प्रतिमाह | 6 महीने |
| तकनीकी/ व्यावसायिक पाठ्यक्रमों के लिए प्रवेश परीक्षा | संस्थान द्वारा यथा निर्धारित, 50,000/-रु. की अधिकतम सीमा के अध्यधीन | 2500/-रु. प्रतिमाह | 6 महीने |

| | | | |
|---|---|---|---|
| समूह 'ख* सेवाएँ | संस्थान द्वारा यथा निर्धारित, 30,000/–रु. की अधिकतम सीमा के अध्यधीन | 2500/–रु. प्रतिमाह | 4 महीने |
| समूह 'ग* सेवाएँ | संस्थान द्वारा यथा निर्धारित, 20,000/–रु. की अधिकतम सीमा के अध्यधीन | 2500/–रु. प्रतिमाह | 3 महीने |
| नया घटक–1 (कक्षा XI और XII के विज्ञान विषयों के लिए दो वर्ष की अभिकेंद्रित कोचिंग) | संस्थान द्वारा यथा निर्धारित, 1.00 लाख रु. की अधिकतम सीमा के अध्यधीन | कोई वजीफा नहीं दिया जाएगा। नि:शुल्क आवास एवं भोजन सहित आवासीय कार्यक्रम | 8–10 महीने (प्रत्येक अध्ययन वर्ष) |
| नया घटक–2 (विज्ञान विषयों के साथ XII कक्षा पास छात्रों के लिए एक वर्ष की अभिकेंद्रित कोचिंग) | संस्थान द्वारा यथा निर्धारित 1.0 लाख रु. की अधिकतम सीमा के अध्यधीन | कोई वजीफा नहीं दिया जाएगा। नि:शुल्क आवास एवं भोजन सहित आवासीय कार्यक्रम | 10 महीने |

वित्तीय वर्ष 2021–22 के लिए 'नया सवेरा योजना' के अधीन 37 पैनलबद्ध कोचिंग संस्थानों/ संगठनों को 5140 छात्र आवंटित किए गए हैं। 2021–22 के लिए बजट आवंटन 79.00 करोड़ रुपए है, जिसमें से 31.12.2021 के अनुसार 18.22 करोड़ रुपए विभिन्न कोचिंग संस्थानों/संगठनों को जारी किए गए हैं।

नि:शुल्क कोचिंग और संबद्ध योजना का मूल्यांकन भारतीय लोक प्रशासन संस्थान द्वारा किया गया है और इस योजना को 2021–22 से संशोधित रूप में लागू किए जाने का प्रस्ताव है।

## नई उड़ान

अल्पसंख्यक कार्य मंत्रालय की 'नई उड़ान योजना' अल्पसंख्यक छात्रों को बढ़ावा देने के लिए है, जो संघ लोक सेवा आयोग (यू.पी.एस.सी.), कर्मचारी चयन आयोग (एस.एस.सी.), राज्य लोक सेवा आयोगों (एस.पी.एस.सी.) आदि द्वारा आयोजित प्रारंभिक परीक्षा उत्तीर्ण कर लेते हैं और जिनकी वार्षिक पारिवारिक आय 8 लाख रु. से अधिक नहीं है।

इस योजना का उद्देश्य संघ लोक सेवा आयोग, कर्मचारी चयन आयोग तथा राज्य लोक सेवा आयोगों द्वारा आयोजित प्रारंभिक परीक्षाओं को उत्तीर्ण करनेवाले अल्पसंख्यक अभ्यर्थियों को आर्थिक सहायता उपलब्ध कराना है। वित्तीय सहायता अल्पसंख्यक समुदायों के अभ्यर्थियों को संघ तथा राज्य सरकारों की सिविल सेवाओं की परीक्षाओं में प्रतिस्पर्धा करने में पर्याप्त रूप से सक्षम बनाने तथा केंद्र/राज्य सरकारों में उनका प्रतिनिधित्व बढ़ाने के लिए है।

इस योजना को 2017-18 में कुछ संशोधनों के साथ अनुमोदित किया गया था और 2019-20 में इसे और संशोधित किया गया है। वित्तीय सहायता प्रदान करनेवाले अभ्यर्थियों की संख्या अब 2000 से बढ़ाकर 5100 कर दी गई है और यू.पी.एस.सी., एस.एस.सी. और राज्य पी.एस.सी. द्वारा आयोजित अतिरिक्त परीक्षाओं को भी योजना में शामिल किया गया है। योजना का लाभ उठाने के लिए परिवार की आय सीमा भी 6 लाख रु. प्रति वर्ष से बढ़ाकर 8 लाख रु. प्रति वर्ष कर दी गई है।

किसी भी अभ्यर्थी द्वारा वित्तीय सहायता केवल एक बार ली जा सकती है। अभ्यर्थी केंद्र या राज्य सरकारों/संघ राज्य क्षेत्र प्रशासनों की इसी प्रकार की किसी अन्य योजना का लाभ लेने का पात्र नहीं होगा।

अभ्यर्थियों का चयन योजना के अधीन यथा निर्धारित परीक्षावार/समुदायवार संख्या पर आधारित है। संघ लोक सेवा आयोग द्वारा आयोजित सिविल सेवाओं की प्रारंभिक परीक्षा पास करने पर वित्तीय सहायता की दर एक लाख रुपए (1,00,000/-रु.) [राज्य लोक सेवा आयोगों (राजपत्रित पद] द्वारा आयोजित प्रारंभिक परीक्षा पास करने पर पचास हजार रुपए (50,000/-रु.) और कर्मचारी चयन आयोग द्वारा आयोजित प्रारंभिक परीक्षा (संयुक्त स्नातक

स्तर-सी.जी.एल.) और सी.ए.पी.एफ. समूह 'ख* परीक्षा और राज्य लोक सेवा आयोगों द्वारा अराजपत्रित पदों के लिए आयोजित प्रारंभिक परीक्षा पास करने पर पच्चीस हजार रुपए (25,000/- रु.) है।

पात्र अभ्यर्थी इस योजना का लाभ लेने के लिए परिणाम घोषित होने की तारीख से एक महीने के भीतर www.naiudaan-moma.gov.in पर ऑनलाइन आवेदन कर सकते हैं। वित्तीय सहायता सीधे लाभार्थियों के खाते में जमा कर दी जाती है।

वित्तीय वर्ष 2021-22 (31.12.2021 के अनुसार) के दौरान उन 904 अभ्यर्थियों को 4.78 करोड़ रुपए की वित्तीय सहायता प्रदान की गई है, जिन्होंने यू.पी.एस.सी., एस.एस.सी. और विभिन्न राज्य लोक सेवा आयोगों की प्रारंभिक परीक्षाएँ उत्तीर्ण कर ली हैं।

'नई उड़ान योजना' एन.आई.सी. के सर्विस प्लस इंटिग्रेटेड पोर्टल पर ऑनबोर्ड की गई है। नई उड़ान योजना एंड्रॉइड और आई.ओ.एस. के लिए एकीकृत उमंग प्लेटफॉर्म-मोबाइल ऐप पर भी उपलब्ध है।

## मदरसों और अल्पसंख्यकों की शिक्षा के लिए योजना

अल्पसंख्यक कार्य मंत्रालय मदरसों/अल्पसंख्यकों (SPEMM) को शिक्षा प्रदान करने के लिए एक केंद्र प्रायोजित अंब्रेला योजना लागू कर रहा है, जिसमें 01.04.2021 से प्रभावी 2 उप-योजनाएँ शामिल हैं, अर्थात् मदरसों में गुणवत्तापरक शिक्षा प्रदान करने के लिए योजना और अल्पसंख्यक संस्थानों में बुनियादी ढाँचा विकास (IDMI)। यह योजना राष्ट्रीय स्तर पर क्रियान्वित की जा रही है। दोनों योजनाएँ स्वैच्छिक प्रकृति की हैं। अब तक इस योजना के तहत 16 राज्यों अर्थात् बिहार, छत्तीसगढ़, हरियाणा, झारखंड, कर्नाटक, केरल, मणिपुर, मध्य प्रदेश, महाराष्ट्र, तमिलनाडु, त्रिपुरा, उत्तर प्रदेश, उत्तराखंड, पश्चिम बंगाल, सिक्किम, मिजोरम ने लाभ उठाया है। यह योजना 1 अप्रैल, 2021 से शिक्षा मंत्रालय से अल्पसंख्यक कार्य मंत्रालय को स्थानांतरित कर दी गई है।

मदरसों में गुणवत्तापरक शिक्षा प्रदान करने के लिए योजना के तहत किसी भी राज्य या केंद्रीय बोर्ड से संबद्ध मान्यताप्राप्त मदरसों को अपने पाठ्यक्रम में

विज्ञान, गणित, सामाजिक अध्ययन, हिंदी और अंग्रेजी जैसे आधुनिक विषयों को शामिल करने के लिए प्रोत्साहित करने हेतु फंड प्रदान किया जाता है, ताकि इन संस्थानों में पढ़नेवाले बच्चों को शैक्षणिक दक्षता हासिल हो सके। मदरसों में गुणवत्तापरक शिक्षा प्रदान करने के लिए योजना के तहत मदरसा शिक्षकों के मानदेय और अन्य गुणवत्ता घटकों, जैसे—पुस्तकालय, गुणवत्ता सहायता, स्मार्ट क्लास और कंप्यूटर लैब आदि के लिए भुगतान, प्राथमिक और माध्यमिक दोनों स्तरों पर मदरसा शिक्षकों को सेवाकालीन प्रशिक्षण और राज्य मदरसा बोर्डों को मजबूत करने के लिए भी निधि प्रदान की जाती है।

अल्पसंख्यक समुदायों के बच्चों को औपचारिक शिक्षा की सुविधाओं का विस्तार करने के लिए अल्पसंख्यक संस्थानों (प्राथमिक/माध्यमिक/वरिष्ठ माध्यमिक विद्यालयों) में स्कूल के बुनियादी ढाँचे को बढ़ाने और मजबूत करने के लिए अल्पसंख्यकों की शिक्षा की सुविधा के लिए IDMI निधि प्रदान की जाती है।

योजना के दिशानिर्देशों के अनुसार दोनों योजनाओं के तहत सभी प्रस्ताव राज्य सरकार द्वारा प्रस्तुत किए जाते हैं, जिन पर सचिव (अल्पसंख्यक कार्य) की अध्यक्षता में एक परियोजना अनुमोदन बोर्ड (PAB) द्वारा विचार और अनुमोदन किया जाता है। वित्त वर्ष 2021-22 के लिए आठ राज्यों अर्थात् बिहार, त्रिपुरा, छत्तीसगढ़, झारखंड, उत्तराखंड, मध्य प्रदेश, राजस्थान और उत्तर प्रदेश ने मदरसों में गुणवत्तापरक शिक्षा प्रदान करने के लिए योजना के तहत अपने प्रस्ताव भेजे हैं, जबकि 4 राज्यों अर्थात् यू.पी., त्रिपुरा, मणिपुर और मिजोरम ने वित्तीय सहायता के लिए बुनियादी ढाँचा विकास (IDMI) के तहत प्रस्ताव भेजे हैं।

मदरसों में गुणवत्तापरक शिक्षा प्रदान करने के लिए योजना (SPQEM) के तहत प्रस्तावों पर विचार और अनुमोदन के लिए परियोजना अनुमोदन बोर्ड (PAB) की बैठक 31-11-2021 को सचिव (अल्पसंख्यक कार्य) की अध्यक्षता में आयोजित की गई थी। परियोजना अनुमोदन बोर्ड ने वर्ष 2021-22 के लिए मदरसों में गुणवत्तापरक शिक्षा प्रदान करने के लिए योजना के तहत 8 राज्यों के प्रस्तावों को कुल 18063.50 लाख रुपए के केंद्रीय हिस्से के साथ

29553.49 लाख की कुल राशि अनुमोदित की है।

मदरसों के शिक्षकों के लिए निष्ठा (NISHTHA) पर दीक्षा (DIKSHA) प्रशिक्षण—

राष्ट्रीय शिक्षा नीति (NEP), 2020 के कार्यान्वयन के एक भाग के रूप में और मदरसा स्कूलों के शिक्षकों की क्षमता निर्माण के लिए NCERT के सहयोग से दीक्षा पोर्टल पर निष्ठा के माध्यम से मदरसा शिक्षकों और प्राचार्यों के प्रशिक्षण के लिए एक कार्यक्रम की परिकल्पना की गई है। यह प्रशिक्षण शुरुआत में कक्षा-1 से 5 तक के शिक्षकों के लिए प्रारंभ किया जा रहा है। इसके लिए मदरसा विद्यालय के शिक्षकों के प्रशिक्षण के लिए पंजीकरण हेतु दीक्षा पोर्टल पर पृथक् वेबपेज/प्रयोगकर्त्ता का सृजन किया गया है।

## मौलाना आजाद शिक्षा प्रतिष्ठान

मौलाना आजाद शिक्षा प्रतिष्ठान अल्पसंख्यक कार्य मंत्रालय, भारत सरकार के अधीन एक स्वायत्त निकाय है, जिसकी स्थापना शैक्षिक रूप से पिछड़े अल्पसंख्यकों के बीच शिक्षा को प्रोत्साहित करने के लिए की गई है। मौलाना आजाद शिक्षा प्रतिष्ठान की स्थापना जुलाई 1989 में सोसाइटी पंजीकरण अधिनियम, 1860 के अंतर्गत पंजीकृत सोसाइटी के रूप में की गई थी और यह पूर्णतया भारत सरकार द्वारा वित्तपोषित है। माननीय अल्पसंख्यक कार्य मंत्री प्रतिष्ठान के पदेन अध्यक्ष हैं और संयुक्त सचिव, अल्पसंख्यक कार्य मंत्रालय (मौलाना आजाद शिक्षा प्रतिष्ठान के प्रभारी) भी मौलाना आजाद शिक्षा प्रतिष्ठान के पदेन सदस्य हैं। मौलाना आजाद शिक्षा प्रतिष्ठान की सामान्य निकाय में 15 सदस्य होते हैं, जिनमें छह सदस्य पदेन होते हैं और नौ सदस्यों को एम.ए.ई.एफ. के अध्यक्ष द्वारा नामित किया जाता है। मौलाना आजाद शिक्षा प्रतिष्ठान का प्रबंधन इसकी शासी निकाय के सुपुर्द है।

### संसाधन

मौलाना आजाद शिक्षा प्रतिष्ठान अल्पसंख्यक कार्य मंत्रालय, भारत सरकार की एक प्लान/योजना है। प्रतिष्ठान को वित्तीय वर्ष 2017-18 तक

अल्पसंख्यक कार्य मंत्रालय, भारत सरकार से 1362.00 करोड़ रुपए की कुल समग्र निधि प्राप्त हुई है, जिसे बैंकों में मियादी जमा में निवेश किया जाता है और समग्र निधि के निवेश से अर्जित ब्याज का उपयोग प्रतिष्ठान द्वारा अपनी शैक्षणिक योजनाओं के कार्यान्वयन हेतु किया जाता है।

वर्ष 2018-19 के बाद से अल्पसंख्यक कार्य मंत्रालय ने मौलाना आजाद शिक्षा प्रतिष्ठान को समग्र निधि के स्थान पर सहायता अनुदान देना शुरू किया है। मौलाना आजाद शिक्षा प्रतिष्ठान को अल्पसंख्यक कार्य मंत्रालय द्वारा (31.12.2021 तक) 139.50 करोड़ रुपए की राशि सहायता-अनुदान के रूप में जारी की गई है।

## मौलाना आजाद शिक्षा प्रतिष्ठान की योजनाएँ

मौलाना आजाद शिक्षा प्रतिष्ठान निम्नलिखित योजनाएँ कार्यान्वित कर रहा है—

1. शैक्षणिक संस्थानों के अवसंरचना विकास हेतु गैर-सरकारी संगठनों को सहायता अनुदान।
2. अल्पसंख्यक समुदायों की मेधावी लड़कियों हेतु बेगम हजरत महल राष्ट्रीय छात्रवृत्ति।
3. गरीब नवाज रोजगार योजना।

## 1. एन.जी.ओ. को सहायता-अनुदान

इस योजना के अंतर्गत मौलाना आजाद शिक्षा प्रतिष्ठान एन.जी.ओ. को निम्नलिखित के लिए वित्तीय सहायता उपलब्ध कराता है—

- स्कूल भवनों का निर्माण/विस्तार,
- छात्रावास भवनों का निर्माण,
- बी.एड./डी.एड. कॉलेजों का निर्माण/विस्तार,
- तकनीकी संस्थानों/वी.टी.सी. का निर्माण,

स्कूलों/आई.टी.आई., बी.टी.सी. के लिए प्रयोगशाला उपकरणों, फर्नीचर आदि की खरीद।

इस योजना से छोटे संस्थानों को अपनी अवसंरचना का विस्तार करने में मदद मिली है, जिसके परिणामस्वरूप लक्षित समूह के बीच शैक्षणिक क्रियाकलापों में समग्र रूप से सुधार हुआ है। यह एक ऐसी अनूठी योजना है, जो राज्य सरकार अथवा अन्य बाहरी एजेंसी के हस्तक्षेप के बिना सीधे MAEF द्वारा कार्यान्वित की जाती है।

## 2. बेगम हजरत महल राष्ट्रीय छात्रवृत्ति

मौलाना आजाद शिक्षा प्रतिष्ठान ने यह छात्रवृत्ति योजना 2003–04 में आरंभ की थी। अल्पसंख्यक समुदायों की मेधावी लड़कियों के लिए उनकी उच्चतर माध्यमिक स्तर की शिक्षा अर्थात् कक्षा 11 और 12 हेतु राष्ट्रीय स्तर की यह पहली छात्रवृत्ति योजना थी। इस योजना से न केवल अल्पसंख्यक समुदायों की लड़कियों को अपनी शिक्षा जारी रखने के लिए प्रोत्साहन मिला है, अपितु इसके परिणामस्वरूप उनकी साक्षरता दर में समग्र सुधार भी हुआ है। अब MAEF कक्षा 9 और 10 में पढ़नेवाली अल्पसंख्यक समुदायों की बालिकाओं को भी छात्रवृत्ति दे रहा है। MAEF कक्षा 9 और 10 के लिए प्रति छात्रा 5000/–रु. और कक्षा 11 और 12 के लिए प्रति छात्रा 6000/–रु. की दर से छात्रवृत्ति प्रदान करता है। आवदेन आनलाइन प्रस्तुत किए जाते हैं और छात्रवृत्तियों की राशि सीधे लाभार्थियों के बैंक खातों में जारी की जाती है। MAEF द्वारा विकसित एक समर्पित ऑनलाइन पोर्टल के माध्यम से यह योजना कार्यान्वित की जा रही थी। अब चालू वर्ष अर्थात् 2021–22 से सभी योजनाओं को एक मंच पर लाने और आवेदकों द्वारा विभिन्न योजनाओं के कई लाभ उठाने की संभावना को कम करने के उद्देश्य से योजना को राष्ट्रीय छात्रवृत्ति पोर्टल (NSP) पर शामिल किया गया है। MAEF को चालू वर्ष 2021–22 के दौरान छात्रवृत्ति योजना के तहत 2.82 लाख से अधिक आवेदन प्राप्त हुए हैं। चालू वर्ष के लिए प्राप्त आवेदनों की प्रक्रिया चल रही है।

## 3. गरीब नवाज रोजगार योजना

मौलाना आजाद शिक्षा प्रतिष्ठान ने वर्ष 2017–18 से 'गरीब नवाज कौशल विकास प्रशिक्षण' नामक योजना का शुभारंभ किया है, जिसे वर्ष 2019–

20 से 'गरीब नवाज रोजगार योजना' का नाम दिया गया है। इस योजना के अधीन अल्पसंख्यक युवाओं को विभिन्न अल्प अवधि के रोजगार-उन्मुखी कौशल विकास पाठ्यक्रम उपलब्ध कराए जाते हैं, ताकि उन्हें कौशल आधारित रोजगार के लिए समर्थ बनाया जा सके। यह योजना पैनलबद्ध कार्यक्रम कार्यान्वयनकर्त्ता एजेंसियों (PAI) के माध्यम से कौशल विकास एवं उद्यमिता मंत्रालय (MSD&E) के सामान्य मानदंडों के अनुसार कार्यान्वित की जा रही है।

## वर्ष 2021-22 के दौरान एम.ए.ई.एफ. के अन्य क्रियाकलाप

- अलवर जिला (राजस्थान) में राष्ट्रीय संस्थान एवं हुनर हब की स्थापना: मौलाना आजाद शिक्षा प्रतिष्ठान के अनुरोध पर राजस्थान सरकार ने MAEF को लागत आधार पर प्रस्तावित राष्ट्रीय संस्थान एवं हुनर हब स्थापित करने के लिए गाँव कोहरापीपली, तहसील किशनगढ़बास जिला अलवर में 15 एकड़ भूमि आवंटित की है। मौलाना आजाद शिक्षा प्रतिष्ठान ने उक्त परियोजना के लिए EDCIL से व्यवहार्यता रिपोर्ट तैयार करवा ली है। इस प्रयोजनार्थ विस्तृत परियोजना रिपोर्ट तैयार की जा रही है।
- मंत्रालय की 'उस्ताद योजना' के तहत 'हुनर हाट' का आयोजन : अल्पसंख्यक कार्य मंत्रालय की 'उस्ताद योजना' के तहत MAEF ने MANAS के माध्यम से 'हुनर हाट' का आयोजन किया है। वर्तमान वर्ष 2021-22 के दौरान, MAEF ने गोवा (26 मार्च से 4 अप्रैल, 2021), रामपुर (16 अक्तूबर, 2021 से 25 अक्तूबर, 2021), देहरादून (29 अक्तूबर, 2021 से 7 नवंबर, 2021), वृंदावन (10 नवंबर से 19 नवंबर, 2021), लखनऊ (12 नवंबर से 21 नवंबर, 2021), सूरत (11 दिसंबर से 20 दिसंबर, 2021) तथा नई दिल्ली (23 दिसंबर से 31 दिसंबर, 2021) में 'हुनर हाट' का सफलतापूर्वक आयोजन किया है।

□

# कौशल विकास के क्षेत्र में

## सीखो और कमाओ

भारत सरकार के अल्पसंख्यक कार्य मंत्रालय (एम.ओ.एम.ए.) ने भारत में छह अधिसूचित अल्पसंख्यक समुदायों से संबंधित युवाओं के लिए 'सीखो और कमाओ' नाम से कौशल विकास योजना शुरू की। योजना का उद्‌देश्य 12वीं पंचवर्षीय योजना अवधि के दौरान अल्पसंख्यकों की बेरोजगारी दर को कम करना है। यह योजना 14-35 वर्ष की आयु के युवाओं को लक्षित करती है और इसका उद्‌देश्य गुणवत्तापूर्ण कौशल प्रशिक्षण प्रदान करके उनकी रोजगार क्षमता में सुधार करना है।

पिछले पाँच वर्षों में इस योजना के अंतर्गत किया गया व्यय निम्नानुसार है—

| वित्तीय वर्ष | बजट अनुमान (रु. करोड़ में) | वास्तविक व्यय (रु. करोड़ में) |
|---|---|---|
| 2017-18 | 250.00 | 199.80 |
| 2018-19 | 250.00 | 175.73 |
| 2019-20 | 250.00 | 175.52 |
| 2020-21 | 250.00 | 190.03 |
| 2021-22 (31 दिसंबर, 2021 तक) | 276.00 | 221.68 |

योजना को पैनल में शामिल परियोजना कार्यान्वयनकर्त्ता एजेंसियों (पी.आई.ए.) के माध्यम से कार्यान्वित किया जाता है, जिनका चयन उचित प्रक्रिया

द्वारा किया जाता है, जिसमें ऐसे कारकों जैसे कि इसी तरह की परियोजनाओं की हैंडलिंग का अनुभव, प्रशिक्षण केंद्रों की उपलब्धता, जो एन.एस.डी.सी. से मान्यताप्राप्त हों, जिनमें प्रशिक्षित शिक्षक हों तथा योजनाओं के कार्यान्वयन को सुनिश्चित करने के लिए फीडबैक प्राप्त करने आदि को ध्यान में रखा जाता है।

योजना 2020-21 के परियोजना वर्ष में 49 पी.आई.ए. को 26550 अल्पसंख्यक लाभार्थियों का लक्ष्य प्रदान किया गया है।

वैश्विक महामारी और इसके परिणामस्वरूप लॉकडाउन के कारण आई चुनौतियों के बावजूद परियोजना प्रभाग (पी.डी.) 31 दिसंबर, 2021 तक 208.11 करोड़ रुपए का अनुदान जारी करने तथा 23,200 लाभार्थियों को प्रशिक्षित करने में सक्षम रहा है। ऐसा निरंतर मेंटरिंग, मॉनीटरिंग और फीडबैक के माध्यम से उपलब्ध स्टाफ का उपयोग करते हुए मानव संसाधन प्रबंधन के द्वारा संभव हुआ है।

राज्यों से निरीक्षण करने के लिए संपर्क किया गया और उन्हें योजना की प्रगति के बारे में भी बताया गया।

कुछ लंबे समय से लंबित प्रक्रियागत खामियों को दूर करने के लिए नीतिगत अनुमोदन माँगे गए थे।

पी.आई.ए. से सामने आनेवाली चुनौतियों पर विचार-विमर्श किया गया और योजना प्रदायगी की दक्षता बढ़ाने की आवश्यकता को समझने के लिए इनपुट लिये गए।

एक मोबाइल ऐप विकसित किया गया है, जहाँ योजना लाभार्थी प्रदान किए गए प्रशिक्षण और योजना के समग्र निष्पादन के साथ अपनी संतुष्टि के स्तर पर सीधे प्रतिक्रिया दे सकता है।

प्रबंधन विकास संस्थान, गुड़गाँव द्वारा इस योजना का एक तृतीय पक्ष मूल्यांकन किया गया था। निष्कर्षों में योजना की उपलब्धियों पर उत्साहजनक डेटा मिला है। सिफारिशों को ध्यान में रखा गया है और भविष्य की योजना की डिजाइन में चुनौतियों का समाधान करने के लिए कुछ संशोधन भी किए जा रहे हैं।

मंत्रालय और पी.आई.ए. के बीच लेन-देन की दक्षता और पारदर्शिता बढ़ाने के लिए 'सीखो और कमाओ' के ऑनलाइन पोर्टल यानी www.

seekhoaurkamao-moma.gov.in को काफी नया रूप दिया गया है, अब सभी आवश्यक दस्तावेज पोर्टल पर अपलोड किए गए हैं, जो हार्ड कॉपी और मानव इंटरफेस को कम करते हैं। पोर्टल पर अब पी.आई.ए., प्रशिक्षुओं, प्रशिक्षकों, परियोजना के स्थान आदि के विवरण के बारे में विस्तृत जानकारी उपलब्ध है, जो इसे बड़े पैमाने पर सभी हितधारकों और जनता के लिए अधिक उपयोगी बनाता है।

पारदर्शिता बढ़ाने के लिए पी.आई.ए., प्रशिक्षण केंद्रों, क्रियाकलाप के स्थानों, प्रशिक्षण केंद्र, प्रशिक्षण के क्षेत्र आदि के बारे में जानकारी पोर्टल पर सार्वजनिक की गई है।

## उस्ताद
## (विकास के लिए परंपरागत कलाओं/शिल्पों में कौशल का उन्नयन और प्रशिक्षण)

'उस्ताद (विकास के लिए परंपरागत कलाओं/शिल्पों में कौशल का उन्नयन और प्रशिक्षण)' की औपचारिक शुरुआत 14 मई, 2015 को वाराणसी (उ.प्र.) में की गई।

इस योजना का उद्देश्य मास्टर शिल्पकारों और कारीगरों की क्षमता का निर्माण करना और पारंपरिक कौशलों का उन्नयन करना (अल्पसंख्यकों की अभिज्ञात परंपरागत कलाओं/शिल्पों का प्रलेखन करना), परंपरागत कौशलों के लिए मानक निर्धारित करना (मास्टर शिल्पकारों के माध्यम से अल्पसंख्यक युवाओं को विभिन्न अभिज्ञात परंपरागत कलाओं/शिल्पों में प्रशिक्षण देना), राष्ट्रीय एवं अंतरराष्ट्रीय बाजार लिंकेज विकसित करना और लुप्त हो रही कलाओं/शिल्पों का संरक्षण करना है।

मंत्रालय ने भारतीय फैशन प्रौद्योगिकी संस्थान (एन.आई.एफ.टी.), राष्ट्रीय डिजाइन संस्थान (एन.आई.डी.) और भारतीय पैकेजिंग संस्थान (आई.आई.पी.) जैसे प्रतिष्ठित राष्ट्रीय संस्थानों को नियोजित किया है, ताकि डिजाइन क्रियाकलाप; उत्पाद रेंज विकास; पैकेजिंग; प्रदर्शनियों, बिक्री बढ़ाने के लिए ई-मार्केटिंग पोर्टलों के साथ टाई-अप करना और ब्रांड निर्माण के लिए विभिन्न

शिल्प क्लस्टरों में काम किया जा सके।

2015-16 के लिए 17.01 करोड़ रुपए के निर्धारित बजट में से 16.90 करोड़ रुपए (99% से अधिक) उपयोग किए गए।

योजना के अधीन 2016-17 के दौरान पारंपरिक शिल्पों में प्रशिक्षण के लिए 16,200 प्रशिक्षुओं के लक्ष्य के साथ 38 परियोजना कार्यान्वयन एजेंसियों (पी.आई.ए.) को 2016-17 में 19.77 करोड़ रुपए जारी किए गए थे। 2017-18 के दौरान 21.80 करोड़ रुपए का उपयोग किया गया।

वित्त वर्ष 2018-19 के दौरान 31.26 करोड़ रुपए का उपयोग किया गया। 7560 प्रशिक्षुओं के लक्ष्य के साथ वर्ष 2018-19 के लिए 'उस्ताद योजना' के अंतर्गत कुल 84 परियोजना कार्यान्वयन एजेंसियों को पैनलबद्ध किया गया। वित्त वर्ष 2019-20 के दौरान 54.48 करोड़ रुपए का उपयोग किया गया था।

वित्त वर्ष 2020-21 के दौरान, 60.00 करोड़ रुपए (बी.ई.) के निर्धारित बजट में से 56.74 करोड़ रुपए का उपयोग किया गया है। इस वित्त वर्ष के दौरान 8772 प्रशिक्षुओं के लक्ष्य के साथ उस्ताद योजना के अंतर्गत 102 परियोजना कार्यान्वयन एजेंसियों को पैनलबद्ध किया गया।

वित्त वर्ष 2021-22 के दौरान 47.00 करोड़ रुपए (बी.ई.) के निर्धारित बजट में से 31.12.2021 तक 30.00 करोड़ रुपए का उपयोग किया गया है।

इसके अलावा, हुनर हाट को अल्पसंख्यक कार्य मंत्रालय की 'उस्ताद योजना' के एक घटक के रूप में लागू किया गया है। अब तक नवंबर 2016 से एन.एम.डी.एफ.सी. और एम.ए.ई.एफ. के माध्यम से निम्नलिखित स्थानों/शहरों में 35 हुनर हाटों का आयोजन किया गया है (वित्तीय वर्ष 2021-22 के दौरान 31.12.2021 तक आयोजित 07 हुनर हाटों सहित)।

| क्र.सं. | हुनर हाट स्थल | तिथि |
|---|---|---|
| 1. | भारत अंतरराष्ट्रीय व्यापार मेला, दिल्ली | नवंबर 2016 |
| 2. | बाबा खड़क सिंह मार्ग, दिल्ली | फरवरी 2017 |
| 3. | पुडुचेरी | सितंबर 2017 |
| 4. | भारत अंतरराष्ट्रीय व्यापार मेला, दिल्ली | नवंबर 2017 |
| 5. | इस्लाम जिमखाना, मुंबई, महाराष्ट्र | जनवरी 2018 |

| | | |
|---|---|---|
| 6. | बाबा खड़क सिंह मार्ग, दिल्ली | फरवरी 2018 |
| 7. | प्रयागराज, उत्तर प्रदेश | सितंबर 2018 |
| 8. | पुडुचेरी | अक्तूबर 2018 |
| 9. | भारत अंतरराष्ट्रीय व्यापार मेला, दिल्ली | नवंबर 2018 |
| 10. | बी.के.सी., मुंबई, महाराष्ट्र | दिसंबर 2018 |
| 11. | बाबा खड़क सिंह मार्ग, दिल्ली | जनवरी 2019 |
| 12. | जवाहर कला केंद्र, जयपुर | अगस्त–1 सितंबर, 2019 |
| 13. | प्रयागराज, उत्तर प्रदेश | नवंबर 2019 |
| 14. | भारत अंतरराष्ट्रीय व्यापार मेला, दिल्ली | नवंबर 2019 |
| 15. | अहमदाबाद, गुजरात | दिसंबर 2019 |
| 16. | मुंबई, महाराष्ट्र | दिसंबर 2019 |
| 17. | लखनऊ, उत्तर प्रदेश | जनवरी 2020 |
| 18. | हैदराबाद, तेलंगाना | जनवरी 2019 |
| 19. | इंदौर, मध्य प्रदेश | फरवरी 2020 |
| 20. | राँची, झारखंड | फरवरी–मार्च 2020 |
| 21. | इंडिया गेट, दिल्ली | मार्च 2020 |
| 22. | दिल्ली हाट पीतमपुरा, दिल्ली | नवंबर 2020 |
| 23. | रामपुर, उत्तर प्रदेश | दिसंबर 2020 |
| 24. | लखनऊ, उत्तर प्रदेश | जनवरी–फरवरी 2021 |
| 25. | मैसूरू, कर्नाटक | फरवरी 2021 |
| 26. | जे.एल.एन., दिल्ली | फरवरी–मार्च 2021 |
| 27. | भोपाल, मध्य प्रदेश | मार्च 2021 |
| 28. | गोवा | मार्च–अप्रैल 2021 |
| 29. | रामपुर, उत्तर प्रदेश | अक्तूबर 2021 |
| 30. | देहरादून, उत्तराखंड | अक्तूबर–नवंबर 2021 |
| 31. | वृंदावन, उत्तर प्रदेश | नवंबर 2021 |
| 32. | लखनऊ, उत्तर प्रदेश | नवंबर 2021 |
| 33. | भारत अंतरराष्ट्रीय व्यापार मेला, दिल्ली | नवंबर 2021 |
| 34. | सूरत, गुजरात | दिसंबर 2021 |
| 35. | जे.एल.एन. स्टेडियम, नई दिल्ली | दिसंबर 2021–जनवरी, 2022 |

## नई मंजिल

'नई मंजिल योजना' का शुभारंभ 8 अगस्त, 2015 को किया गया था और यह पूर्णतः वर्ष 2016-17 में चालू की गई थी। इस योजना का उद्देश्य ऐसे अल्पसंख्यक युवाओं को लाभान्वित करना है, जिनके पास स्कूल छोड़ने का औपचारिक प्रमाण-पत्र नहीं है, अर्थात् जो स्कूल ड्रॉपआउट्स की श्रेणी में आते हैं अथवा मदरसों इत्यादि जैसे सामुदायिक शिक्षा संस्थानों में पढ़े हैं। ऐसा उन्हें औपचारिक शिक्षा और कौशल प्रशिक्षण प्रदान करके किया जाएगा, ताकि वे बेहतर रोजगार, आजीविका प्राप्त करने और सम्मानित जीवन जीने के लिए समर्थ हो सकें।

यह योजना पात्र अल्पसंख्यक युवाओं को कक्षा 8वीं (ओ.बी.ई.)/10वीं (माध्यमिक) का मुक्त विद्यालयी शिक्षा प्रमाण-पत्र प्राप्त करने के लिए शिक्षा ब्रिज कार्यक्रम प्रदान करती है, जिसके साथ मृदु कौशलों सहित उच्च गुणवत्ता कौशलों का प्रशिक्षण प्रदान किया जाता है। यह योजना स्थायी रोजगार प्राप्त करने में मदद के लिए जॉब प्लेसमेंट सहायता भी प्रदान करती है।

'नई मंजिल योजना' की विश्व बैंक के 50% के योगदान के साथ 5 वर्षों के लिए अनुमानित लागत 650 करोड़ रुपए है। नई मंजिल अल्पसंख्यक कार्य मंत्रालय (भारत सरकार) के सहयोग से एवं अल्पसंख्यकों के कल्याण के लिए पहला विश्व बैंक सहायता-प्रदत्त कार्यक्रम है। इस योजना के आरंभ से योजना के अंतर्गत किए गए व्ययों का ब्योरा निम्नानुसार है—

*(करोड़ रुपए में)*

| वित्तीय वर्ष | बजट अनुमान | वास्तविक व्यय |
|---|---|---|
| 2016-17 | 155.00 | 117.97 |
| 2017-18 | 175.95 | 93.73 |
| 2018-19 | 140.00 | 93.73 |
| 2019-20 | 140.00 | 34.44 |
| 2020-21 | 120.00 | 59.84 |
| 2021-22 (31 दिसंबर, 2021 तक) | 87 | 32.40 |

यह योजना इसलिए भी उल्लेखनीय है, क्योंकि यह लाभार्थियों की रोजगार क्षमता को बढ़ाने के लिए स्कूल छोड़नेवालों के लिए कौशल के साथ शिक्षा को

जोड़ती है। यह योजना 17-35 वर्ष की आयु के बी.पी.एल. परिवारों के स्कूल छोड़नेवाले अल्पसंख्यक युवाओं को लक्षित करती है।

कवर किए जानेवाले अल्पसंख्यक लाभार्थी प्राथमिक तौर पर अल्पसंख्यक बहुल जिलों (एम.सी.डी.) से हैं। अंतर-समुदाय भाईचारे को प्रोत्साहित करने के उद्देश्य से गैर-अल्पसंख्यक जिले अथवा शहर की अल्पसंख्यक आबादी की सघनता की कुछ विशिष्ट पॉकेट्स पर भी विचार किया जाता है। इसमें गैर-अल्पसंख्यक समुदायों के बी.पी.एल. परिवारों से संबंधित 15% अभ्यर्थियों को भी कवर किया जाता है। योजना में पाँच वर्षों में लगभग 100000 लाभार्थियों को लाभान्वित करने की परिकल्पना की गई है।

यह योजना दो चरणों अर्थात् चरण-I व चरण-II में कार्यान्वित की जा रही है। प्रथम चरण के दौरान यह योजना देश भर में 22 राज्यों में फैली 72 परियोजनाओं के माध्यम से 38 परियोजना कार्यान्वयनकर्त्ता एजेंसियों (पी.आई.ए.) द्वारा कार्यान्वित की गई। जबकि चरण-II में 73 परियोजनाएँ स्वीकृत की गईं जो 9 से 12 महीने के लिए गैर-आवासीय एकीकृत शिक्षा एवं कौशल प्रशिक्षण प्रदान करती हैं, जिनमें से कम-से-कम 3 महीने राष्ट्रीय कौशल अर्हता फ्रेमवर्क (एन.एस.क्यू.एफ.) के अनुकूल कौशल प्रशिक्षण के लिए निर्धारित होते हैं। निर्धारित फ्रेमवर्क के अनुसार कौशल प्रशिक्षण पूरा होने के पश्चात्, लाभार्थियों को उनकी योग्यता के अनुसार रोजगार प्रदान किए जाते हैं।

योजना के रोजमर्रा के कार्यों के प्रबंधन के लिए मंत्रालय में एक परियोजना प्रबंधन एकक (पी.एम.यू.) स्थापित किया गया है, जिसमें 8 तकनीकी विशेषज्ञ हैं। विश्व बैंक के अधीन स्थापित पी.एम.यू. की सेवाओं को विश्व बैक के साथ वित्तीय समझौते की समाप्ति की तारीख से और तीन महीने की अवधि के लिए अर्थात् 30 जून, 2021 तक बढ़ा दिया गया था। मंत्रालय ने मैसर्स अर्न्स्ट एंड यंग एल.एल.पी. की देखरेख में नई मंजिल योजना की लंबित गतिविधियों सहित मंत्रालय की विभिन्न योजनाओं के प्रबंधन के लिए एक नई परियोजना प्रबंधन इकाई (पी.एम.यू.) नियोजित की है।

99,980 लक्षित लाभार्थियों में से 69840 लाभार्थी चरण-I में 38 परियोजना कार्यान्वयनकर्त्ता एजेंसियों द्वारा कार्यान्वित 72 परियोजनाओं के माध्यम से कवर

किए गए। दूसरे चरण में शेष 30140 लाभार्थियों को 73 पी.आई.ए. द्वारा 73 परियोजनाओं के माध्यम से कवर किया गया। कुल 88 पी.आई.ए. 26 राज्यों और 3 संघ राज्य क्षेत्रों को कवर करते हुए 145 परियोजनाओं के माध्यम से योजना को कार्यान्वित करती है।

इस योजना ने अभी तक 98697 लाभार्थियों को शैक्षिक घटक (चरण-I और II) से जोड़ा है। 93485 लाभार्थियों को कौशल प्रमाण-पत्र प्राप्त हुए हैं। इसके अलावा, कौशल घटक के अंतर्गत प्रमाणित लाभार्थियों में से 34340 को रोजगार प्रदान किए गए हैं। नई मंजिल के तहत एकीकृत शिक्षा और कौशल कार्यक्रम के लिए नामांकित लाभार्थी 78% मुसलिम, 9% सिख, 6% ईसाई, और 7% अन्य धार्मिक समूह से संबंधित हैं। लाभार्थियों की जनसांख्यिकीय संरचना अनुसूचित जनजाति (एस.टी.) से 9%, अनुसूचित जाति (एस.सी.) से 6%, अन्य पिछड़ा वर्ग (ओ.बी.सी.) से 32% और सामान्य श्रेणी से 42% है।

पी.आई.ए. ने कार्यान्वयन में सुधार के लिए लाभार्थी से फीडबैक लेने के तरीके विकसित किए हैं। इसके अलावा प्लेसमेंट के पश्चात् पी.आई.ए. निरंतर आउटपुट के लिए रोजगार प्राप्त लाभार्थियों को व्यक्तिगत रूप से और फोन पर निरंतर परामर्श देती रहती है।

## नई रोशनी
## (अल्पसंख्यक महिलाओं में नेतृत्व क्षमता विकास की योजना)

अल्पसंख्यक कार्य मंत्रालय ने छह अधिसूचित अल्पसंख्यक समूहों से संबंधित आर्थिक रूप से कमजोर महिलाओं के लिए 2012-13 से 'नई रोशनी योजना' लागू की है। यह योजना अब तक लगभग 5 लाख महिलाओं को नेतृत्व क्षमता प्रशिक्षण प्रदान कर चुकी है।

योजना का उद्देश्य सभी स्तरों पर सरकारी प्रणालियों, बैंकों और अन्य संस्थानों के साथ पारस्परिक बातचीत हेतु ज्ञान, उपकरण और तकनीक प्रदान करते हुए अन्य समुदायों के पड़ोसियों सहित अल्पसंख्यक महिलाओं में सशक्तीकरण और विश्वास पैदा करना है। अल्पसंख्यक समुदायों की महिलाओं का सशक्तीकरण और उन्हें अपने घर व समुदाय की सीमाओं को लाँघकर और

नेतृत्व की भूमिका में लाने के लिए प्रोत्साहन देना और सामूहिक या व्यक्तिगत रूप से सेवाओं, सुविधाओं, कौशल और अवसरों को प्राप्त करने के लिए अपना अधिकार जताना, अपने जीवन और रहने की स्थिति में सुधार करने के लिए सरकार के विकास लाभों में अपने उचित हिस्से का दावा करना।

योजना के प्रशिक्षण मॉड्यूल के अंतर्गत जीवन कौशल, वित्तीय साक्षरता, पानी, साफ-सफाई, स्वच्छता, कानूनी अधिकार और हकदारियाँ, डिजिटल साक्षरता और व्यवहार परिवर्तन के लिए सामाजिक समर्थन आते हैं। पैनलबद्ध परियोजना कार्यान्वयन एजेंसियों द्वारा आयोजित इस तरह के प्रशिक्षण में पूर्व अनुभव के साथ एक समग्र 6 दिनों के मॉड्यूलर प्रशिक्षण में इन्हें शामिल किया गया है।

इस योजना में ऑनलाइन प्रबंधन सूचना प्रणाली है, जहाँ पी.आई.ए. अनुदान जारी करने के लिए आवश्यक दस्तावेज अपलोड करती है। ऑनलाइन आवेदन प्रबंधन प्रणाली (oams) सरकार के निर्बाध और पेपरलेस शासन को बढ़ावा देने की आकांक्षा को साकार करने में मदद करती है।

यह योजना 27 राज्यों में कार्यान्वित की जा रही है और पी.आई.ए. को 109.02 करोड़ रुपए का वितरण किया गया है। पी.आई.ए. को आगे की किस्त के रूप में 1.40 करोड़ रुपए की धनराशि (31.12.2021 तक) जारी की गई है।

## राष्ट्रीय अल्पसंख्यक विकास एवं वित्त निगम (NMDFC)

राष्ट्रीय अल्पसंख्यक विकास एवं वित्त निगम (NMDFC) 30 सितंबर, 1994 को कंपनी अधिनियम, 1956 की धारा 25 (अब कंपनी अधिनियम, 2013 की धारा 8) के अंतर्गत एक लाभ रहित कंपनी के रूप में निगमित की गई थी। NMDFC अधिसूचित अल्पसंख्यक समुदायों अर्थात् मुसलिम, ईसाई, सिख, बौद्ध, पारसी और जैन के बीच 'पिछड़े वर्गों' के सामाजिक-आर्थिक विकास के लिए स्वरोजगार एवं आय उत्पन्न करनेवाले उद्यमों के लिए रियायती ऋण उपलब्ध कराता है।

NMDFC की रियायती ऋण योजनाएँ, यथा—सावधि ऋण, शैक्षिक ऋण,

लघु वित्त एवं विरासत योजना संबंधित राज्य सरकार/संघ राज्यक्षेत्र प्रशासनों द्वारा नामित राज्य चैनेलाइजिंग एजेंसियों (SCA) के माध्यम से क्रियान्वित की जाती हैं।

NMDFC योजनाओं के अधीन सहायता का लाभ लेने के लिए परिवार की वार्षिक आय का पात्रता मानदंड ग्रामीण क्षेत्रों के लिए 98,000 रुपए और शहरी क्षेत्रों के लिए 1,20,000 रु. है। इसकी व्यापक पहुँच सुनिश्चित करने के लिए NMDFC ने क्रेडिट लाइन-2 के तहत थोड़ी उच्च ब्याज दरों पर थोड़ी अधिक मात्रा में ऋण प्रदान करने के लिए 8.00 लाख रुपए तक की उच्चतर वार्षिक पारिवारिक आय का पात्रता मानदंड शुरू किया है।

सरकार ने 2015 में NMDFC की प्राधिकृत शेयर पूँजी 1500.00 करोड़ रुपए से बढ़ाकर 3000.00 करोड़ रुपए कर दी है और केंद्र सरकार, राज्य सरकार/संघ राज्यक्षेत्र प्रशासनों और संस्थानों/व्यक्तियों के लिए शेयर धारण करने की प्रति भी 65:26:9 से संशोधित करके क्रमश: 73:26:1 कर दी है। भारत सरकार ने 31.12.2021 तक NMDFC की केंद्रीय इक्विटी में 1970.00 करोड़ रुपए का अंशदान दिया है, जबकि राज्यों/ संघ राज्यक्षेत्रों ने 385.41 करोड़ रुपए का अंशदान दिया है। वित्त वर्ष 2021-22 के दौरान भारत सरकार ने 100.00 करोड़ रुपए का अंशदान दिया है और राज्य सरकार/संघ राज्यक्षेत्र प्रशासनों ने 0.50 करोड़ रुपए का अंशदान दिया है। 31.12.2021 तक कुल प्रदत्त पूँजी 2355.42 करोड़ रुपए है।

ऋण प्रदान करने की गतिविधि के अतिरिक्त NMDFC अपने लक्षित समूह को संवर्धन योजनाओं, जैसे—कौशल से कुशलता योजना, महिला समृद्धि योजना के अधीन सहायता और विपणन सहायता प्रदान करता है। स्वरोजगार/ वैतनिक रोजगार के लिए लक्षित समूह के क्षमता निर्माण हेतु राज्य चैनेलाइजिंग एजेंसियों (SCA) के माध्यम से संवर्धन योजनाएँ भी क्रियान्वित की जाती हैं।

## उपलब्धियाँ

- 1994 में इसकी शुरुआत से NMDFC ने 31.12.2021 तक 19.18 लाख से अधिक लाभार्थियों को 6781.92 करोड़ रुपए का ऋण

संवितरित किया है।

- वित्तीय वर्ष 2020–21 के दौरान इसकी वित्तपोषण योजनाओं के अंतर्गत 1.48 लाख लाभार्थियों को 650.41 करोड़ रुपए की राशि वितरित की गई।
- वित्त वर्ष 2021–22 के दौरान (31.12.2021 की स्थिति के अनुसार) NMDFC ने अपनी वित्तपोषण योजनाओं के अधीन 0.83 लाख से अधिक लाभार्थियों को 357.19 करोड़ रुपए तक ऋण उपलब्ध कराया।

## NMDFC की योजनाएँ एवं कार्यक्रम

### (क) NMDFC की ऋण योजनाएँ

#### 1. सावधि ऋण योजना

यह योजना वैयक्तिक लाभार्थियों के लिए है तथा राज्य चैनेलाइजिंग एजेंसियों के माध्यम से क्रियान्वित की जाती है। सावधि ऋण योजना के अंतर्गत वित्तपोषण हेतु 20.00 लाख रुपए तक की लागतवाली परियोजनाओं (ऋण प्रति–2 हेतु 30.00 लाख रुपए तक) पर विचार किया जाता है। NMDFC परियोजना लागत के 90% की सीमा तक ऋण उपलब्ध कराता है। परियोजना की शेष लागत का वहन SCA और लाभार्थी द्वारा किया जाता है, तथापि लाभार्थी को परियोजना की लागत का न्यूनतम 5% अंशदान देना होता है। लाभार्थी से 6% प्रतिवर्ष की ब्याज दर प्रभारित की जाती है। ऋण प्रति–2 के लिए, पुरुष लाभार्थियों को 8% प्रतिवर्ष तथा महिला लाभार्थियों को 6% प्रतिवर्ष की ब्याज दर पर 30.00 लाख रुपए तक दिए जाते हैं। सावधि ऋण योजनाओं के अंतर्गत वाणिज्यिक रूप से किसी भी व्यवहार्य एवं तकनीकी रूप से व्यावहारिक उद्यम के लिए सहायता उपलब्ध है, जिसे सुविधा के प्रयोजनार्थ निम्नलिखित क्षेत्रों में वर्गीकृत किया गया है—

(क) कृषि एवं संबद्ध

(ख) तकनीकी ट्रेड

(ग) लघु व्यवसाय

(घ) कारीगर एवं पारंपरिक व्यवसाय, तथा

(ङ) परिवहन एवं सेवा क्षेत्र

## 2. शैक्षणिक ऋण योजना

यह योजना भी वैयक्तिक लाभार्थियों के लिए है तथा राज्य चैनेलाइजिंग एजेंसियों के माध्यम से क्रियान्वित की जाती है। NMDFC अल्पसंख्यकों से संबंधित पात्र व्यक्तियों के लिए रोजगार आधारित शिक्षा को सुगम बनाने के उद्देश्य से शैक्षणिक ऋण उपलब्ध कराता है। इस योजना के अंतर्गत पाँच वर्षों से अनधिक अवधियों के तकनीकी एवं व्यावसायिक पाठ्यक्रमों के लिए 20.00 लाख रुपए का ऋण उपलब्ध है। इसके अलावा, ऋण प्रति-1 और 2 के अंतर्गत विदेश के पाठ्यक्रमों के लिए 30.00 लाख रुपए का ऋण उपलब्ध है। इस प्रयोजनार्थ NMDFC को ऋण प्रति-1 के अंतर्गत 1% प्रतिवर्ष की ब्याज दर पर निधि, लाभार्थियों को आगे 3% प्रतिवर्ष की ब्याज दर पर उधार देने के लिए उपलब्ध कराई जाती है। ऋण प्रति-2 के अंतर्गत SCA को 2% प्रतिवर्ष की ब्याज दर पर निधि, आगे लाभार्थियों को, पुरुष लाभार्थियों को 8% प्रतिवर्ष की ब्याज दर पर तथा महिला लाभार्थियों को 5% प्रतिवर्ष की ब्याज दर पर उधार पर देने के लिए उपलब्ध कराई जाती है। यह ऋण अधिकतम पाँच वर्षों में देय है, ऋण अदायगी पाठ्यक्रम की समाप्ति के पश्चात् 06 महीने के अंदर या रोजगार प्राप्त होने के, जो भी पहले हो, शुरू होगी।

## 3. लघु वित्त-पोषण योजना

लघु वित्त-पोषण योजना के अंतर्गत मुख्यत: SCA तथा NGO के माध्यम से स्वसहायता समूहों (SHG) के सदस्यों को, जिनका प्रमाणित ट्रेक रिकार्ड उपलब्ध है और SHG के नेटवर्क को लघु-ऋण दिया जाता है। इस योजना के अंतर्गत, स्वसहायता समूह के प्रत्येक सदस्य को अधिकतम 1.00 लाख रु. तक के लघु-ऋण उपलब्ध कराए जाते हैं। गैर-सरकारी संगठनों/SCA को 1% की ब्याज दर पर निधि दी जाती है, जो ऋण प्रति-1 के अंतर्गत आगे 7% प्रतिवर्ष

से अनधिक की ब्याज दर पर स्वसहायता समूहों को उधार देते हैं। ऋण प्रति-2 के अंतर्गत, स्वसहायता समूह के प्रत्येक सदस्य को 1.50 लाख रुपए, पुरुष लाभार्थियों के लिए 10% प्रतिवर्ष से अनधिक की ब्याज दर पर तथा महिला लाभार्थियों के लिए 8% प्रतिवर्ष से अनधिक की ब्याज दर पर दिया जाता है। योजना के अंतर्गत अदायगी की अवधि अधिकतम 36 महीने हैं।

### 4. विरासत योजना

इस योजना का उद्देश्य उपकरण/कल-पुर्जे/मशीनरी की कार्यशील पूँजी और निश्चित पूँजी की आवश्यकता, दोनों के संदर्भ में कारीगरों की ऋण आवश्यकताओं को पूरा करना है। इस योजना के तहत अधिकतम रुपए10.00 लाख तक का ऋण लिया जा सकता है। हाल ही में इस योजना के तहत क्रेडिट लाइन-2 की शुरुआत की जा रही है, जिसमें 8.00 लाख रुपए तक की वार्षिक पारिवारिक आयवाले लाभार्थी भी ऋण प्राप्त कर सकते हैं। क्रेडिट लाइन-1 के तहत पुरुष कारीगरों के लिए 5% प्रति वर्ष के साधारण ब्याज पर और महिला कारीगरों के लिए 1% की रियायत के साथ साधारण ब्याज पर 4% प्रति वर्ष की दर से ऋण उपलब्ध है। क्रेडिट लाइन-2 के तहत पुरुष कारीगरों के लिए 6% प्रति वर्ष के साधारण ब्याज पर और महिला कारीगरों के लिए 1% की रियायत के साथ 5% प्रति वर्ष साधारण ब्याज पर ऋण उपलब्ध है।

## (ख) NMDFC की संवर्धनकारी योजनाएँ

### 1. महिला समृद्धि योजना

यह स्वसहायता समूहों में शामिल की जानेवाली महिलाओं को टेलरिंग, कटिंग और एंब्रॉयडरी महिला-अनुकूल व्यवसायों में कौशल विकास को लघु ऋण से जोड़ने की एक अनूठी योजना है। यह NMDFC की राज्य चैनेलाइजिंग एजेंसियों के माध्यम से क्रियान्वित की जा रही है। महिला समृद्धि योजना के अंतर्गत किसी उपयुक्त महिला-अनुकूल शिल्प क्रियाकलाप में लगभग 20 महिलाओं के समूह को प्रशिक्षण दिया जाता है। यह समूह प्रशिक्षण के दौरान ही स्वसहायता समूह बना दिया जाता है। प्रशिक्षण के उपरांत, इस प्रकार गठित स्व-

सहायता समूह के सदस्यों को लघु ऋण उपलब्ध कराया जाता है। प्रशिक्षण की अधिकतम अवधि छह माह है और प्रशिक्षण के अधिकतम खर्चे प्रति प्रशिक्षणार्थी 1500 रुपए प्रतिमाह है। प्रशिक्षण के दौरान प्रशिक्षुओं को 1000 रुपए प्रतिमाह का वजीफा भी दिया जाता है। प्रशिक्षण लागत और वजीफे के खर्च की पूर्ति NMDFC द्वारा अनुदान के रूप में की जाती है। प्रशिक्षण के उपरांत स्वसहायता समूह के प्रत्येक सदस्य को 7% प्रतिवर्ष की ब्याज दर पर अधिकतम 1.00 लाख रुपए के अध्यधीन आवश्यकता आधारित लघु ऋण उपलब्ध कराया जाता है।

## 2. कौशल से कुशलता योजना

NMDFC की 'कौशल से कुशलता योजना' का उद्देश्य लक्षित वैयक्तिक लाभार्थियों को कौशल प्रदान करना है, जिससे कि उन्हें स्व/वैतनिक रोजगार मिल सके। यह योजना राज्य चैनेलाइजिंग एजेंसियों के माध्यम से कार्यान्वित की जाती है, जो अपने राज्यों में एन.एस.डी.सी./संबंधित सेक्टर कौशल परिषद्/राज्य कौशल मिशन/तकनीकी शिक्षा निदेशालय द्वारा पैनल में शामिल की गई एजेंसियों की मदद से आवश्यकता आधारित कौशल विकास प्रशिक्षण आयोजित करती हैं। एजेंसी वरीय रूप से एन.एस.डी.सी. स्मार्ट पोर्टल के माध्यम से प्रत्यायित होनी चाहिए।

## 3. विपणन सहायता योजना

विपणन सहायता योजना व्यक्तिगत शिल्पकारों, NMDFC के लाभार्थियों के लिए है और SHG के माध्यम से कार्यान्वित की जाती है। विपणन को संवर्धित करने और शिल्पकारों के उत्पादों की लाभकारी कीमतों पर बिक्री हेतु उनकी सहायता के उद्देश्य से NMDFC चुनिंदा स्थानों पर राज्य/जिला स्तर की प्रदर्शनियाँ आयोजित करने में SCA की मदद करता है। इन प्रदर्शनियों में अल्पसंख्यक समुदायों के शिल्पकारों के हथकरघा/हस्तशिल्प उत्पादों को प्रदर्शित किया जाता तथा बेचा जाता है। प्रदर्शनी के दौरान स्टॉल निःशुल्क प्रदान किए जाते हैं और योजना के अनुसार शिल्पकारों को TA/DA भी प्रदान किया जाता है। ऐसी प्रदर्शनियों से 'क्रेता-विक्रेता समागम' का प्रयोजन भी सिद्ध होता

है, जिसे घरेलू बाजार के साथ-साथ निर्यातों के लिए उत्पाद विकास और बाजार संवर्धन के लिए अत्यधिक उपयोगी समझा जाता है। NMDFC एस.सी.ए. को प्रदर्शनियाँ आयोजित करने के लिए अनुदान प्रदान करता है।

### (ग) कॉरपोरेट सामाजिक जिम्मेदारी (सी.एस.आर.) कार्यक्रम

NMDFC शिक्षा, स्वास्थ्य परिचर्या और पोषाहार आदि के लिए सहायता प्रदान करते हुए अल्पसंख्यक समुदायों के समूहों के और आस-पास के क्षेत्रों में समुदायों के कल्याण हेतु CSR कार्यक्रम कार्यान्वित कर रहा है। 1.04.2021 से 31.12.2021 की अवधि के दौरान NMDFC ने अपने SCR कार्यक्रम के अंतर्गत विभिन्न परियोजनाएँ स्वीकृत/कार्यान्वित की हैं। ऐसी कुछ परियोजनाएँ हैं—सोफिया एजुकेशनल एंड वेलफेयर सोसाइटी, दिल्ली को आपातकालीन सेवाओं और मोबाइल क्लिनिक के लिए एंबुलेंस प्रदान करना, शेरप स्काईडट्सल लिंग लाइब्रेरी एंड लर्निंग सेंटर, थिकसे (SSTL), लद्दाख, संघ राज्य क्षेत्र को कंप्यूटर, प्रिंटर, UPS और वाई-फाई राउटर प्रदान करना, हुइशु गाँव, उखरुल जिला, मणिपुर में स्वास्थ्य शिविरों का आयोजन, राष्ट्रीय पोषण माह के दौरान मुंबई में पोषण सामग्री का वितरण, कोविड-19 के लिए नबी करीम, दिल्ली में टीकाकरण शिविर, समाज के जरूरतमंद और अधिकारहीन ट्रांसजेंडर वर्ग को फ्लिपकार्ट डिलीवरी के लिए 20 स्कूटर प्रदान करना, केंद्रीय सैनिक बोर्ड के पैराप्लेजिक रिहैबिलिटेशन सेंटर (PRC), मोहाली को व्हीलचेयर, चिकित्सा उपकरण, एल.ई.डी. टी.वी. और डेजर्ट कूलर प्रदान करना, महावीर इंटरनेशनल, दिल्ली के माध्यम से मेगा नेत्र और स्वास्थ्य जाँच शिविरों का आयोजन, मदरसा अरब रहमानिया, रुड़की, हरिद्वार (आकांक्षी जिला) को कंप्यूटर, कंप्यूटर टेबल, चेयर, प्रिंटर, यू.पी.एस., प्रिंटर सह-फोटोकॉपियर और ए.सी. प्रदान करना, ALIG एजुकेशनल एंड वेलफेयर सोसाइटी, जमशेदपुर, झारखंड को लैपटॉप, मारुति EECO वैन, सेल्फ स्टार्ट डीजल जेनरेटर-3 KVA, DLP वायरलेस प्रोजेक्टर, प्रोजेक्टर स्क्रीन और स्पीकर प्रदान करना। NMDFC ने कोविड-19 महामारी के विरुद्ध किए जा रहे प्रयासों में सहायतार्थ पी.एम. केयर फंड में 14.00 लाख रु. का योगदान भी किया।

# राष्ट्रीय अल्पसंख्यक विकास एवं वित्त निगम ( एन.एम.डी. एफ.सी. ) की राज्य चैनलाइजिंग एजेंसियों को सहायता-अनुदान की योजना

राष्ट्रीय अल्पसंख्यक विकास एवं वित्त निगम (NMDFC) अपनी योजनाओं का कार्यान्वयन मुख्यत: संबंधित राज्य सरकारों/संघ राज्य क्षेत्र प्रशासनों द्वारा नामित राज्य चैनेलाइजिंग एजेंसियों (NMDFC) के माध्यम से करता है। राज्य चैनेलाइजिंग एजेंसियाँ लाभार्थियों की पहचान, रियायती ऋणों का वितरण और लाभार्थियों से वसूली का कार्य करती हैं।

राज्य चैनेलाइजिंग एजेंसियों की कमजोर अवसंरचना ऋण की प्रदायगी को बाधित करती है तथा मंत्रालय ने वर्ष 2007–08 के दौरान राज्य चैनेलाइजिंग एजेंसियों की अवसंरचना को मजबूत बनाने के लिए सहायता-अनुदान की योजना शुरू की थी। इस योजना के अधीन केंद्र सरकार द्वारा NMDFC के माध्यम से एस.सी.ए. को 100% सहायता प्रदान की जाती है। योजना में निर्धारित गतिविधियों के सेट के अंतर्गत योजना SCA द्वारा उनकी जरूरत के अनुसार निधि का उपयोग करने का अधिकार प्रदान करती है। इस योजना के लिए मंत्रालय द्वारा आवंटित और जारी की गई राशि का विवरण निम्नलिखित अनुसार है—

*(करोड़ रुपए में)*

| वर्ष | बजट अनुमान | संशोधित अनुमान | जारी की गई राशि |
|---|---|---|---|
| 2014–15 | 2.00 | 2.00 | 2.00 |
| 2015–16 | 2.00 | 2.00 | 2.00 |
| 2016–17 | 2.00 | 2.00 | 1.27 |
| 2017–18 | 2.00 | 2.00 | 0.30 |
| 2018–19 | 2.00 | 2.00 | 2.00 |
| 2019–20 | 2.00 | 2.00 | 1.925 |
| 2020–21 | 2.00 | 0.965 | 0.965 |
| 2021–22 (31 12, 2021 तक) | 2.00 | 2.00 | 2.00 |

□

# प्रधानमंत्री जन विकास कार्यक्रम

प्रधानमंत्री जन विकास कार्यक्रम (पी.एम.जे.वी.के.), जिसे पूर्व में बहु-क्षेत्रीय विकास कार्यक्रम (एम.एस.डी.पी.) के रूप में जाना जाता था, नीति आयोग द्वारा राष्ट्रीय विकास एजेंडा के अंतर्गत अति महत्त्वपूर्ण योजना के रूप में पहचानी गई केंद्र प्रायोजित योजना है। पी.एम.जे.वी.के. योजना अल्पसंख्यक बहुल क्षेत्रों में रह रहे लोगों के जीवन की गुणवत्ता में सुधार लाने के लिए सामाजिक-आर्थिक अवसंरचना और बुनियादी सुविधाएँ विकसित करने और राष्ट्रीय औसत की तुलना में असंतुलनों को कम करने के उद्देश्य से कार्यान्वित की जा रही है।

अल्पसंख्यक बहुल क्षेत्रों की पहचान (i) अल्पसंख्यक आबादी (मुसलिम, सिख, ईसाई, जैन, बौद्ध और पारसी) की बहुलता अर्थात् 25% या अधिक के आधार पर की गई है और उन राज्यों/संघ राज्य क्षेत्रों के मामले में जहाँ एक अल्पसंख्यक समुदाय बहु-संख्या में है, वहाँ राज्य/संघ राज्य क्षेत्र में बहुसंख्या वाले अल्पसंख्यक समुदाय के अलावा अल्पसंख्यक समुदाय के 15% के न्यूनतम कट-आफ को अपनाया जाता है, (ii) राष्ट्रीय औसत की तुलना में सामाजिक-आर्थिक (साक्षरता दर और कार्य सहभागिता दर) तथा मूलभूत सुविधा संकेतकों (पक्की दीवारोंवाले घरों का प्रतिशत, सुरक्षित पेयजलवाले घरों का प्रतिशत, बिजलीवाले घरों का प्रतिशत, परिसर के भीतर शौचालय की सुविधावाले घरों का प्रतिशत) के संदर्भ में पिछड़ेपन के आधार पर की जाती है। अल्पसंख्यक बहुल क्षेत्रों (एम.सी.ए.) की पहचान के मापदंड 2011 की जनगणना के आँकड़ों पर आधारित हैं। योजना के अंतर्गत स्वीकृत

परियोजनाएँ सामुदायिक संपत्ति हैं और कैचमेंट क्षेत्र में रहनेवाले सभी लोग इस तरह की संपत्ति का उपयोग कर सकते हैं, जैसे—स्कूल, कॉलेज, अस्पताल, आँगनवाड़ी केंद्र, कौशल केंद्र, खेल सुविधाएँ आदि।

पी.एम.जे.वी.के. के अंतर्गत प्रस्ताव राज्य/संघ राज्य क्षेत्र में ब्लॉक/जिला/नगर स्तर पर तैयार किए जाते हैं। प्रधानमंत्री के नए 15 सूत्री कार्यक्रम पर राज्य स्तरीय समिति द्वारा संस्तुत परियोजनाएँ अधिकार-प्राप्त समिति के विचार के लिए मंत्रालय को भेजी जाती हैं। राज्य/संघ राज्य क्षेत्र प्रशासन अपने संसाधनों से परिसंपत्तियों के प्रचालन के लिए जिम्मेदार है।

पी.एम.जे.वी.के. योजना के अधीन स्वीकृत परियोजनाओं की किस्मों में मुख्यतः एम.सी.ए. की आवश्यकता के अनुसार राज्य सरकार/संघ राज्य क्षेत्र प्रशासनों द्वारा यथा प्रस्तावित आवासीय स्कूल, नए स्कूल भवन, कॉलेज भवन, छात्रावास, अतिरिक्त कक्षा कमरे, प्रयोगशालाएँ, कंप्यूटर कक्ष, स्मार्ट क्लास, औद्योगिक प्रशिक्षण संस्थान, पॉलिटेक्निक, कौशल प्रशिक्षण केंद्र, कामकाजी महिला हॉस्टल, अस्पताल, स्वास्थ्य केंद्र, आँगनवाड़ी केंद्र, पेयजल आपूर्ति परियोजनाएँ, सामान्य सेवा केंद्र, सद्भाव मंडप, स्वच्छता परियोजनाएँ, बाजार शेड, हुनर हब, खेल सुविधाएँ आदि हैं।

## कार्यक्रम का विशेष बल

इस कार्यक्रम के अधीन संसाधनों का कम-से-कम 80% शिक्षा, स्वास्थ्य और कौशल विकास के लिए आवंटित किया जाता है। संसाधनों का कम-से-कम 33-40% महिला केंद्रित परियोजनाओं के लिए आवंटित किया जाता है।

## क्षेत्र कवरेज

पी.एम.जे.वी.के. के अंतर्गत कवर किए गए क्षेत्र में 870 अल्पसंख्यक बहुल ब्लॉक (एम.सी.बी.) और 321 अल्पसंख्यक बहुल नगर (एम.सी.टी.), 109 अल्पसंख्यक बहुल जिला मुख्यालय (एम.सी.डी. मुख्यालय) के साथ शामिल हैं। इसके अलावा, राज्यों और संघ राज्य क्षेत्र प्रशासनों से प्राप्त प्रस्ताव के आधार पर अल्पसंख्यक बहुल गाँवों के समूह (एम.सी.वी.) की पहचान की

जाती है। कुल मिलाकर पी.एम.जे.वी.के. के तहत 1300 अल्पसंख्यक बहुल क्षेत्रों की पहचान की गई है और ये एम.सी.ए. 32 राज्यों/संघ राज्य क्षेत्रों के 308 जिलों में फैले हुए हैं। एम.सी.ए. की सूची मंत्रालय की वेबसाइट ritfyairs.gov.in पर उपलब्ध है।

## वित्तपोषण का तरीका

चूँकि पी.एम.जे.वी.के. एक केंद्र प्रायोजित योजना है, अतः परियोजनाएँ केंद्र और राज्य सरकार/संघ राज्य क्षेत्र प्रशासन के बीच सभी राज्यों के लिए 60:40 के अनुपात में तथा पूर्वोत्तर राज्यों एवं पर्वतीय राज्यों/संघ राज्य क्षेत्रों (जम्मू-कश्मीर, लद्दाख, हिमाचल प्रदेश तथा उत्तराखंड) के लिए 90:10 के अनुपात में और जहाँ विधानसभा नहीं है, ऐसे संघ राज्य क्षेत्रों के लिए 100% निधि की हिस्सेदारी की व्यवस्था पर कार्यान्वित की जाती हैं। योजना के तहत केंद्रीय संगठनों से प्राप्त प्रस्तावों को 100% वित्तीय सहायता दी जाती है। केंद्र सरकार प्रत्येक 50% की दो किस्तों में निधियाँ जारी करती है। दूसरी तथा बाद की किस्त पूर्ववर्ती किस्त के उपयोग होने पर तथा राज्य सरकार/संघ राज्य क्षेत्र प्रशासन द्वारा अपना शेयर जारी किए जाने पर जारी की जाती है।

## कार्यान्वयन एजेंसियाँ

कार्यक्रमों को लागू करना संबंधित राज्य सरकारों/संघ राज्य क्षेत्रों का प्रशासन/केंद्र सरकार के संगठनों का दायित्व है।

## निर्माण के लिए भूमि

एम.सी.ए. में अवसंरचना के निर्माण के लिए भूमि राज्य/संघ राज्य क्षेत्र द्वारा प्रदान की जाती है, तथापि स्थानीय जरूरत के आधार पर सीमावर्ती क्षेत्रों में सुरक्षा संगठनों की भूमि, केंद्र सरकार की एजेंसियों की भूमि या वक्फ भूमि या संबंधित प्राधिकरण/बोर्ड द्वारा पेशकश की गई अन्य अधिसूचित अल्पसंख्यक समुदायों, छोटे अल्पसंख्यक समुदायों की इसी प्रकार की भूमि पर प्रस्तावित परियोजनाओं पर भी विचार किया जाता है।

**बजट आवंटन और व्यय ( 2014-15 से ) ( करोड़ रु. में )**

| वर्ष | आवंटन ( बी.ई. ) | आवंटन ( आर.ई. ) | व्यय |
|---|---|---|---|
| 2014-15 | 1250.00 | 770.94 | 768.20 |
| 2015-16 | 1251.64 | 1126.64 | 1120.34 |
| 2016-17 | 1125.00 | 1080.71 | 1082.78 |
| 2017-18 | 1200.00 | 1200.00 | 1195.75 |
| 2018-19 | 1320.00 | 1320.00 | 1153.64 |
| 2019-20 | 1470.00 | 1700.00 | 1698.29 |
| 2020-21 | 1600.00 | 971.38 | 1091.94 |
| 2021-22 | 1390 | 1199.55 | *779.25 |

*31.12.2021 तक

## मॉनिटरिंग प्रणाली

पी.एम.जे.वी.के. के अंतर्गत परियोजनाओं की मॉनिटरिंग हेतु एक सुदृढ़ तंत्र विद्यमान है। जिला स्तरीय समिति, ब्लॉक स्तरीय समिति तथा राज्य स्तरीय समिति के माध्यम से मॉनिटरिंग की सामान्य श्रृंखला के अलावा, यह मंत्रालय परियोजनाओं के निर्माण तथा कमीशनिंग की प्रगति की सतत रूप से समीक्षा करता है। ये समीक्षाएँ अधिकार-प्राप्त समिति की बैठकों के दौरान राज्य प्राधिकारियों, राज्य सरकारों/संघ राज्य क्षेत्र प्रशासनों को लिखित पत्रों के माध्यम से, राज्य/संघ राज्य क्षेत्र प्रशासनों के साथ सम्मेलनों/बैठकों/विचार-विमर्शों के माध्यम से, मंत्रालय के अधिकारियों द्वारा दौरों आदि के माध्यम से की जाती हैं। ऑनलाइन मॉनिटरिंग माड्यूल, जियो टैगिंग, डी.आई.एस.एच.ए. डैश बोर्ड को शामिल करके तथा मंत्रालय के स्तर पर संचालन समिति का गठन करते हुए मॉनिटरिंग प्रणाली को और अधिक मजबूत बनाया गया है। वर्ष 2021-22 के दौरान, 31.12.2021 तक, अधिकार-प्राप्त समिति की 04 बैठकें सचिव (अ.का.) की अध्यक्षता में बुलाई गईं, जिसमें नए प्रस्तावों पर विचार करने के अलावा स्वीकृत परियोजनाओं के कार्यान्वयन की स्थिति की समीक्षा की गई। राज्यों/संघ राज्य क्षेत्रों का प्रतिनिधित्व या तो प्रशासनिक सचिव/प्रधान सचिव/ अतिरिक्त मुख्य सचिव या राज्य के समकक्ष अधिकारियों द्वारा किया गया।

## 2021-22 के दौरान प्रगति ( 31.12.2021 के अनुसार )

**( क ) वित्तीय प्रगति :** चालू वित्त वर्ष (31.12.2021 तक) के दौरान मंत्रालय ने कुल 1227.97 करोड़ रुपए की लागतवाली परियोजनाओं और 864.36 करोड़ रुपए के केंद्रीय हिस्से को मंजूरी दी है। चालू वित्त वर्ष में केंद्रीय शेयर की किस्तों के रूप में 779.25 करोड़ रुपए (31.12.2021 तक) जारी किए गए हैं, जिसमें नई परियोजनाओं के लिए जारी धनराशि और पहले स्वीकृत परियोजनाओं के लिए बाद की किस्तें शामिल हैं।

**( ख ) वास्तविक प्रगति :** 2021-22 के दौरान स्वीकृत प्रमुख परियोजनाओं में 03 आवासीय विद्यालय, जिनमें उत्तर सिक्किम के मांगान एम.सी.ए. में, पश्चिम सिक्किम के सोरेंग एम.सी.ए. में और दक्षिण सिक्किम के नामची एम.सी.ए. में प्रत्येक 5232.00 लाख रु. की लागत से, 03 आवासीय स्कूल, 07 स्कूल भवन, 11 अतिरिक्त कक्षा-कमरे, 03 स्मार्ट क्लासरूम, 10 छात्रा छात्रावास, 02 महिला छात्रावास, 27 आँगनवाड़ी केंद्र, 04 सामान्य सेवा केंद्र, 36 स्वास्थ्य परियोजनाएँ, जिनमें 8318.23 लाख रुपए की लागत से कोझिकोड के वटकारा एम.सी.ए. में सरकारी जिला अस्पताल का निर्माण, मल्लापुरम जिले के मल्लापुरम नगरपालिका में 972.60 लाख रुपए की लागत से तालुक अस्पताल के लिए अग्रिम चिकित्सा परिसर, मल्लापुरम जिले के मल्लापुरम नगरपालिका में 700.00 लाख रुपए की लागत से आयुर्वेद के लिए एकीकृत केंद्र, पश्चिम सिक्किम के सोरेंग एम.सी.ए. में 5620.00 लाख रुपए की लागत से 100 बिस्तरोंवाला जिला अस्पताल, पूर्वी सिक्किम के गंगटोक एम.सी.ए. में 14897.10 लाख रु. में 300 बिस्तरों वाला जिला अस्पताल, सिंगतम, जिसमें वेल्लोर में सरकारी खाली भूमि पर 19781.00 लाख में मल्टी सुपर स्पेशियलिटी अस्पताल भवन का निर्माण शामिल है। 13635.07 लाख रु. में थूथुकुडी जिले के सरकारी मेडिकल कॉलेज अस्पताल में सुपर स्पेशियलिटी ब्लॉकों का निर्माण, 6235.49 लाख में कायलपट्टिनम (एम) में सरकारी अस्पताल में आउट पेशेंट ब्लॉक और विशेष वार्ड भवनों का निर्माण, 3852.76 लाख रु. में तिरुचेंदूर, थूथुकुडी जिले में सरकारी अस्पताल में मातृत्व और बाल स्वास्थ्य और दुर्घटना आपातकालीन देखभाल इकाई भवनों का निर्माण,

तिरुनेलवेली के तिरुनेलवेली एम.सी.ए. में उन्नत देखभाल के लिए 7210.00 लाख रुपए में अस्पताल ब्लॉक का निर्माण, 01 समुदाय हॉल, 04 स्कूलों के खेलकूद मैदान, 10 कौशल विकास प्रशिक्षण केंद्र, 01 सेमिनार हॉल और 03 सद्भाव मंडप आदि का निर्माण शामिल है।

## 2014-15 से प्रगति ( 31.12.2021 के अनुसार )

**( क ) वित्तीय प्रगति :** 2014-15 से कार्यक्रम के कार्यान्वयन के लिए 9559.67 करोड़ रुपए का कुल बजटीय आवंटन उपलब्ध कराया गया था। इस आवंटन में से मंत्रालय ने 17259.41 करोड़ रुपए की कुल परियोजना लागत और 12103.14 करोड़ रुपए की केंद्रीय हिस्सेदारीवाले राज्यों की योजनाओं/परियोजनाओं के लिए अनुमोदन प्रदान किया। मंत्रालय द्वारा केंद्रीय शेयर की किस्तों के रूप में 8890.19 करोड़ रुपए जारी किए गए हैं।

**( ख ) वास्तविक प्रगति :** मंत्रालय ने 2014-15 से 49,000 से ज्यादा प्रमुख परियोजनाओं को मंजूरी दी है, जिनमें 35 डिग्री कॉलेज, 177 आवासीय विद्यालय, 1572 स्कूल भवन, 23,473 अतिरिक्त कक्षा-कमरे/ए.सी.आर. ब्लॉक, 14,312 अध्ययन सामग्री एवं स्मार्ट क्लासरूम, 689 छात्रावास, 27 कामकाजी महिला हॉस्टल, 94 आई.टी.आई. भवन, 15 पॉलिटेक्निक, 20 कौशल केंद्र, 2397 स्वास्थ्य परियोजनाएँ, 01 यूनानी मेडिकल कॉलेज, 413 सद्भाव मंडप, 01 सद्भाव केंद्र, 168 सामान्य सेवा केंद्र, 553 मार्केट शेड, 12 हुनर हब, 6762 स्वच्छता/शौचालय परियोजनाएँ, 84 खेलकूल सुविधाएँ आदि शामिल हैं।

☐

# हमारी धरोहर योजना

## ( भारतीय संस्कृति की समग्र संकल्पना के अधीन भारत के अल्पसंख्यक समुदायों की समृद्ध विरासत को संरक्षित करने की योजना )

'हमारी धरोहर', जो कि केंद्रीय क्षेत्र की योजना है, भारत के अल्पसंख्यक समुदायों की समृद्ध विरासत को संरक्षित करने के लिए तैयार की गई है। योजना का उद्देश्य भारतीय संस्कृति की समग्र संकल्पना के अंतर्गत अल्पसंख्यकों की समृद्ध विरासत को क्यूरेट करना, प्रदर्शनियाँ आयोजित करना, साहित्य/दस्तावेजों आदि का संरक्षण, कैलीग्राफी आदि की सहायता एवं संवर्धन तथा अनुसंधान एवं विकास है।

योजना के अंतर्गत अब तक निम्नलिखित क्रियाकलाप किए गए हैं—

• तीन प्रदर्शनियाँ—पारसी संस्कृति को प्रदर्शित करने के लिए 2015-16 के दौरान 'द एवरलास्टिंग फ्लेम', 'थ्रेड्स ऑफ कंटीन्यूइटी' और 'अक्रॉस द ओश्यंस एंड फ्लोइंग सिल्क्स' आयोजित की गईं।

2015-16 के दौरान दैरातुल मारीफिल उस्मानिया, उस्मानिया विश्वविद्यालय द्वारा कार्यान्वित परियोजना; मध्यकालीन युग से संबंधित 240 दस्तावेजों के अरबी से अंग्रेजी में अनुवाद, उनका डिजिटीकरण और पुनर्मुद्रण।

2018-19 के दौरान मंत्रालय ने 2 अक्तूबर, 2018 से महात्मा गांधी की 150वीं जयंती मनाने के उपलक्ष्य में 'गांधी-150 मुशायरा' विषय पर मौलाना आजाद शिक्षा प्रतिष्ठान (MAEF) के माध्यम से 'हमारी धरोहर' योजना के अंतर्गत दो मुशायरों (दिल्ली एवं मुंबई में) का सफल आयोजन किया।

मुंबई में आयोजित 'हुनर हाट' के दौरान 'हमारी धरोहर' योजना के अंतर्गत 29.12.2018 को अन्नू कपूर फिल्म्स प्रा.लि. द्वारा सूफी संगीत कार्यक्रम का भी आयोजन किया गया था।

इस योजना के अंतर्गत 2020–21 के दौरान श्री गुरु नानक देवजी के संपूर्ण जीवन और संदेश पर प्रकाश डालनेवाली 2000 अनन्य फोटो पुस्तक का मुद्रण किया गया।

'हमारी धरोहर योजना' के तहत आत्मनिर्भर भारत अभियान के अधीन प्रदर्शन के रूप में डॉ. आंबेडकर अंतरराष्ट्रीय केंद्र, नई दिल्ली में दिनांक 20.02.2021 को एक वर्चुअल मुशायरा/कवि सम्मेलन आयोजित किया गया था।

उस्ताद इमामुद्दीन खान डागर इंडियन म्यूजिक, आर्ट एंड कल्चरल सोसाइटी द्वारा डागर अभिलेखागार और संग्रहालय, जयपुर के क्यूरेशन/दस्तावेजीकरण/संरक्षण/परिरक्षण और संवर्धन एवं उन्नयन कार्य के प्रस्ताव को भी इस योजना के अंतर्गत 2020–21 के दौरान मंजूरी दे दी गई है।

भारत की आजादी के 75वें वर्ष के स्मरण के रूप में आजादी का अमृत महोत्सव के एक भाग के रूप में दिनांक 28.08.2021 को डॉ. आंबेडकर अंतरराष्ट्रीय केंद्र, जनपथ, नई दिल्ली में एक मुशायरा/कवि सम्मेलन आयोजित किया गया था।

□

# दरगाह शरीफ, दरगाह ख्वाजा साहेब का प्रबंधन, अजमेर

दरगाह समिति का काम दरगाह ख्वाजा साहेब अधिनियम, 1955 के उपबंधों एवं इसकी उप–विधि 1958 के अनुसार अवसंरचना के विकास के माध्यम से जनता को सेवा उपलब्ध कराना है। केंद्र सरकार ने राजपत्र अधिसूचना सं. का.आ. 2069 दिनांक 05.06.2018, का.आ. 535 दिनांक 04.02.2019 और का.आ. 2325 ई दिनांक 14.06.2021 के तहत 5 वर्षों के लिए 9 सदस्योंवाली दरगाह समिति का गठन नीचे दिए गए विवरण के अनुसार किया है—

i. श्री अमीन पठान
ii. श्री सैयद बाबर अशरफ
iii. श्री सपत खान
iv. श्री सैयद शाहिद हुसैन रिजवी
v. श्री मो. फारूक आजम
vi. श्री जावेद मजीद पारेख
vii. श्री मुनावर खान
viii. श्री कासिम मलिक
ix. श्री वसीम राहत अली खान

श्री अमीन पठान को पिछले तीन वर्षों से दरगाह समिति का अध्यक्ष चुना गया है।

दरगाह समिति जायरीन/जनता के लिए निम्नलिखित सेवाएँ प्रदान करती है—

i. पवित्र मकबरे पर प्रतिदिन फूल, चंदन और मोमबत्तियाँ चढ़ाना।

ii. हजरत ख्वाजा गरीब नवाज (आर.ए.) के वार्षिक उर्स का प्रबंधन।

iii. दरगाह शरीफ के अंदर मुहर्रम शरीफ (छोटा उर्स) का प्रबंधन एवं चिल्ला हजरत बाबा फरीद (आर.ए.) का आरंभ।

iv. प्रत्येक छठी शरीफ पर विशिष्ट फातिहा ख्वानी

v. खुल्फा-ए-रशीदीन और बुजुर्गान-ए-दीन का फातिहा

vi. रमजान के पवित्र महीने के दौरान विशेष सहरी/इफ्तार के प्रबंध और गरीबों के लिए रोजाना लंगर।

vii. धर्मशास्त्र का ज्ञान उपलब्ध कराते हुए दारुल उलूम 'मोइनिया उस्मानिया' दरगाह शरीफ का संचालन।

viii. कक्षा XII तक CBSE से मान्यताप्राप्त ख्वाजा मॉडल स्कूल (अंग्रेजी माध्यम का स्कूल) का संचालन।

यह स्कूल सभी समुदायों के 1257 विद्यार्थियों को धर्मशास्त्र के आधारभूत ज्ञान और नैतिक शिक्षा के साथ-साथ शिक्षा उपलब्ध करा रहा है।

ix. गरीब नवाज कंप्यूटर केंद्र का प्रबंधन।

x. विधवाओं और जरूरतमंद व्यक्तियों को वजीफा।

xi. तीन अलग-अलग औषधालयों अर्थात् यूनानी, होम्योपैथिक और एलोपैथिक का रखरखाव।

xii. चिकित्सा, इंजीनियरिंग एवं अन्य तकनीकी पाठ्यक्रमों के जरूरतमंद और मेधावी छात्रों को छात्रवृत्तियाँ।

xiii. ईदगाह का अनुरक्षण और विभिन्न मस्जिदों को वित्तीय सहायता।

xiv. लावारिस शवों को दफनाया जाना।

xv. दरगाह शरीफ कैंपस में फिल्टर किए गए पेयजल की व्यवस्था।

xvi. वजू के लिए पानी की व्यवस्था।

xvii. निर्बाध विद्युत आपूर्ति।

xviii. लगभग 179 कमरे के अतिथि-गृह का रखरखाव।

xix. दरगाह और अतिथि-गृह में रात-दिन स्वच्छता की व्यवस्था।

xx. मौसम के खतरों से 'जायरीन' के संरक्षण के लिए दरगाह परिसर में शामियाना की व्यवस्था करना। इसी तरह उर्स एवं आवधिक धार्मिक समागमों के समय पर भी शेल्टर की व्यवस्था की जाती है।

xxi. वंशागत स्टॉफ को हकूक (मानदेय) का भुगतान।

xxii. राष्ट्रीय अखंडता पर कार्यक्रम।

xxiii. संपत्तियों तथा स्थायी निधि का संरक्षण एवं आवधिक अनुरक्षण और विकास।

□

# वक्फ प्रशासन, केंद्रीय वक्फ परिषद् एवं राष्ट्रीय वक्फ विकास निगम

अल्पसंख्यक कार्य मंत्रालय वक्फ अधिनियम, 1995, जो 1 जनवरी, 1996 से लागू हुआ, के कार्यान्वयन के लिए जिम्मेदार है। इस अधिनियम में पिछली बार 2013 में संशोधन किए गए थे। यह अधिनियम जम्मू एवं कश्मीर और लद्दाख के नए बने संघ राज्य क्षेत्रों सहित अब पूरे भारत में लागू है। तीस राज्यों/संघ राज्य क्षेत्रों ने इस अधिनियम के अंतर्गत 32 वक्फ बोर्डों का गठन कर लिया है (बिहार और उत्तर प्रदेश में दो वक्फ बोर्ड शिया और सुन्नी का एक-एक बोर्ड)।

वक्फ प्रभाग निम्नलिखित दो योजनाएँ कार्यान्वित कर रहा है—

## I. कौमी वक्फ बोर्ड तरक्कियाती योजना

यह योजना वक्फ बोर्डों की रिकॉर्ड कीपिंग को सरल बनाने, पारदर्शिता लाने और वक्फ बोर्डों के विभिन्न कार्यों/प्रक्रियाओं का कंप्यूटरीकरण करने में सहायता देने के लिए है। इस प्रयोजनार्थ एन.आई.सी. द्वारा वक्फ मैनेजमेंट सिस्टम ऑफ इंडिया (वामसी) नामक वेब-आधारित सॉफ्टवेयर एप्लीकेशन तैयार की गई थी ताकि निम्नलिखित चार मॉड्यूलों को शामिल करते हुए केंद्रीकृत डाटाबेस रखा जा सके—

- वक्फ का पंजीकरण
- मुतवल्ली विवरणियों का आकलन

- संपत्तियों को पट्टे पर देने का विवरण
- मुकदमों की ट्रैकिंग

कौमी वक्फ बोर्ड तरक्कियाती योजना संशोधित की गई है और योजना में निम्नलिखित नए प्रावधान किए गए हैं—

i. राज्य वक्फ बोर्ड को इसके पंजीकरण के समय किए गए वर्गीकरण के आधार पर वक्फ संपत्ति की जी.आई.एस. मैपिंग करने के लिए वक्फ संपत्ति के निर्देशांक के संग्रह हेतु 550/-रु. प्रति वक्फ संपत्ति/औकाफ की दर पर वित्तीय सहायता प्रदान की जाती है।

ii. राज्य वक्फ बोर्डों को वामसी (WAMSI) मॉड्यूलों में आँकड़ों की प्रविष्टि का कार्य पूरा करने के लिए, आउटसोर्स एजेंसी के माध्यम से, असिस्टेंट प्रोग्रामर के रूप में जनशक्ति की तैनाती के लिए वित्तीय सहायता उपलब्ध कराई जाएगी।

iii. गैर-दाखिल खारिज संपत्तियों के म्यूटेशन की प्रक्रिया को पूरी करने के लिए म्यूटेशन सहायक की तैनाती के लिए राज्य वक्फ बोर्डों को वित्तीय सहायता प्रदान की जाती है।

iv. राज्य वक्फ बोर्डों को स्टेशनरी तथा केंद्रीकृत संगणक सुविधा केंद्र (CCF) के द्वारा प्रयोग की जानेवाली आई.सी.टी. उपभोगीय हेतु 6,000 से ज्यादा वक्फ संपत्तियोंवाले राज्य वक्फ बोर्डों को 1.00 लाख रु. प्रत्येक तथा अन्य वक्फ बोर्डों को 75,000 रु. प्रत्येक को वित्तीय सहायता प्रदान की जाती है। प्रत्येक अंचल कार्यालय के लिए एक जोनल वक्फ अधिकारी और एक सर्वेक्षण सहायक उपलब्ध कराया जाएगा। एक क्षेत्रीय कार्यालय के लिए जहाँ वक्फ संपत्तियों की संख्या 10,000 से 25,000 के बीच है और दो क्षेत्रीय कार्यालयों के लिए जहाँ यह संख्या 25,000 से अधिक है, वहाँ जनशक्ति राज्य वक्फ बोर्ड को उपलब्ध कराई जाएगी, तथापि जहाँ वक्फ संपत्तियों की संख्या 10,000 से कम है, वहाँ क्षेत्रीय कार्यालय के लिए कोई जनशक्ति उपलब्ध नहीं कराई जाएगी।

v. राज्य वक्फ बोर्डों के बेहतर संचालन हेतु इ-ऑफिस सॉल्यूशन

सॉफ्टवेयर के लिए राज्य वक्फ बोर्डों को 3.00 लाख रु. की वित्तीय सहायता प्रदान की जाती है।

vi. राज्य वक्फ बोर्डों की वीडियो कॉन्फ्रेंसिंग सुविधा केंद्र के रखरखाव के लिए 50 हजार रु. की दर से वित्तीय सहायता प्रदान की जाती है।

vii. अपने कार्यों के कंप्यूटरीकरण में सर्वोत्तम पद्धतियाँ अपनानेवाले मुतवल्ली/प्रबंधन समिति को नकद पुरस्कार की व्यवस्था।

केंद्रीय वक्फ परिषद् (CWC) योजना की कार्यान्वयन एजेंसी है। योजना के तहत केंद्रीय वक्फ परिषद् को जारी की गई जी.आई.ए. जो राज्य/संघ राज्य क्षेत्र वक्फ बोर्डों को भी वही प्रदान करती है।

31 दिसंबर, 2021 तक वामसी (WAMSI) ऑनलाइन पंजीकरण मॉड्यूल में 7,79,753 अचल वक्फ संपत्तियों की आँकड़ा प्रविष्टि की गई है। 31 दिसंबर, 2021 तक 2,24,297 वक्फ संपत्तियों की जी.आई.एस./जी.पी.एस. मैपिंग पूरी कर ली गई है। वित्तीय वर्ष 2021-22 के लिए बजट आकलन 14 करोड़ रुपए है। सी.डब्ल्यू.सी. को 6.60 करोड़ रुपए की राशि जारी कर दी गई है।

## II. शहरी वक्फ संपत्ति विकास योजना

औकाफ मुसलिम कानून द्वारा धर्मनिष्ठ, धार्मिक अथवा धर्मार्थ के रूप में मान्यताप्राप्त प्रयोजन हेतु चल अथवा अचल संपत्तियों के स्थायी समर्पण हैं। इनके धार्मिक पहलुओं के अलावा औकाफ सामाजिक कल्याण के उपकरण भी हैं, क्योंकि इसके लाभ सामाजिक एवं शैक्षणिक क्षेत्रों में जरूरतमंदों को मिलते हैं, तथापि देश में ज्यादातर औकाफ की सीमित एवं लगभग स्थिर आय है। परिणाम यह हुआ है कि आमतौर पर मुतवल्ली (औकाफ के प्रबंधक) वक्फ के आशय को अथवा उन प्रयोजनों को पर्याप्त रूप में पूरा करने में कठिनाई अनुभव करते हैं, जिनके लिए ये औकाफ सृजित किए गए हैं। अधिकांश शहरी वक्फ भूमियों में विकास की बहुत संभावना है, किंतु मुतवल्ली और यहाँ तक कि वक्फ बोर्ड भी पर्याप्त संसाधन जुटाने अथवा इन भूमियों पर आधुनिक कार्यात्मक भवनों का निर्माण करने की स्थिति में नहीं है।

औकाफ तथा वक्फ बोर्डों की वित्तीय स्थिति को सुधारने और उन्हें अपने

कल्याण संबंधी क्रियाकलापों का दायरा बढ़ाने में सक्षम बनाने के लिए यह योजना खाली वक्फ भूमि को अतिक्रमणकारियों से बचाने और यह कल्याणकारी गतिविधियों को व्यापक बनाने के लिए आर्थिक रूप से व्यवहार्य परियोजनाओं को विकसित करने के लिए तैयार की गई है।

योजना के तहत वक्फ भूमि पर आर्थिक रूप से व्यवहार्य भवनों, जैसे—वाणिज्यिक परिसर, मैरिज हॉल, अस्पताल, कोल्ड स्टोरेज आदि के निर्माण के लिए देश के विभिन्न वक्फ बोर्डों और वक्फ संस्थानों को वक्फ बोर्डों (डब्ल्यू.बी.)/वक्फ संस्थानों को ब्याजमुक्त ऋण दिया जाता है।

संशोधित योजना में एक नया प्रावधान जोड़ा गया है। विशेष मामले के रूप में वक्फ भूमि पर सामाजिक विकास परियोजनाओं के लिए मंत्रालय के पूर्व अनुमोदन से राज्य वक्फ बोर्डों/वक्फ संस्थानों को सहायता अनुदान दिया जाएगा। केंद्रीय वक्फ परिषद् योजना की कार्यान्वयन एजेंसी है। वित्त-वर्ष 2021-22 के लिए बजट अनुमान 2.00 करोड़ रुपए है। केंद्रीय वक्फ परिषद् को 1.00 करोड़ रुपए की राशि जारी की गई है।

## संशोधित वक्फ अधिनियम, 1995 के तहत नियमों/विनियमों का निर्माण

वक्फ अधिनियम (संशोधित), 2013 के तहत अधीनस्थ विधि के निर्माण संबंधी काररवाई राज्य/संघ राज्य क्षेत्रों की सरकारों के पास लंबित है और अल्पसंख्यक कार्य मंत्रालय वक्फ (संशोधन) अधिनियम, 2013 की धारा 57 द्वारा संशोधित वक्फ अधिनियम, 1995 की धारा 109 के तहत नियम तैयार करने के लिए बार-बार संबंधित राज्यों/संघ राज्य क्षेत्रों के साथ मामला उठा रहा है। उपरोक्त पर काररवाई में तेजी लाने के लिए, अल्पसंख्यक कार्य मंत्रालय ने संयुक्त सचिव (वक्फ) की अध्यक्षता में वीडियो कॉन्फ्रेंसिंग के माध्यम से समीक्षा बैठकों द्वारा राज्यों/ संघ राज्य क्षेत्र के साथ मामले को सख्ती से उठाया है। पिछली समीक्षा बैठक 25 अक्तूबर, 2021 को आयोजित की गई थी। संशोधित वक्फ अधिनियम, 1995 की धारा 109 के तहत नियम बनाने पर नवीनतम स्थिति इस प्रकार है—

i. 12 राज्य/संघ राज्य क्षेत्र अर्थात् अंडमान निकोबार द्वीप समूह, बिहार, छत्तीसगढ़, हिमाचल प्रदेश, कर्नाटक, केरल, पंजाब, पुडुचेरी, तमिलनाडु, त्रिपुरा, उत्तराखंड और ओडिशा ने नियमों को अधिसूचित किया है—

ii. 17 राज्य/संघ राज्य क्षेत्र अर्थात् आंध्र प्रदेश, असम, चंडीगढ़, दिल्ली, गुजरात, हरियाणा, लक्षद्वीप, मध्य प्रदेश, महाराष्ट्र, मणिपुर, मेघालय, तेलंगाना, उत्तर प्रदेश, दादरा और नगर हवेली, दमन और दीव, झारखंड, राजस्थान और पश्चिम बंगाल ने नियमों का मसौदा तैयार किया है, लेकिन उन्हें अभी तक अधिसूचित नहीं किया गया है।

## केंद्रीय वक्फ परिषद्

केंद्रीय वक्फ परिषद् के लिए संबंधित राज्य/संघ राज्य क्षेत्र केंद्रीय वक्फ परिषद् अल्पसंख्यक कार्य मंत्रालय के प्रशासनिक नियंत्रण के तहत औकाफ का शीर्ष संगठन है, जिसे 1964 में वक्फ अधिनियम, 1954 के प्रावधानों के तहत वक्फ बोर्डों के कामकाज और देश में उचित प्रशासन से संबंधित मामलों पर केंद्र सरकार के सलाहकार निकाय के रूप में स्थापित किया गया था। हालाँकि, वक्फ (संशोधन) अधिनियम, 2013 के अधिनियमन के बाद परिषद् की भूमिका का विस्तार किया गया, जिसने इसे केंद्र सरकार, राज्य सरकारों और राज्य वक्फबोर्ड को सलाह देने का अधिकार दिया है। इसके अलावा, वक्फ अधिनियम, 1995 यथा संशोधित की धारा 9(4) के तहत प्रावधान भी शामिल किए गए हैं, जिसमें परिषद् को बोर्ड/राज्य सरकारों को बोर्ड के प्रदर्शन पर विशेष रूप से उनके वित्तीय प्रदर्शन, सर्वेक्षण, राजस्व रिकॉर्ड, वक्फ संपत्तियों के अतिक्रमण, वार्षिक और लेखा परीक्षा रिपोर्ट आदि पर परिषद् को जानकारी प्रस्तुत करने के लिए निर्देश जारी करने की शक्तियाँ निहित हैं।

केंद्रीय वक्फ परिषद् में अध्यक्ष जो वक्फ के प्रभारी केंद्रीय मंत्री होते हैं और 20 से अनधिक ऐसे अन्य सदस्य, जो अधिनियम में निर्धारित विभिन्न श्रेणियों से हैं, भारत सरकार द्वारा नियुक्त किए जा सकते हैं। रिपोर्टाधीन अवधि के दौरान श्री मुख्तार अब्बास नकवी, माननीय अल्पसंख्यक कार्य मंत्री, केंद्रीय

वक्फ परिषद् के पदेन अध्यक्ष हैं। 12वीं परिषद् का गठन वक्फ अधिनियम, 1995 की धारा 9 की उप-धारा (1) और (2) में दिए गए प्रावधान के अनुसार 4 फरवरी, 2019 को किया गया था। केंद्रीय वक्फ परिषद् का कार्यालय सेंट्रल वक्फ भवन, पी-13 और 14, पुष्प विहार, सेक्टर-6, फैमिली कोर्ट के सामने, साकेत, नई दिल्ली-110017 में स्थित है।

## केंद्रीय वक्फ परिषद् के कार्य

i. राज्य वक्फ बोर्डों को उनके वित्तीय प्रदर्शन, सर्वेक्षण, वक्फ डीड्स के रखरखाव, राजस्व रिकॉर्ड, वक्फ संपत्तियों के अतिक्रमण, वार्षिक रिपोर्ट और ऑडिट रिपोर्ट पर निर्देश जारी करना।

ii. बोर्ड के कामकाज और औकाफ के उचित प्रशासन से संबंधित मामलों पर केंद्र सरकार, राज्य सरकारों, राज्य वक्फ बोर्डों को सलाह देना।

iii. राज्यों और संघ राज्य क्षेत्रों में संशोधित वक्फ अधिनियम, 1995 के प्रावधानों के कार्यान्वयन की निगरानी करना।

iv. वक्फ संपत्तियों की सुरक्षा, पुनर्प्राप्ति और अतिक्रमण आदि को हटाने के लिए कानूनी सलाह देना।

v. शहरी वक्फ संपदा विकास योजना को लागू करना और विकास के लिए संभावित वक्फ भूमि की पहचान करना।

vi. गरीबों, विशेषकर महिलाओं के कौशल विकास और सशक्तीकरण के लिए शैक्षिक एवं महिला कल्याण योजना को लागू करना।

vii. कौमी वक्फ बोर्ड तरक्कियाती योजना को लागू करने के लिए।

viii. संशोधित वक्फ अधिनियम, 1995 की धारा 9(4) के तहत राज्य वक्फ बोर्डों के प्रदर्शन पर राज्य सरकारों/वक्फ बोर्डों से जानकारी प्राप्त करना।

ix. वक्फ से संबंधित मुद्दों को केंद्र और राज्य सरकारों के विभिन्न विभागों, जैसे—ए.एस.आई., रेलवे, राजस्व और वन आदि के साथ उठाना।

x. परिषद् के हितों को बढ़ावा देने, वक्फ संस्थानों और बोर्ड को उनकी भूमिकाओं तथा जिम्मेदारियों के बारे में जागरूक करने के लिए जागरूकता कार्यक्रम शुरू करना।

परिषद् अल्पसंख्यक कार्य मंत्रालय और केंद्रीय वक्फ परिषद् द्वारा प्रायोजित निम्नलिखित तीन योजनाओं को लागू कर रही है—

(क) शहरी वक्फ संपत्ति विकास योजना (SWSVY)
(ख) कौमी वक्फ बोर्ड तरक्कियाती योजना (QWBTS)
(ग) शैक्षिक योजना (यू.पी.एस.सी. के लिए कोचिंग और अन्य सेवा परीक्षाएँ)

## (क) शहरी वक्फ संपत्ति विकास योजना (SWSVY)

इस योजना के तहत वक्फ भूमि पर वाणिज्यिक परिसर, मैरिज हॉल, अस्पताल, कोल्ड स्टोरेज आदि जैसे आर्थिक रूप से व्यवहार्य भवनों के निर्माण के लिए वक्फ बोर्डों के माध्यम से एक परियोजना के लिए 2.00 करोड़ रुपए तक का ब्याजमुक्त ऋण दिया जाता है। एक वर्ष की मोहलत के साथ ऋण 16 अर्द्धवार्षिक किस्तों में चुकाने योग्य है।

अल्पसंख्यक कार्य मंत्रालय ने चालू वित्त वर्ष 2021–22 के दौरान केंद्रीय वक्फ परिषद् को योजना के तहत अनुदान की पहली किस्त के रूप में 100.00 लाख रुपए की राशि जारी की। रिपोर्टाधीन अवधि के दौरान अल्पसंख्यक कार्य मंत्रालय ने योजना के संशोधित दिशा-निर्देश भी जारी किए हैं।

ऋणी वक्फ द्वारा चुकाई गई मूल राशि परिषद् की परिक्रामी निधि बनाती है, जिसका उपयोग फिर से उन्हीं नियमों और शर्तों पर 75.00 लाख रुपए तक की छोटी परियोजनाओं को ऋण देने के लिए किया जाता है।

लघु परियोजनाओं के तहत परिषद् ने कुल 868.56 लाख रुपए का ऋण 101 लघु परियोजनाओं को दिया है, जिसमें से 70 परियोजनाएँ पूरी हो चुकी हैं।

## (ख) कौमी वक्फ बोर्ड तरक्कियाती योजना (QWBTS)

रिपोर्टाधीन वर्ष के दौरान अल्पसंख्यक कार्य मंत्रालय ने योजना के संशोधित दिशा-निर्देश जारी किए हैं और इसे सभी संबंधितों को परिचालित किया गया

है। रिपोर्ट के तहत वर्ष के दौरान कौमी वक्फ बोर्ड तरक्कियाती योजना के तहत केंद्रीय वक्फ परिषद् ने योजना में परिभाषित मॉड्यूल के अनुसार गतिविधियों का विस्तार करने के लिए आवश्यक कारवाई शुरू की है। यह योजना तेजी से आगे बढ़ रही है, हालाँकि कोविड-19 के अचानक फैलने के कारण सुचारु प्रगति पर प्रतिकूल प्रभाव पड़ा, जिसे अब लगभग सभी राज्यों में फिर से शुरू कर दिया गया है और इसके निर्धारित लक्ष्य को प्राप्त करने की उम्मीद है। जहाँ तक वक्फ संपत्तियों के जी.आई.एस./जी.पी.एस. मानचित्रण कार्य का संबंध है, कोविड-19 के कारण थोड़ा रुकने के बाद भी कार्य तेजी से आगे बढ़ रहा है और 31.12. 2021 तक 2,23,828 वक्फ संपत्तियों को जी.आई.एस./जी.पी. एस. के तहत कवर किया गया है।

रिपोर्ट की अवधि के दौरान काम की गति में तेजी लाने के लिए, वांछित परिणाम प्राप्त करने के लिए जी.पी.एस. मैपिंग कार्य की गति को तेज करने के लिए और अधिक एजेंसियों को पैनल में लाने के लिए एक अनुरोध के लिए प्रस्ताव (आर.एफ.पी.) दस्तावेज जारी किया गया था। पैनल में शामिल एजेंसियों को काम सौंपने के लिए आवश्यक औपचारिकताएँ अंतिम चरण में हैं।

### (ग) शैक्षिक योजनाएँ

परिषद् मुसलिम अभ्यर्थियों के लिए प्रतिष्ठित संस्थानों के परामर्श से केंद्र/राज्य सरकार द्वारा आयोजित विभिन्न प्रतियोगी परीक्षाओं के लिए कोचिंग प्रदान करने के लिए एक कोचिंग कार्यक्रम चला रही है। रिपोर्टाधीन अवधि के दौरान परिषद् ने विभिन्न संस्थानों को निम्नलिखित विवरण के अनुसार राशि जारी की है—

| क्र. सं. | संस्थान का नाम स्वीकृत | अनुदान की पहली किस्त (50%) के रूप में जारी की गई राशि |
|---|---|---|
| 1. | भारतीय हज समिति, मुंबई | 22,50,000.00 रुपए |
| 2. | कैरियर योजना और परामर्श केंद्र (CCPC), कश्मीर विश्वविद्यालय, श्रीनगर। | 22,50,000.00 रुपए |

| | | |
|---|---|---|
| 3. | मेलविशरम मुसलिम एजुकेशनल सोसाइटी,<br>मेलविशरम, वेल्लोर (तमिलनाडु) | 22,50,000.00 रुपए |
| 4. | सिविल चैरिटेबल ट्रस्ट, गांधी नगर, जम्मू | 17,11,500.00 रुपए |
| 5. | जे.एच.आर.सी.ए., जामिया हमदर्द, नई दिल्ली | 25,00,000.00 रुपए |

समिति ने सिविल/न्यायिक/अन्य सरकारी सेवाओं के लिए चल रहे कोचिंग कार्यक्रम के लिए वर्ष 2020–21 के लिए आर.सी.ए., ए.एम.यू. अलीगढ़ को अनुदान की पहली किस्त जारी करने की भी सिफारिश की है। समिति ने वर्ष 2020–21 के लिए भारतीय हज समिति, मुंबई को अनुदान की दूसरी किस्त जारी करने और अगले वर्ष 2021–22 के लिए प्रायोजन जारी रखने और सिविल चैरिटेबल ट्रस्ट, जम्मू को दूसरी किस्त जारी करने की भी सिफारिश की। समिति ने अखिल भारतीय शिक्षा उत्थान एवं कल्याण सोसाइटी, पूर्णिया, बिहार के महासचिव से प्राप्त विभिन्न प्रतियोगी परीक्षाओं के लिए कोचिंग प्रदान करने के नए प्रस्ताव के निरीक्षण की भी सिफारिश की।

समिति ने तीन Cs-Campaign, Counseling and Coaching के माध्यम से CBO/NGO के समर्थन में शिक्षा और सीखने के लिए संशोधित पात्रता मानदंड को भी मंजूरी दी। इस कार्यक्रम को ऑगमेंटिंग लर्निंग इनिशिएटिव्स (ALI) नाम दिया गया।

## राष्ट्रीय वक्फ विकास निगम लिमिटेड (NAWADCO)

पृष्ठभूमि : वक्फ बोर्डों की संपत्तियों के विकास की सुविधा के लिए राष्ट्रीय वक्फ विकास निगम लिमिटेड (MoMA) की स्थापना भारत सरकार द्वारा अल्पसंख्यक कार्य मंत्रालय (MoMA) के प्रशासनिक नियंत्रण के तहत काम करने के लिए की गई थी और 500 करोड़ रुपए की अधिकृत शेयर पूँजी के साथ कंपनी अधिनियम, 1956 के तहत पंजीकृत है। कंपनी का अधिदेश अल्पसंख्यक समुदाय के सामाजिक–आर्थिक विकास और सशक्तीकरण के

लिए राज्य वक्फ बोर्डों/वक्फ संस्थानों की आय बढ़ाने के लिए भारत भर में इच्छुक वक्फ संस्थानों/वक्फ बोर्डों की तैयारी पर वक्फ संपत्तियों का विकास करना है। निगम का शेयरधारिता पैटर्न इस प्रकार है—

| क्र. सं. | संस्था का नाम | भुगतान अनुपात |
|---|---|---|
| 1. | केंद्रीय वक्फ परिषद् | 9% |
| 2. | राष्ट्रीय अल्पसंख्यक विकास एवं वित्त निगम (NMDFC) | 49% |
| 3. | कॉरपोरेट निकाय सहित वक्फ संस्थान और आम जनता | 42% |
| | कुल | 100% |

## वक्फ संपत्तियों का विकास

नावाडको द्वारा वक्फ संपत्तियों की पहचान के बाद कंपनी ने कंपनी के व्यापार मॉडल के अनुसार पारस्परिक रूप से सहमत नियमों और शर्तों पर संबंधित राज्य/राज्य वक्फ बोर्डों की तैयारी/उत्सुकता के आधार पर वाणिज्यिक विकास की दिशा में काम करने के लिए व्यवहार्य वक्फ संपत्तियों पर विचार किया है।

कंपनी ने पहले ही कर्नाटक स्टेट बोर्ड ऑफ औकाफ (KSBA) के साथ GPA (S) और समझौते पर हस्ताक्षर किए थे और बेंगलुरु में वक्फ संपत्तियों के विकास के लिए काम कर रहे थे।

वर्तमान में, निम्नलिखित परियोजनाएँ प्रगति पर हैं—

i. वक्फ संपत्ति पर 'वाणिज्यिक व्यापार केंद्र (CBC)' परियोजना नामतः 'हजरत अताउल्लाह शाह और नबी शाह, बड़ा मकान' बेंगलुरु, कर्नाटक-अंडर डेवलपर बिजनेस मॉडल में KB रोड पर स्थित है।

प्रस्ताव के लिए अनुरोध (RFP) के स्थापन सहित ऑनलाइन निविदा प्रक्रिया के बाद भारत के इच्छुक रियल एस्टेट डेवलपर्स/कॉरपोरेट्स से अधिकतम तीस (30) वर्षों की लीज अवधि के लिए 11.03.2021 को सरकार के इ-प्रोक्योरमेंट पोर्टल पर जारी किया गया, जिसके लिए बोलियाँ आमंत्रित

करने हेतु अंतिम तिथि 25.05.2021 है। कंपनी द्वारा 10.06.2021 को पूरी निविदा प्रक्रिया पूरी कर ली गई थी। उक्त परियोजना वर्तमान में निष्पादन कार्यों के प्रारंभ के लिए के.एस.बी.ए. द्वारा एच 1 बोलीदाता को लेटर ऑफ अवार्ड (स्व्।) जारी करने के चरण में है। प्रस्तावित विकास बी + जी + 4 संरचना के एक वाणिज्यिक व्यापार केंद्र (CBC) के लिए है, जिसे 'अत्याधुनिक भवन' के रूप में परिकल्पित किया गया है, जिसमें सौर प्रणाली और वर्षा जल संचयन तकनीक आदि सहित स्मार्ट मेकैनिकल कार पार्किंग सुविधा, पर्यावरण के अनुकूल सुविधाएँ, जैसे—ऊर्जा कुशल उपाय, छत के प्रावधान शामिल हैं। KSB को वार्षिक पट्टा किराया और सुरक्षा जमा के रूप में पर्याप्त राजस्व उत्पन्न करने के अलावा यह अल्पसंख्यक समुदाय के सामाजिक-आर्थिक सशक्तीकरण के लिए रोजगार के अवसर भी पैदा करेगा।

ii. कंपनी वक्फ संस्थान के साथ संयुक्त उद्यम में काम करने के लिए कर्नाटक स्थित वक्फ संस्थान से संबंधित परियोजना पर भी काम कर रही है। वाणिज्यिक परिसर के निर्माण के लिए उक्त परियोजना के कार्यान्वयन के संबंध में कंपनी 24.12.2021 को पैनल हेतु अनुरोध (RFE) के माध्यम से आवेदन आमंत्रित करके निर्माण निष्पादन एजेंसियों/निर्माण ठेकेदारों को सूचीबद्ध करने की प्रक्रिया में है।

iii. NH-44, सीवाह, पानीपत, हरियाणा में वक्फ भूमि का वाणिज्यिक विकास। डेवलपर मॉडल के तहत उक्त भूमि के विकास के लिए (अधिमापन '1.95 एकड़'), कंपनी ने हरियाणा वक्फ बोर्ड (HWB) द्वारा और उसके बीच निष्पादित 'समझौते' के तहत प्रदत्त शक्तियों का प्रयोग करते हुए प्रमुख समाचार-पत्रों में एक विज्ञापन प्रकाशित किया था और नावाडको, इच्छुक डेवलपर्स/अंतिम उपयोगकर्त्ताओं से 'रुचि की अभिव्यक्ति' (ई.ओ.आई.) माँग रहे हैं। विज्ञापन के जवाब में नावाडको को 5 (पाँच) ई.ओ.आई. प्राप्त हुए हैं। इसके बाद, 17.03.2021 को कंपनी के पंजीकृत कार्यालय में डेवलपर्स/फाइनेंसरों के साथ अलग-अलग बैठक आयोजित की गई। इच्छुक विकासकर्ता के अनुरोध के अनुसार, HWB के समन्वय से दिनांक 30.12.2021 को संयुक्त स्थल निरीक्षण किया गया था। आगे की गतिविधियाँ प्रक्रिया में हैं।

iv. वक्फ संस्थान की वक्फ संपत्ति पर 'कम्युनिटी हॉल/कॅमर्शियल कॉम्प्लेक्स' परियोजना, जिसका नाम चेन्नई, तमिलनाडु में स्थित 'अशरफ अली शा और फराद अली शा ट्रस्ट' है।

11.01.2021 को चेन्नई में कंपनी के अधिकारियों द्वारा निरीक्षण की गई 6 (छह) वक्फ संपत्तियों में से, सी.ई.ओ., तमिलनाडु वक्फ बोर्ड (TNWB) ने 05.04.2021 को उक्त वक्फ संस्थान से नावाडको को एक प्रस्ताव भेजा था, जो उनकी वक्फ संपत्ति के विकास के लिए इच्छुक है। उक्त वक्फ संस्थान से प्राप्त दस्तावेज विकासकर्त्ता मॉडल के तहत तौर-तरीकों को अंतिम रूप देने और आर.एफ.पी. जारी करने की प्रक्रिया में है। कंपनी सामाजिक-आर्थिक लाभ और अल्पसंख्यक समुदायों के सशक्तीकरण के लिए उपयुक्त व्यवसाय मॉडल के तहत देश भर में वक्फ संपत्तियों के विकास की दिशा में आवश्यक कदम उठाने के अपने प्रयास जारी रखेगी।

वित्तीय वर्ष 2020-21 के लिए कंपनी की सांविधिक लेखा परीक्षा और अनुपूरक लेखा परीक्षा भारत के नियंत्रक और महालेखा परीक्षक (TNWB) की कोई टिप्पणी के बिना समय पर आयोजित की गई थी। तदनुसार, कंपनी की बैलेंस शीट समय पर प्रकाशित की गई थी। वित्तीय वर्ष 2020-21 के लिए कंपनी के खातों और वित्तीय वर्ष 2021-22 के लिए वैधानिक लेखा परीक्षकों की नियुक्ति को शेयरधारकों द्वारा 27.12.2021 को आयोजित कंपनी की आठवीं (8वीं) वार्षिक आम बैठक (AGM) में अनुमोदित किया गया था।

कंपनी ने रजिस्ट्रार ऑफ कंपनीज के साथ अपेक्षित फॉर्म नियमित रूप से दाखिल किए हैं और कॉरपोरेट मानकों और सुशासन की पद्धतियों के अनुसार सभी प्रचलित प्रतियों का पालन किया है।

□

# हज प्रबंधन

हज समिति अधिनियम, 2002 एवं उसके अंतर्गत बनाए गए नियमों के संचालन सहित हज यात्रा के प्रबंधन से संबंधित कार्य 01 अक्तूबर, 2016 से विदेश मंत्रालय से अल्पसंख्यक कार्य मंत्रालय को हस्तांतरित कर दिया गया है। तदनुसार, हज संबंधी मामलों की देख-रेख करने हेतु मंत्रालय में संयुक्त सचिव (हज) की अध्यक्षता में एक पृथक् प्रभाग स्थापित किया गया है। हज प्रभाग में कार्मिकों की क्षमता को पूरित करने के लिए विभिन्न स्तरों पर 23 पद भी अनुमोदित किए गए हैं।

यह मंत्रालय विदेश मंत्रालय, नागर विमानन मंत्रालय, स्वास्थ्य एवं परिवार कल्याण मंत्रालय, भारतीय हज समिति (CGI) तथा भारत के प्रधान कौंसलावास (CGI), जेद्दा, सऊदी अरब राष्ट्र के साथ परामर्श से हज संबंधी कार्यों का प्रबंधन करता है। CGI, जेद्दा के हज संबंधी प्रस्तावों को आवश्यक अनुमोदन प्रदान करने, CGI, जेद्दा सऊदी अरब में अल्पकालिक प्रतिनियुक्ति पर प्रशासनिक एवं चिकित्सा/परा-चिकित्सा अधिकारियों का चयन करने, हज समूह आयोजकों (HGO) के पंजीकरण तथा भारतीय हज समिति और HGO को हज कोटे के आवंटन आदि सहित यह मंत्रालय भारतीय हज समिति, जो हज समिति अधिनियम, 2002 के अधीन स्थापित एक सांविधिक निकाय है, से संबंधित सभी मामलों की देख-रेख भी करता है।

हज यात्रा भारत और सऊदी अरब के बीच द्विपक्षीय करार और उक्त करार के उपबंधों द्वारा शासित एवं विनियमित की जाती है। हज, भारत सरकार द्वारा भारत की सीमाओं के बाहर संचालित किया जाने वाला सबसे बड़ा

क्रियाकलाप है। हज 2019 में, कुल 2,00,000 तीर्थयात्रियों का कोटा भारत को आवंटित किया गया था। यह HCOI और HGO के बीच 70:30 के अनुपात में वितरित किया गया था, अर्थात् HCOI के लिए 1,40,000 तीर्थयात्रियों और HGO के लिए 60,000 तीर्थयात्रियों को वितरित किया गया था। बढ़े हुए कोटा के साथ भारतीय हज यात्रियों का इंडोनेशिया के बाद दूसरा सबसे बड़ा राष्ट्रीय समूह है। सऊदी अरब साम्राज्य ने, कोविड-19 महामारी के कारण, हज 2020 तथा 2021 के लिए अंतरराष्ट्रीय तीर्थयात्रियों को अनुमति नहीं दी। हालाँकि भारत के प्रधान कौंसलावास (CGI), जेद्दा द्वारा सूचित किया गया कि दिनांक 17-24 जुलाई के दौरान सऊदी अरब राज्य द्वारा हज, 2021 का सफलतापूर्वक आयोजन किया गया, जिसमें 58518 तीर्थयात्रियों ने भाग लिया, जो पहले से ही राज्य में रहते थे। इसके अलावा यह सुनिश्चित करना कि प्रत्येक तीर्थयात्रियों को कोविड-19 से बचने के लिए पूरी तरह से टीका लगाया गया था। अधिकारियों ने मशेर में आवास के साथ-साथ यातायात प्रमुख क्षेत्रों तक पहुँच, भोजन तथा अन्य सेवाओं आदि की व्यवस्था करते समय कोविड-19 से बचने के लिए भी विशेष ध्यान दिया।

भारत सरकार हज यात्रा को उच्च प्राथमिकता देती है। हज यात्रा से जुड़े मुद्दों को दूर करने और तीर्थयात्रियों के लिए व्यवस्थाओं में सुधार करने के लिए सरकार का लगातार प्रयास रहा है। तीर्थयात्रियों के लिए बेहतर सुख-सुविधाएँ प्रदान करने के लिए कई नई पहल की गई हैं। इनमें हज कमेटी ऑफ इंडिया को हज एप्लिकेशन फॉर्म ऑनलाइन जमा करना और तीर्थयात्रियों को इ-भुगतान का विकल्प प्रदान करना, मक्का और मदीना में इमारतों में हज यात्रियों के लिए सुविधाओं में सुधार करना, अजीजिया में ठहराए गए हाजियों के लिए परिवहन व्यवस्था को मजबूत करना, हज यात्रियों के लिए चिकित्सा सेवाओं को मजबूत करना, उड़ानों के समय पर आगमन और प्रस्थान के प्रभावी प्रबंधन को सुनिश्चित करके हाजियों के लिए हवाई यात्रा प्रबंधों को कारगर बनाना, शीघ्र और प्रभावी ऑनलाइन शिकायत प्रबंधन प्रणाली, भारतीय तीर्थयात्रियों की जानकारी के लिए मोबाइल फोन एप्लिकेशन 'भारतीय हाजी सूचना प्रणाली' का उपयोग, समय पर सूचना प्रदान करने के लिए 24×7

हेल्पलाइन, टोल फ्री नंबर और व्हाट्सऐप और 'SMS' का उपयोग आदि शामिल हैं।

## पिछले तीन वर्षों के दौरान की गई नई पहलें

i. भारत का वार्षिक कोटा हज 2014 के लिए 1,36,000 तीर्थयात्रियों से बढ़ाकर हज 2019 के लिए 2,00,000 तीर्थयात्री कर दिया गया।

ii. हज 2018–22 के लिए हज कमेटी ऑफ इंडिया के तीर्थयात्रियों के लिए नई पंचवर्षीय नीति और हज 2019–23 के लिए हज समूह आयोजकों हेतु नीति तैयार और कार्यान्वित की गई है।

iii. सरकार ने हज 2018 से मुसलिम महिलाओं को बिना मेहरम (पुरुष साथी) के हज यात्रा पर जाने की अनुमति दी है। हज 2018 के दौरान 1171 महिलाओं ने बिना मेहरम के हज पूरा किया, जो हज 2019 के दौरान बढ़कर 2229 हो गया।

iv. हज प्रक्रियाओं को कारगर बनाने के लिए, पारदर्शिता में सुधार और भारतीय तीर्थयात्रियों द्वारा तीर्थयात्रा शुरू करने में आसानी के लिए हज की प्रक्रिया को पूरी तरह से डिजिटल बना दिया गया है। इसमें हज कमेटी ऑफ इंडिया, इ–वीजा, हज मोबाइल ऐप, तीर्थयात्रियों के बैगेज की डिजिटल प्री–टैगिंग, इ–मसीहा (भारतीय तीर्थयात्रियों के लिए इ–चिकित्सा सहायता प्रणाली), हज यात्रियों के आयोजकों के विवरण और हज पैकेज के साथ पोर्टल (HGO) द्वारा ऑनलाइन आवेदन शामिल है। तीर्थयात्रियों, निजी हज समूह आयोजकों, हज कमेटी ऑफ इंडिया और हज प्रबंधन में शामिल अन्य हितधारकों ने इस डिजिटल सुधार से सभी को लाभान्वित किया है।

v. छोटे राज्यों की उनके हज कोटे को बढ़ाने की माँग मान ली गई है। उन राज्यों/संघ राज्य क्षेत्रों को कोटे के आवंटन के लिए नई हज नीति में प्रावधान किया गया है, जिन्हें 500 आवेदन प्राप्त

होते हैं। जम्मू-कश्मीर संघ राज्य क्षेत्र के लिए भी विशेष कोटे की सीटें बढ़ाकर 2000 कर दी गई हैं।

vi. यह सुनिश्चित करने के लिए कि हज 2018 से हवाई यात्रा पर हज सब्सिडी हटाने के बाद भी हज यात्रियों पर वित्तीय बोझ में कम-से-कम वृद्धि हो, पिछले वर्ष के वास्तविक विमान किराया के आधार पर तीर्थयात्रियों को या तो अपने निर्दिष्ट आरोहण स्थल या निकटतम निर्दिष्ट किफायती आरोहण स्थल का विकल्प चुनने का अवसर दिया गया है।

vii. केरल के हज यात्रियों के लिए हज-2019 से कोझिकोड (कालीकट) को एक बार फिर से आरोहण स्थल के रूप में शुरू किया गया है। इसके अलावा विजयवाड़ा को भी आंध्र प्रदेश के तीर्थयात्रियों के लिए एक नया आरोहण स्थल घोषित किया गया है, हालाँकि कोविड-19 महामारी के कारण हज 2022 के लिए आरोहण स्थल 10 तक सीमित रखने का प्रस्ताव है।

viii. हज 2019 के दौरान हज समूह आयोजकों को 10,000 यात्रियों का अतिरिक्त कोटा आवंटित किया गया था। HGO द्वारा इन यात्रियों से Hcol की लागू दरों के अनुसार शुल्क लिया गया था।

ix. हज 2019-23 के हज समूह आयोजकों के लिए नई नीति में सभी पात्र HGO को न्यूनतम सुनिश्चित हज कोटे के आवंटन की व्यवस्था की गई है।

x. हज 2019 के लिए सऊदी अरब में बेहतर गुणवत्ता वाला आवास किराए पर लेने और इसी प्रकार परिवहन के लिए यात्रियों के अंतर-नगरीय और अजीजिया-हरम शरीफ आवागमन के लिए 2018 और उसके बाद के मॉडल की बसें किराए पर लेने की व्यवस्थाएँ की गई थीं।

xi. सऊदी अरब में भारतीय यात्रियों के कल्याण एवं प्रबंधन हेतु CGI, जेद्दा द्वारा स्थापित अस्थायी शाखा कार्यालयों एवं डिस्पेंसरियों की संख्या हज 2017 के 13 से बढ़ाकर हज 2019 में 16 तक

कर दी गई है। मदीना में 3 शाखा कार्यालय और 3 डिस्पेंसरियाँ स्थापित की गईं। डिस्पेंसरियों के अलावा मक्का में 03 अस्पताल एवं मदीना में 01 मुख्य डिस्पेंसरी, जिसमें अल्ट्रासाउंड, ई.सी.जी. आदि डायग्नोस्टिक सुविधाएँ भी हैं, तैयार किए गए। मोबाइल मेडिकल टीमें मक्का और मदीना में उच्च जोखिम समूह (HRG) यात्रियों के आवास-स्थान में प्रतिदिन जाकर उनसे मिलीं।

xii. हज 2019 के लिए सऊदी अरब जाने से पहले भारत में अपने-अपने आरोहण स्थल पर यात्रियों को मोबाइल सिम कार्ड वितरित किए गए थे।

xiii. उन सभी यात्रियों को जिन्होंने अदाही (कुरबानी) का चयन किया था और उन सभी मख्तबों (मोआल्लिम का कार्यालय) के भारतीय हज समिति के यात्रियों को, जिन्हें हज 2019 के दौरान मेट्रो ट्रेन सुविधा मिली थी, अदाही कूपन और मेट्रो ट्रेन की टिकटें उनके आवास पर वितरित किए गए।

2023 में पहली बार भारत सरकार ने एकल पात्र महिलाओं को भी एल.डब्ल्यू.एम. श्रेणी के अंतर्गत हज-2023 के लिए आवेदन करने की अनुमति दी। इस कदम के परिणामस्वरूप हज 2023 में 4000 से अधिक सफल महिला आवेदकों की सार्वकालिक उच्च भागीदारी हुई, जिससे उनमें अधिक आत्मविश्वास, व्यक्तिगत स्वतंत्रता और सामाजिक गतिशीलता में वृद्धि हुई। बिना मेहरम श्रेणी की महिला हाजियों के ठहरने के लिए समर्पित भवन उपलब्ध कराए गए। इन महिला हाजियों और उनके सामानों की सुरक्षा के लिए समर्पित महिला समन्वयक (लेडी कोऑर्डिनेटर्स), हज अधिकारी, हज सहायक और खादिम-उल-हुज्जाज को तैनात किया गया है। इसके अलावा, स्वास्थ्य और स्वच्छता संबंधी मुद्दों की देखभाल के लिए इन भवनों में महिला डॉक्टरों, नर्सों और पैरामेडिक्स को तैनात किया गया।

## तथ्य और आँकड़े : हज 2019 *

| भारत के तीर्थयात्रियों की संख्या | भारतीय हज समिति के तीर्थयात्रियों की कुल संख्या | 140000 |
|---|---|---|
| | **HGO** हज यात्रियों की कुल संख्या | 60000 |
| | **HGO** की संख्या | 725 |
| हज प्रबंधन हेतु **CGI**, जेद्दा में प्रतिनियुक्ति पर स्टाफ | समन्वयक | 4 |
| | सहायक हज अधिकारी | 62 (3 महिलाएँ) |
| | हज सहायक | 203 (12 महिलाएँ) |
| | डॉक्टर | 170 (37 महिलाएँ) |
| | पराचिकित्सक | 181 |
| | कुल | 620 |
| भारत से उड़ान संचालन | आगमन चरण | 508 |
| | प्रस्थान चरण | 507 |
| भारत में आरोहण स्थल | प्रत्यक्ष–21 | कुल–21 |
| मक्का, सऊदी अरब में किराए पर लिये गए भवनों की संख्या | NCNTZ क्षेत्र में भवन | 39 (15,772 यूनिट) |
| | अजीजिया में भवन | 420 (1,21,909 यूनिट) |
| मदीना में आवास मरकजिया<br>मरकजिया के बाहर | मरकजिया<br>मरकजिया के बाहर | 60%<br>40% |
| भारतीय तीर्थयात्रियों के लिए सऊदी अरब में अस्थायी शाखाएँ और डिस्पेंसरियाँ स्थापित की गईं | मक्का | मदीना |
| | शाखाएँ–16 | शाखाएँ–3 |
| | डिस्पेंसरी–16 | डिस्पेंसरी–3 |
| | अस्पताल–40 बिस्तरोंवाला<br>30 बिस्तरोंवाला<br>10 बिस्तरोंवाला | अस्पताल–15 बिस्तरोंवाली मुख्य डिस्पेंसरी |
| | जेद्दा हज टर्मिनल | एक डिस्पेंसरी |

| भारतीय चिकित्सा मिशन, सी.जी.आई., जेद्दा द्वारा संचालित ओ.पी.डी. एवं मोबाइल चिकित्सा दल विजिट मामले | 4,51,848 |
|---|---|

* *सऊदी अरब ने कोविड–19 महामारी के कारण हज 2020 तथा हज 2021 के लिए अंतरराष्ट्रीय हजयात्रियों को अनुमति नहीं दी।*

□

# उपसंहार

मैंने इस पुस्तक में पूरी ईमानदारी और निष्ठा के साथ वस्तुस्थिति का अवलोकन किया। मुसलमान मुख्यधारा से कैसे पिछड़ गए, उन कारणों की विवेचना की। सच्चर समिति की रिपोर्ट का अध्ययन किया और अपनी यात्राओं के दौरान देशभर में घूम-घूमकर मुसलिम समाज को नजदीक से देखा, जाना और समझा है।

सच्चर समिति की रिपोर्ट में तीन बिंदु विशेष रूप से उभरकर सामने आए नंबर एक शिक्षा, हस्तकौशल और व्यवसाय। साथ ही वक्फ संपत्तियों से जुड़े विवाद भी सामने आए।

जहाँ शिक्षा और कौशल में सरकार बहुत सारी योजनाएँ चलाकर समाज को आगे बढ़ाने के प्रयास कर रही है। वहीं वक्फ संपत्तियों से जुड़े विवादों को सुलझाना भी एक अहम काम था। वक्फ अपने आपमें एक इतनी सुंदर व्यवस्था थी कि समाज की बेहतरी के लिए लोग दान दिया करते थे।

वक्फ बोर्ड वह संस्था है, जो अल्लाह के नाम पर दान में दी गई संपत्ति का रखरखाव करता है। इस्लाम को माननेवाले जब अपनी किसी चल या अचल संपत्ति को जकात में देते हैं तो वह संपत्ति तभी से 'वक्फ' कहलाती है। जकात दिए जाने के बाद इस संपत्ति पर किसी का मालिकाना अधिकार नहीं होता। लेकिन लालच में अंधे हुए लोगों ने वक्फ की आत्मा को ही मार डाला और अवैध कब्जे कर लिए गए। समाज की सेवा के लिए दान की गई संपत्ति सेवा करने के बजाए लड़ाई-झगड़ों का अखाड़ा बन गईं। फिर चाहे

लोग हों या सरकारें। सबने इस सुंदर व्यवस्था को कमजोर करने में योगदान दिया। लेकिन जब मोदीजी आए तो उन्होंने इस व्यवस्था को फिर से सुचारु रूप से काम करने के लिए कई मजबूत कदम उठाए। देशभर में छह लाख से ज्यादा वक्फ प्रॉपर्टी हैं। सालाना उन संपत्तियों से तीन सौ करोड़ से ज्यादा की इनकम होती है। इनके अलावा वक्फ के पास हजारों संपत्तियाँ हैं, जिन पर अवैध कब्जे हैं। जरूरी था कि संपत्तियों को अतिक्रमण मुक्त करवाकर इनका सदुपयोग समाज के लिए किया जाए। सरकार ने वक्फ संपत्तियों को चिह्नित किया और वक्फ संपत्तियों की जियो टैगिंग करवाई।

केंद्र सरकार देश भर की वक्फ संपत्तियों पर स्कूल, कॉलेज, आई.टी. आई., कौशल विकास केंद्र, बहु-उद्देशीय सामुदायिक केंद्र, 'सद्भाव मंडप', 'हुनर हब', अस्पताल, व्यावसायिक केंद्र, कॉमन सर्विस सेंटर आदि विकसित कर रही है।

किसी भी समाज का उद्धार तभी हो सकता है, जब वह समाज शिक्षित हो और फिर मुसलिम समाज की पवित्र पुस्तक 'कुरान शरीफ' की पहली आयत ही पढ़ने पर जोर देती है।

"इकरा बे इसमें कल लजी खलक" अर्थात् पढ़ जो कुछ इस जमीन और आसमान में है।

विडंबना देखिए, जिस धर्म का धार्मिक ग्रंथ शुरू ही होता है शिक्षा की पैरवी के साथ, उस समाज के लोग शिक्षा के क्षेत्र में ही सबसे पिछड़े हुए हैं।

इसके लिए कोई और बहुत बाद में दोषी है, समाज को स्वयं इसकी जिम्मेदारी लेनी होती। यहाँ मैं एक बात कहना चाहूँगी। हो सकता है इसको बहुत सारे लोग पसंद न करें। मुसलिम समाज में हर जगह मस्जिद बनवाने का जज्बा जिस शिद्दत के साथ देखने को मिलता है, अगर वही जज्बा विद्यालय बनाने के लिए लगाएँ तो समाज का उद्धार होने से कोई नहीं रोक पाएगा।

एक संस्मरण याद आता है। मेरा कई वर्षों पूर्व राजस्थान की काजी महासभा में शिरकत करने झुंझुनूँ जाना हुआ। वहाँ के समाज के बड़े लोगों ने एक भव्य आयोजन किया था। आयोजन की पूर्व संध्या पर मुझे नगर

भ्रमण करवाया गया और मेरे होस्ट ने गर्व से परिपूर्ण भाव से अनेक मस्जिदें दिखाईं। साथ ही मेरी जानकारी में डाला कि इस शहर में दो सौ से अधिक मस्जिदें हैं। मुझे जानकर खुशी हुई। मैंने उनसे एक सवाल पूछा कि आप लोगों ने विद्यालय कितने बनवाए? तो जवाब न में आया। अगले दिन सभा में मैंने शिक्षा के विषय पर ही बात की। आज से पूर्व 1875 में समाज सुधारक सर सय्यद अहमद खाँ ने अलीगढ़ मुसलिम विश्वविद्यालय बनाया। यह एक विश्वविद्यालय शिक्षा की रोशनी से कितनों के जीवन में उजाला कर रहा है।

ऐसे ही जामिया मिल्लिया इस्लामिया की स्थापना 29 अक्तूबर, 1920 को महमूद हसन देवबंदी की अध्यक्षता में मोहम्मद अली जौहर, हकीम अजमल खान, मुख्तार अहमद अंसारी, अब्दुल मजीद ख्वाजा और जाकिर हुसैन द्वारा अलीगढ़ में की गई थी। आज यह संस्था भी लगातार समाज की सेवा कर रही है, लेकिन इनके बाद सौ वर्षों से अधिक का समय गुजर गया। समाज शिक्षा के मार्ग से भटक गया।

हालाँकि मुसलिम समाज शिक्षा से दूर भले ही है, लेकिन हस्तकौशल के नजदीक है, किंतु पारंपरिक रूप से सीखा यह कौशल आधुनिक समय और तकनीक के प्रादुर्भाव से धीमा पड़ रहा है। इसलिए हस्तकौशल को तकनीक से जोड़ना जरूरी था, साथ ही व्यवसाय करने के लिए ऋण संबंधी जो भी वित्तीय मुश्किलें आती हैं उन्हें आसान बनाने के लिए सरकार ने बहुत सारी योजनाएँ शुरू की है। मैंने इस पुस्तक में उन सभी योजनाओं के बारे में विस्तार से जानकारियाँ साझा की हैं। यह सभी जानकारियाँ प्रामाणिक हैं। आप स्वयं पढ़ें और अपने विवेक से सोचें। कहते हैं प्रत्यक्ष को प्रमाण की आवश्यकता नहीं होती।

इस पुस्तक को पढ़ने के बाद आप स्वयं निर्णय करें कि मोदी सरकार मुसलमान की दोस्त है या दुश्मन। मैंने तो जैसा देखा वैसा लिखा है। कहते हैं न कि मैं आईना हूँ कहता हूँ वही बात पाता हूँ जिसे हक।

आज देश विश्व की तीसरी सबसे बड़ी महाशक्ति बनने की ओर तीव्र गति से अग्रसर है। यह मोदी सरकार की ही देन है कि हम विकासशील से

ज्यादा विकसित राष्ट्र बनते जा रहे हैं। हम खुश नसीब हैं कि हमारा जन्म भारतवर्ष में हुआ है। इस युग परिवर्तन के दौर में क्या हम इस विकास का हिस्सा नहीं बनना चाहेंगे!

मोदी सरकार ने कभी मुसलमानों के साथ भेदभाव नहीं किया। यह आपको तय करना है कि आप विकास के साथ खड़े हैं या गफलतों के।

शुक्रिया!

**—डॉ. कायनात काजी**

□□□